AppLeap™

SNS浪潮

拥抱社会化网络的新变革

李翔昊 编著

U0105676

人民邮电出版社
北京

图书在版编目（CIP）数据

SNS浪潮 : 拥抱社会化网络的新变革 / 李翔昊编著
. -- 北京 : 人民邮电出版社, 2010.4
ISBN 978-7-115-22176-6

Ⅰ. ①S… Ⅱ. ①李… Ⅲ. ①互联网络－应用－人间
交往－研究 Ⅳ. ①C912.3②TP393.4

中国版本图书馆CIP数据核字(2010)第023931号

内 容 提 要

本书通过互联网行业与社会生活中的成功案例，向读者介绍了一些互联网技术和新型网站的发展，分析了社交网站兴起的原因。在探讨社交网站发展和网络开放平台的同时，也阐述了其对社会信息传播、行业组织、广告营销等方面的影响。本书的最后还列举了新技术、新产品、新应用，展望了未来社会化网络的发展趋势。

本书适合于从事信息技术、社会传播、市场营销相关工作的人士，以及广大互联网用户、对互联网行业有兴趣的人士阅读。

SNS 浪潮：拥抱社会化网络的新变革

◆ 编　　著　李翔昊
责任编辑　杜　洁
◆ 人民邮电出版社出版发行　　北京市崇文区夕照寺街 14 号
邮编　100061　　电子函件　315@ptpress.com.cn
网址　http://www.ptpress.com.cn
北京铭成印刷有限公司印刷
◆ 开本：700×1000　1/16
印张：14.5
字数：232 千字　　2010 年 4 月第 1 版
印数：1－4 000 册　　2010 年 4 月北京第 1 次印刷

ISBN 978-7-115-22176-6

定价：35.00 元

读者服务热线：(010)67132692　印装质量热线：(010)67129223
反盗版热线：(010)67171154

序一

身处互联网行业，总能清晰地感受到网络给我们社会生活带来的改变。在工作之中，我们依靠网络和同事、商业伙伴进行资源分享，彼此协同，高效合作，以完成更大的项目。在生活之中，从网上获取信息、观看视频、下载音乐，也已经成为人们最重要的娱乐方式。通过网络与朋友交流、沟通、分享，也成为了我们生活中的一种习惯。尤其在我们这个已经拥有超过3亿网民的国家，互联网不仅仅是一个渠道、一个工具，而且成为了一个平台、一个新的社会空间。

社交网站，也就是我们常说的狭义的SNS网站。它的崛起，引领着互联网发展掀起又一股浪潮。可是，SNS却不仅仅是社交网站这么简单，它是Web 2.0的发展延伸，一个有更多人积极参与贡献，有着集体分享精神，有着网络社区化概念，并融入了人们真实社会关系的新型网络形态。QQ 在成为我们与朋友之间的聊天工具的同时，也是一种 SNS 的工具。ChinaRen 等同学录网站，也是早期提供校友联系的SNS网站——而我很有幸参与了它早期的创建工作。我们现在的人人网（原校内网），更是致力于为广大中国网民提供真实社交服务，让用户可以在这个平台之上，与朋友保持亲密的联系，加强沟通，增进信赖。也正是由于SNS网站满足了人们切实的、基本的生活需求，才得以迅速发展壮大。

在这股SNS浪潮当中，美国的一些优秀网站最先成为了主力。从最早拥有自我表现意识的博客，到包含有社会化、关系化概念的分享网站Flickr、Youtube，都充当着先锋的角色。发迹于校园的Facebook，依靠着用户关系得到了快速的成长，开放平台引入更丰富的资源后让其发展得到了飞跃。微软2.4亿美元的投资，不仅引发了业界的“地震”，也让Facebook迅速蹿红，得到了社会的强烈关注。

本书对这些新兴网站的概念和发展都做了详细的描述，让大家能深入不同的网站，一窥其成功的秘诀。书里对于网站技术和设计的通俗介绍，让读者可以在接受这些网站带来更好的用户体验和服务的同时，看到背后所隐藏的技术变化。更难能可贵的是，本书并非仅局限于对这些新兴网站和技术的简单介绍，而是深入剖析了它们对社会的影响，将内容真正延伸到了社会化的网络，或者说是网络化的社会当中。

实际上，关于网络社区的探讨已有很多。由于有大量用户的活跃参与，让网站的影响并不只是停留在网上，而是已经走向社会。网络流行语层出不穷，新闻事件常常会成为网络社区的热点话题，网络社区讨论的话题也常常升级成新闻热点。在SNS网站兴起之后，网络社区更是拥有了巨大的用户群体，强大的传播能力。在美国，社交媒体（Social Media）的概念早已成为新的媒体势力，在新闻、公关、营销上开始发挥巨大的作用。

本书让我们看到SNS网站通过用户真实社会关系所产生的影响，信息传播与人际互动结合所产生的巨大能量。书中介绍的案例尽管很多都发生在国外，但我们却可以看到，包括与苏珊大妈相关的视频，也曾一度在人人网上火热流传。可以预见到，这样的趋势会越来越多地影响中国，让我们的生活和SNS网站，和社会化的网络产生密不可分的联系。另外一方面，互联网早就展现了它在商业领域的意义，创造了新的商业模式和市场渠道，SNS网站也创造出新的价值空间。不论是广告宣传，还是网络营销，SNS网站都有着无可比拟的渠道优势，有着更高的投资收益比。尤其是社交网站之上开放平台的出现，结合新的软件服务模式，为无数软件开发商乃至个人创业者带来了新的机会。

在Facebook上，依靠应用而发家的成功者大有人在。在人人网的开放平台上，不仅仅有开心农场这个成功的例子，开心鱼塘、荣光医院等一批应用也使得开发商尝到了甜头。我们也希望能和更多的开发者一道，为用户提供更丰富、完善的服务和内容。

SNS浪潮，是一股在互联网行业产生的，影响到社会发展的变革力量。本书为读者展现了这股浪潮的方方面面，及其所包含的深刻内涵。对于把握互联网所引导的社会发展趋势，为自身或企业的发展抢得先机，本书有着非常重要的意义。

推荐这本书给读者，相信读过本书后，从中得到的参考、借鉴，可以帮助大家站到时代发展的浪潮之巅。

许朝军

千橡集团副总裁，校内网负责人

2010年2月于温哥华

序二

2008年中，伴随着开心网（kaixin001.com）在中国一线城市的迅速走红，我和几个伙伴在创立AppLeap.com时，感觉到社会化网络就像一列呼啸而来的火车。此时你只有两个选择，上车或继续等候。西方人打的比方异曲同工："The train is leaving the station. With or without you."

根据尼尔森在线的统计数据，社交媒体（Social Media）和博客目前已成为第4种最流行的线上活动。全世界67%的网络用户会访问社交网站和博客，并且用户花在上面的时间的增长速度是互联网整体增长率的3倍。现在，人们对社交网站的访问已经超过对于电子邮件的访问。一些社交网络快速增长的用户数量甚至可以和一些国家的人口数相比。如果说Facebook是一个"国家"的话，它的全球注册用户超过3亿，可以占到世界第五人口大国。

互联网诞生至今，正好20周年。互联网给人类的工作、生活及娱乐等诸多方面带来巨大变化，其中意义最为深远的就是人们获取信息的方式发生了根本性改变。人们通过邮件订阅、即时通信、视频、微博客、播客（Podcast）、RSS新闻聚合甚至好友动态等新数字媒体，随时随地、免费、快捷地获得从本地到全球的实时信息。

而最新诞生并走红的SNS，则是一场全新的互联网革命的前夜。它的伟大意义在于，现实生活中的人们终于在互联网上找到了关系链条，彼此连接，相互交织，组成一圈又一圈、密密麻麻的社交脉络（Social Graph）。这种以社会关系为纽带牵连的网络，首先是自我存在，然后是自我表达、自我展示，再然后是与关系链条上的其他人互动分享，极大地提高了社会关系管理的效率，满足了人们精神层面的需求。社会化媒体的出现，给用户构建了一个平等、开放、去中心化的沟通平台，每个人都成为创造者和传播者，而不再是被动的接收者。人们不一定再依赖雅虎和新浪这样的门户网站读取信息，不一定再依赖Google和百度这样的搜索引擎寻找信息，人们在社交网站上返璞归真，依靠口碑相传，创造内容，维系关系，编织情感。

说它是革命前夜，缘于在这个全球化的人际关系网络上，人们还能做些什么的思考仍在继续，触发全新商业模式和沟通模式的公司不断涌现。如果全球超过3亿用户都在Facebook的平台上互通互联，那么能做的不仅仅是玩玩社交游戏，观看幽默视频，分享日记、照片，留给未来创新的想象空间无比巨大。

最近，有关应用经济（App Economy）的话题非常热门。以Zynga、Playfish、Playdom和RockYou等为代表的第三方应用公司的崛起，苹果公司App Store令人吃惊的全球下载次数，雅虎重新设计网站首页以包纳更多外部开发者提供的应用……所有这些揭示着一场构建在用户关系之上的革命正在拉开序幕。社交游戏是眼下最热门的应用软件，而移动互联网、手机购物、内容、通信和生产力工具正在日渐吸引大量投资，同时刷新着互联网快速致富的纪录。

跟随这一潮流发生改变的，也包括新媒体数字化广告营销。

互联网营销大体经历了3个阶段。

- 第一阶段，以雅虎、新浪为代表的门户网站，用强大的内容和多元化服务黏住用户，并以展现广告（CPM）形式开创了门户营销（Portal Marketing）时代。国内不少企业甚至把新浪和中央电视台相媲美，把广告能否登上新浪作为衡量企业实力的标杆，而广告的点击率一般在1‰～3‰。
- 第二阶段，20世纪末Google的崛起带来了全新的搜索引擎营销模式（SEM）。Google利用搜索结果页右侧的关键字竞价广告，给长尾的中小企业主带来预算可控、精准营销（Marketing to One）的新概念，从而把点击率提高到1%，即100人中约有1人点击右侧广告。广告展现并不要钱，广告主只需对每次点击付钱（CPC）。
- 第三阶段，以2004年创立的Facebook为代表的新一代社交网站，带来以人际关系、口碑传播、连锁互动为主的社区营销（Social Media Marketing）模式。除采用传统的Banner ADs展示广告，还可通过好友动态、热点动态、分享、应用插件等形式巧妙植入品牌广告，对用户定向精准投放，触发口碑效应，并根据实际投放效果，让广告主付费（CPA）。根据Facebook最大的应用提供商RockYou的内部数据显示，第三方应用带来的转化率最高可达30%，即100人中有30个人不仅点击，而且成功完成注册或广告主设定的任务目标。这说明，随着社交网站在全球范围的兴起，SMM以其更为精准的用户定向，潜移默化的病毒式营销，更为合理量化的投放成本，成为新一代数字化营销的大趋势。

我们认为，2009 年至 2010 年，全球社交媒体会加速发展，用户渗透率和使用频率将大大增加，并呈现以下几个趋势：

- 社交媒体广告从观望试水过渡到初步成熟的商业模式阶段；
- 微软、Google 和雅虎将在各自的邮件系统内尝试整合社交媒体，Google Wave 便是一例；
- 电子商务将和社交媒体结缘，彼此探索更为有效的产品形式和商业模式；
- Google Android 和 Apple iPhone 在社交媒体中扮演的角色日趋重要，50% 以上的用户将通过手机访问社交网站；
- 利用应用进行营销的广告增值公司风起云涌，有效地连接起开发者和广告主。

国内 SNS 热潮始于 2007 年，雨后春笋般地出现了许多 SNS 社交网站，人们在日常生活中更是经常听到“开心农场”、“偷菜”、“抢车位”、“站内分享”等 SNS 社交网络中的特有名词。尽管目前国内 SNS 网站已逾千家，但是相比于国外 SNS 社交网络的发展状况，中国 SNS 的发展仍处于相对初级阶段。其主要特征就是，平台开放不够彻底，产品应用相对单一，广告模式尚待成熟，数据研究相对落后，创新立异仍嫌不足。

展望未来，人们将越来越依赖社交网络。开放平台将成为业内标准，所有的商家都开始考虑如何与开放平台对接，利用社交媒体这个营销利器，去占领不断扩大的网络市场，全面接管人们的生活——用它创造的新方式。

让我们一起迎接互联网历史上又一次伟大变革的到来。

任自力

AppLeap 联合创始人兼 CEO

2010 年 2 月于北京

前言

谁也无法否认，互联网在我们的社会生活之中扮演着越来越重要的角色。

当有热点事件发生时，很多人的第一反应不再是打开电视，或者是翻阅报纸，而是打开计算机，登录访问各类新闻网站，或是用搜索引擎搜寻相关信息。互联网成为了我们获取信息的第一渠道。

芮成钢的博客，让星巴克搬离了故宫；视频网站上的恶搞剪辑“一个馒头引发的血案”，也让投资上亿元的国产大片颜面尽失……Web 2.0 时代的网络模式，让我们可以越来越多地利用网络来发布信息，分享内容，参与评价，对社会话题进行讨论和交流。

互联网与电子商务、生活服务的结合，也与社会生活的联系越来越紧密。现在我们已经习惯了上携程、亿龙买机票、订宾馆，上当当、卓越买书，上淘宝买衣服、化妆品。

这一切，都是 SNS 社会化网络的开始。

计算机和互联网作为高效的工作平台，推动了社会经济的快速发展。工作、生活地域的变换更加频繁，生活节奏变得更加快速，为了应对更大的工作竞争压力，我们能够和家人、朋友聚会相见的时间好像变得越来越少。社交网站的兴起，似乎是作为一种补偿，为我们提供了互联网时代的新社交方式。

许多在异国求学或是在其他城市工作的朋友，生活中无法时常相聚，但却可以在社交网站上用文字和图片分享相隔千里之外的生活，借助网络，跨越地域和时区，保持着情感的联系。在社交网站上，可以看到学生在表达他们校内生活的嬉笑怒骂，或分享各类信息；各类社交游戏也让写字楼里的白领乐此不疲，使他们在繁杂的工作之外有些开心的消遣。这些社交网站，不但让我们与老友们的联系更为密切，还让我们有更多的机会结识新朋友，享受更丰富的社交生活。

互联网就这样开始全面渗透到我们的生活中。

社交网站的兴起和实名化，使得每个人真实的自我属性和生活内容，都能以互联网上的数字化信息的方式呈现，为用户创造了与现实生活完全映射的社交空间。

社交网站将虚拟的网络空间和人们的现实生活以一种极致的方式真实结合，让 SNS 社会化网络的浪潮扑面而来。

互联网带来的各种工具，一直在不断创造、更新着我们的信息交互模式。从电子邮件到 IM（即时通信软件），再到后来各类的网站论坛、群组社区，这些无一不在影响着我们与这个世界联系沟通的方式。

互联网各种应用的诞生和发展，就是为了努力解除人类交流的障碍，不断改善人类信息沟通的效率，让世界上所有的人跨过“六度分隔”的界限，都能建立直接的联系。

借助众多开放的网络资源和用户的贡献及引用，依靠好友的分享和传播，社交网站就这样为每一个人构建出独特信息空间。互联网之中所有的网站，以及所涵盖的人群，通过相互间的关系交织成一个庞大的信息传播体系。

社会化的网络，用前所未有的开放形态，让人们可以彼此共享这个世界所有的信息——娱乐的内容、琐碎的信息或是浩瀚的文化知识。

在这股浪潮之中，有一个叫 Facebook 的网站，像当年神奇的 Google 一样，引领互联网行业的下一个奇迹。Facebook 开放平台的策略，不仅让它在同类网站的竞争中后来居上，更是“一不小心”打开了另一片广阔的天空，引发了新的行业变革。

这样的变化并非突然降生，而是伴随着信息技术的不断革新、互联网应用的不断改进日积月累而成。只要稍稍回顾一下行业发展的历程，从 Web 2.0 时代互联网所表现的特征以及与之融合的软件产业所表现出来的趋势中，我们就不难发现，这种开放的意识形态，是整个信息技术产业所具有的特质。

Google 的开放接口，让开发者可以基于其网站服务，创造更新奇的功能和应用；Apple 的 iPhone 平台，如魔术般开辟了崭新的手机应用开发市场；在中国，百度框计算的帕拉丁平台，以及阿里巴巴的软件开放平台和淘宝开放平台，都是受同一种趋势和理念所引导。

Web 2.0 所提倡的共享精神，互联网的开放合作，形成了新的产业链，各自分工明确，互为依托、互相补充，才得以展现出如此强大的影响力和创造力，成为碾平世界的力量。

Facebook 的开放平台，在行业发展过程当中，前瞻性地把握住了未来软件及信息服务发展的趋势，抢得了先机。

技术服务的发展，需要强大的资源支持。互联网之中的各个网站、企业，都努力挖掘自身的价值，通过各种新型的商业模式为自身的发展获取支撑，在为个人提供日益完善的信息服务的同时，也创造了惊人的财富，从而激励着那些“天才”们进行持续不断的创新。

现在，互联网不仅形成了一个独立的产业体系，更是开始渗透到商业经济发展的每一个环节。网购市场的壮大，电子商务、电子政务的流行……这些互联网业务省去了原有业务流程中的许多繁杂环节和路途消耗，互联网开始变得无所不能，人们真正实现了足不出户行天下事。众多宅男、宅女的产生与此不无关系。

互联网之上的信息化工具，为企业提供了新的协作平台，帮助企业改善自身的生产组织，让经营者能够与市场建立前所未有的广泛联系。同时，互联网也带来了新的考验。开放的模式，互联网的社会传播影响力，使得企业原有的营销策略和公关手段都面临挑战。因此，只有不断学习、总结新的经验和方法，才能够使企业组织在新的潮流之中取得竞争优势，获得收益。

我们可以看到，互联网中那些最新颖的Web技术和网站模式，大多诞生在引领着信息技术发展的美国；互联网影响产生的社会潮流，也多是先出现在西方国家，然后才逐步影响到中国。

由于语言的问题和网络的问题，很多国外优秀的网站，我们在访问上可能会存在一定障碍。因此在本书中，我们援引了很多互联网行业人士也许已经熟知的故事、案例，结合了许多新的信息、网站，来阐述SNS所引领的互联网行业浪潮，深入分析了其过程和成因，及其影响的方方面面。

社交网络和平台的延伸，拥有把握我们未来生活的力量。将这些互联网行业之中发生过的事情或是正在发生的事情，将各种人们有所耳闻又不甚了解的信息，重新联系在一起，展现给大家，会是一件有意义的事情。

但因篇幅和水平所限，未能十分深入地提炼和探讨这股浪潮所引来的各种观点、评论，谨希望此书的内容，能够对读者今后的工作和生活有所启发、借鉴。

李翔昊

2009年12月

目录

JUMP ON!
You Tube
P
digg
flickr
facebook
Social media
Bandwagon

第1章

不可忽视的网络

在不知不觉中，互联网已经渐渐成为我们获取新闻信息的一个重要来源。

不知你有没有发现，现在出现了一些新型的网站，它们在我们的生活中发挥着特殊的作用，影响着我们的社会生活。它们代表了一种新的力量。

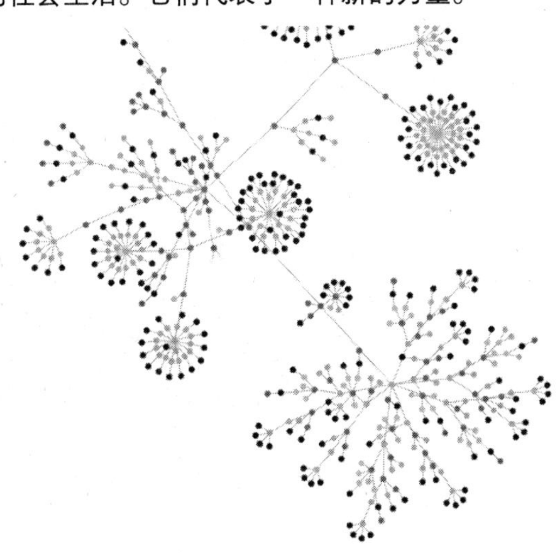

总统就职典礼与社交网络

2009 年 1 月 20 日，对美国人民来说是历史性的一天，因为美国第一位黑人总统巴拉克•奥巴马的就职宣誓典礼就是在这一天举行。

处于经济危机中的美国人民，无不将这位代表变革的领袖视为拯救美国经济乃至拯救美国的英雄，因此，为了庆祝和纪念这历史性的一天，白宫准备了盛大的仪式。有 20 多万民众在现场观看了就职典礼，而更多的民众则是通过互联网等媒体观看了这次就职典礼的现场直播。据统计，共有近 4 000 万民众通过各类新闻网站、视频网站观看了就职典礼，这个数字甚至超过了通过电视观看就职典礼的观众数量。

作为美国最大的电视新闻网络机构，CNN 在它的新闻网站 CNN.com 上也进行了线上视频直播。与以往不同的是，这次 CNN.com 与著名的社交网站 Facebook 进行了合作。

CNN 与 Facebook 的合作直播页面

在 CNN 与 Facebook 的合作直播页面上，左侧上方是 CNN Live 的现场直播画面窗口，左侧下方是其他的视频入口，右侧则是 Facebook 的即时消息分享窗口。

在这个页面上，用户可以与他在Facebook上的好友即时分享对于这一新闻事件的感受，也可以发表相关的评论——正如用户在 Facebook 上早已习惯做的事情一样。

在以往，也许你只能在电视机前观看这样的新闻直播，和身边的家人、朋友边看边交流。但是在这个 CNN 与 Facebook 的合作直播页面上，你却可以和你的好友，甚至更多的网上用户，一起交流对这个事件的看法。

最后的监测数据显示，有近 2 000 万用户观看了 CNN 和 Facebook 的合作直播页面。在直播过程当中，产生了超过 100 万条的相关消息更新。

对于 40 岁以下的美国民众来说，他们对新闻网站的熟悉程度要远高于传统的电视、广播节目。年轻一辈的美国人，由于长期在计算机上进行工作，早已习惯每天打开 Yahoo（美国最大的门户网站）来查阅新闻，而不是打开电视机收看早间新闻，再说他们也很难准点起床观看固定时间播出的新闻节目。而对美国青少年来说，他们对于 Facebook 的熟悉和依赖，又远远大于其他任何新闻网站。

因此，为了吸引用户，CNN.com 不仅通过自己的网站向用户传递新闻信息，还在Facebook上建设了自己的主页，吸纳了近40万粉丝(Facebook称之为Fan)，让他们可以通过 Facebook 及时获得 CNN 新闻信息。

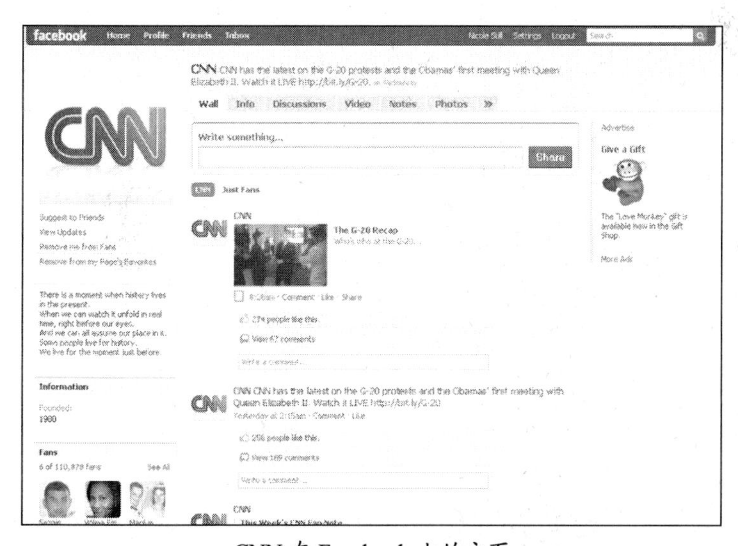

CNN 在 Facebook 上的主页

以往，都是公司在新闻媒体上打广告、做宣传，以此来吸引用户，而现在，CNN 这样一个新闻媒体机构，却为什么会如此青睐 Facebook 这样一个网站呢?

Facebook 究竟是一个怎样的网站？他又怎么会有如此大的影响力呢？

人口第五大“国”

SNS 全称为 Social Networking Services，即社会化网络服务，是指那些帮助人们建立社会化网络的互联网应用服务。

窄义的 SNS，通常是指像 Facebook 这样的社交网站，是互联网发展过程中出现的一种新型网站模式；而从广义上来说，博客，具有分享功能的网络相册、视频网站，甚至是即时通信软件，都包含在 SNS 的概念中。

SNS 一词的兴起，就源于这个叫 Facebook 的网站。这个网站提供的社交服务，使得它在几年之内迅速成长，成为美国拥有实名注册用户最多的站点。在它获得巨额投资之后，中国的 SNS 网站也风起云涌，出现了校内网、开心网等一大批社交网络，吸引了大批用户，其他网站也纷纷向社交方向靠拢。

Facebook 诞生于美国哈佛大学校园，当时还是学生的马克•扎克伯格（Mark Zuckerberg）建起了这个网站。

在美国的高校里，都会提供一本类似花名册的“Facebook”，中文翻译过来即“脸谱”。花名册上有所有学生的姓名、头像照片等信息，可以方便学生们之间相互认识。Facebook 把这本“脸谱”搬到了网上，好让大家通过网络彼此熟悉。如果你今天在学校里遇见了某某，和他打了个招呼，但却不太记得他的姓名了，就可以去网上再看看他的照片信息，加深印象。如果你听到了关于某某的传闻，想认识一下他，也可以先到网上去看看他的照片，下次见到他的时候就可以主动打招呼。

这个叫 Facebook 的网站在建立之初，只是为了服务那些刚进学校的大学新生，以帮助他们更快地融入环境，同时向他们提供各类信息指南。

渐渐地，用户开始直接利用这个网站进行信息交流，于是这里又成了方便的个人网上留言板和信箱。

在美国高校，每个学生入学后都会分配到一个以@***.edu（***是学校网址名）结尾的邮箱。最开始的时候，Facebook 只开放给学校里的学生，要求使用以@***.edu 结尾的邮箱注册。这样，就保证了用户身份的真实性，以及用户身份信息的相对安全，使他们的隐私不会被随意泄露给学校以外的人。

后来，随着越来越多学校的学生加入这个网站，并且利用它来进行社交活动，使得它的影响力越来越大。很多学校周边或与之相关的人，也都采用各种办法，比如借用学生邮箱，来加入这个网站。而众多从学校毕业的老用户，也在继续使用这个网站，来和他们的老同学、老朋友保持联系。最终，在 Facebook 解除了注册的限制之后，原有的用户带动了更多身边的朋友、同事加入了这个网站，使得 Facebook 的注册用户数发生了爆炸性的增长。

2009 年 4 月 8 日，Facebook CEO 马克•扎克伯格在 Facebook 中他的个人博客上发帖表示，其注册用户人数已经达到了 2 亿。

根据互联网流量监测机构 ComScore 的数据显示，早在 2009 年 2 月间，全球就有超过 25%的网民访问了 Facebook，即 Facebook 当月的独立访问人数[1]达到了 2.76 亿。

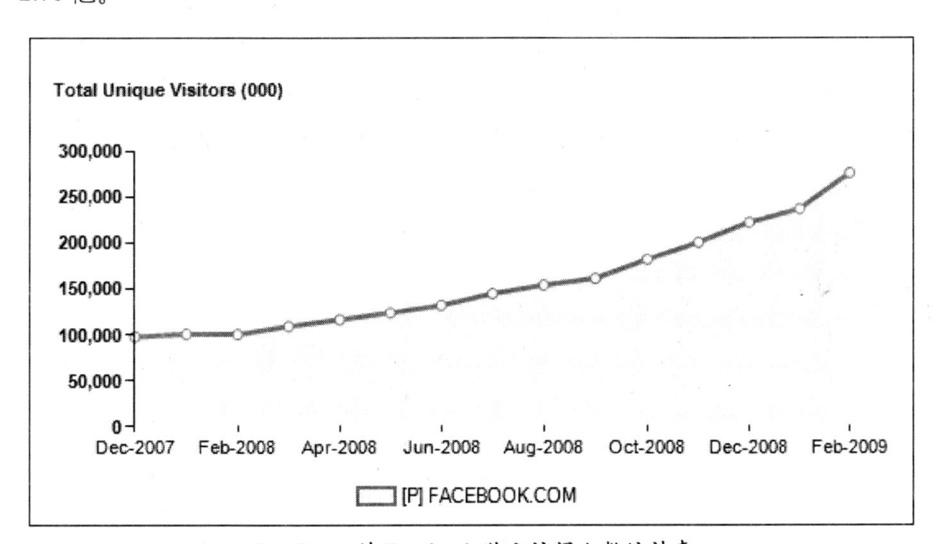

ComScore 的 Facebook 独立访问人数统计表

如果 Facebook 是一个“国家”，2 亿的人口足以使它成为世界上人口第五大国家，仅次于中国、印度、美国和印度尼西亚。

Facebook 的影响力，在和它相关的网络活动上也有明显体现。

Icerocket 是一个国外非常不错的针对博客的搜索引擎，根据它的统计，每天

[1] 独立访问者数量，有时也称为独立用户数量，是网站流量统计分析中的一个重要数据，并且与网页浏览数分析之间有密切关系。独立访问者数量（unique visitors）描述了网站访问者的总体状况，指在一定统计周期内访问网站的用户数量（如每天、每月）。每一个独立访问者只代表一个唯一的用户，与访问网站的次数无关。

都有大约 7 000 篇新的博客文章提到 Facebook，每周达到 47 000 篇左右，这还不包括全球网站上通过 Facebook 分享的博客文章。

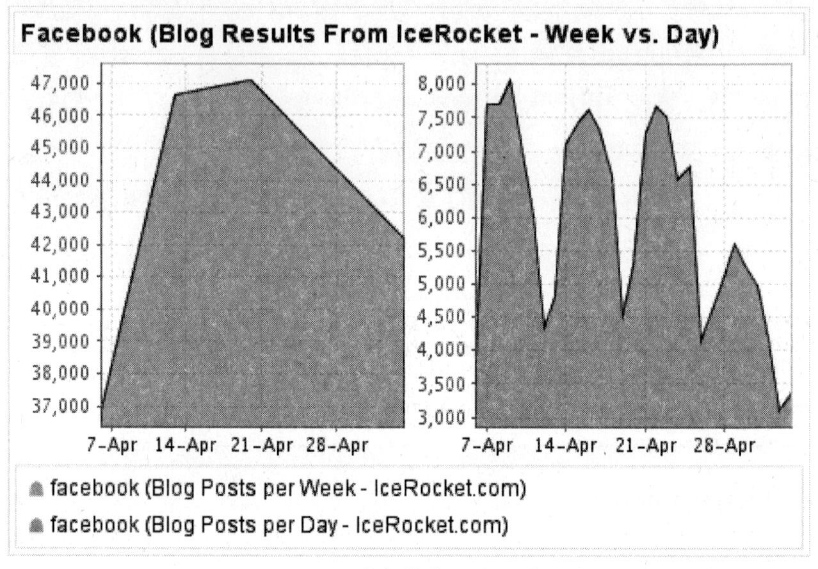

IceRocket 的博客搜索结果数量统计

在 Google 上以“Facebook”为关键字进行搜索，会得到超过 10 亿个结果。

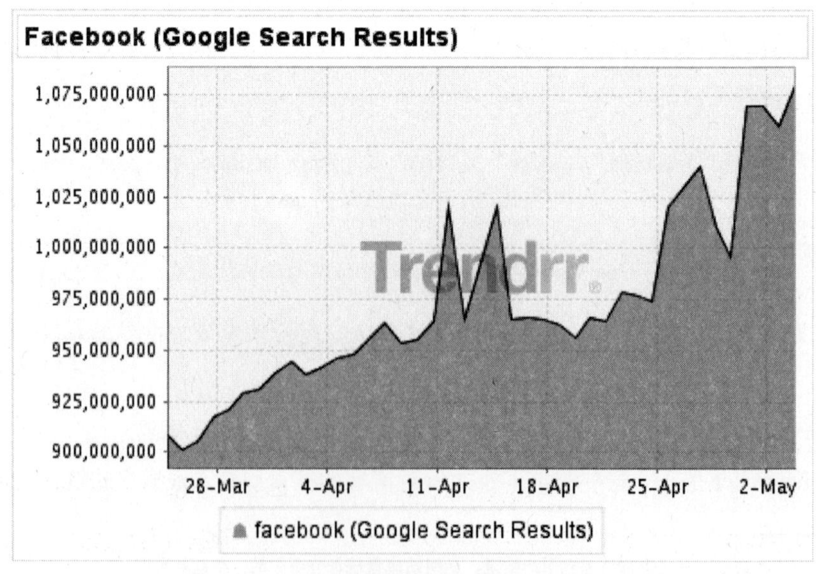

Google 搜索的统计数据图

Facebook 在博客中被提到的频率与奥巴马被提到的频率不相上下。

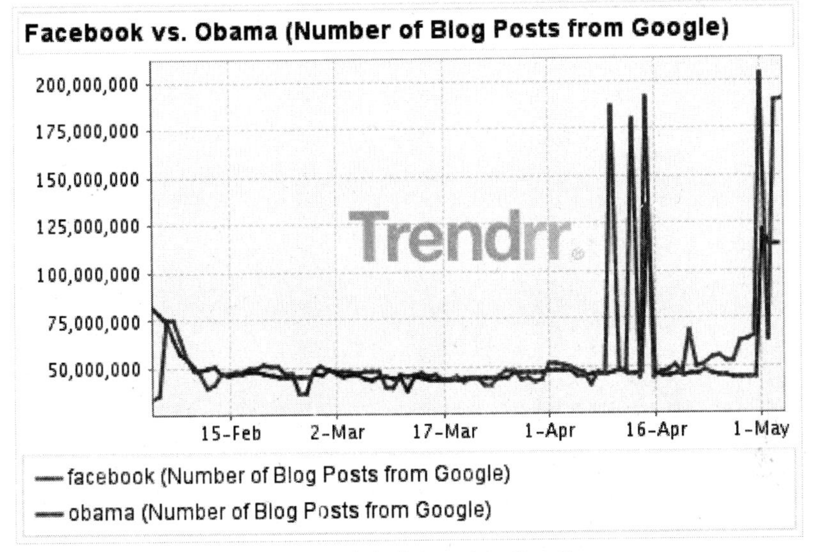

Google 的博客搜索结果数量统计

在 2006 年，美国互联网公司 Yahoo！曾提出以 10 亿美元收购 Facebook，但遭到 Facebook 创始人马克•扎克伯格的拒绝。事实证明，马克•扎克伯格的这一决定是正确的，因为 Facebook 远远不止这个价钱。

2007 年 10 月，一则新闻信息让整个 IT 行业震惊：软件行业的霸主微软公司，以 2.4 亿美元收购了 Facebook 1.6%的股份，从而使得这家尚未上市的网站的身价估值达到了 150 亿美元。中国香港的著名富豪李嘉诚，也通过其名下的公司和基金会，向 Facebook 提供了共计 1.2 亿美元的投资。

巨大的用户数量，资本市场的宠幸，使得 Facebook 成为了目前最为火热的互联网公司。

用社交网站卖报纸

在广播、电视出现以前，影响力最大、传播范围最广的媒体当属新闻报纸。不论有什么重大事件发生，都会通过新闻报纸进行广泛的传播——报童们会喊着"号外、号外"，将印有重大事件相关新闻报道的报纸，迅速散发出去。

到了 20 世纪四五十年代，则进入了广播的黄金时代。再往后，一如现在的大多数家庭一样，大多数时候人们都是通过电视节目，来收看新闻事件的相关报道。

随着新闻信息传播的主要载体的变化，传统的新闻报业则是日薄西山。在中国出版科学研究公布的第六次全国国民阅读调查结果中显示，2008 年我国成年人报纸阅读率为 63.9%，比 2007 年的 73.8%减少了 9.9%。

在现代生活中，我们主动购买、订阅报纸的情况越来越少，通常只是在无聊等待的时候，勉强看看营业大厅、宾馆里的报纸来打发时间，或者是在上火车、上飞机之前买上一份随便翻翻。

在美国，看报纸的民众也是越来越少。如果看报纸的用户越来越少，那么报社也没法拉到广告来获取收入，更没办法雇佣优秀的人才来制作更精良的内容——尽管报纸的衰落并不能归罪于内容制作的问题。这样的情况对报业来说只会是进入以更加艰难的恶性循环。事实上，对于传统报业来说，生存已经是越来越艰难了。

于是在 2009 年 2 月 2 日，有人在美国发起了一个“全国人人买一份报纸日”(National Buy a Newspaper Day)。参与活动的民众约好，在 2 月 2 日那天，到报刊亭或便利商店，去购买一份也许他们很久都不曾买过的报纸。

发起者期望通过这样的活动，让所有报社可以预先做好充足准备，利用活动的效应提高当天的广告价格来提升一点收入，并增加印发量，同时让销售渠道也可以预先准备好空间。在这一天，全美国民众人人都花钱买一份报纸，这样既可以给垂死的报业再注入一点点资金，也可以让每个人重温一下一边吃早餐一边看报纸，就着咖啡读新闻的生活。

然而令人吃惊的是，这个活动并不是由美国的报业公会、行业联盟或者是政府机构发起的，也没有获得过他们的支持，而仅仅是由美国最西北角的阿拉斯加州的一名小报记者所发起的。

这位名叫克里斯•弗莱贝格(Chris Freiberg)的记者居住在阿拉斯加州的中部，处于美国的边境，不属于中心城区，没有充足的媒体资源和信息发布渠道，他本人也不是什么社会公众名人，怎么样才能让美国人民都来响应他的号召，在 2 月 2 日这天参与他发起的“人人买一份报纸”活动呢?

也许你已经猜到答案了，就是通过网络宣传。

弗莱贝格为这个活动开设了一个叫“BuyANewspaperDay.com”的网站。这是一个新建的网站，本身没有任何名气，不好好宣传是肯定不行的。

弗莱贝格在 2009 年 1 月 12 日才发起这场活动，此时距离 2 月 2 日的活动日期，只有短短 3 周的时间。要在这么短的时间内进行广泛的宣传，并征集到足够多的民众来参加这个活动，而且还是在没有资金支持的情况下，这似乎是一个不可能完成的任务。

成功的关键在于，这个记者很好地借助了社交网络的影响力。

弗莱贝格在 Facebook 里面新建了一个“全国一起买报纸日”活动（Event）页面，发布活动的介绍信息，让网站上的用户报名参加，接受活动的相关信息。

Facebook 的这个功能通常是供用户发布一些私人聚会活动或者一些社区活动用的。弗莱贝格将活动介绍信息写得尽可能煽情，他告诉大家，有些大报已经开始减少投递上门服务以降低业务成本，专家指出，如果再这样继续下去，美国有些小城镇（包括他的城镇），到了 2010 年将会面临“无报纸可看”的文化灾难！所以，大家在 2 月 2 日来买报纸吧！

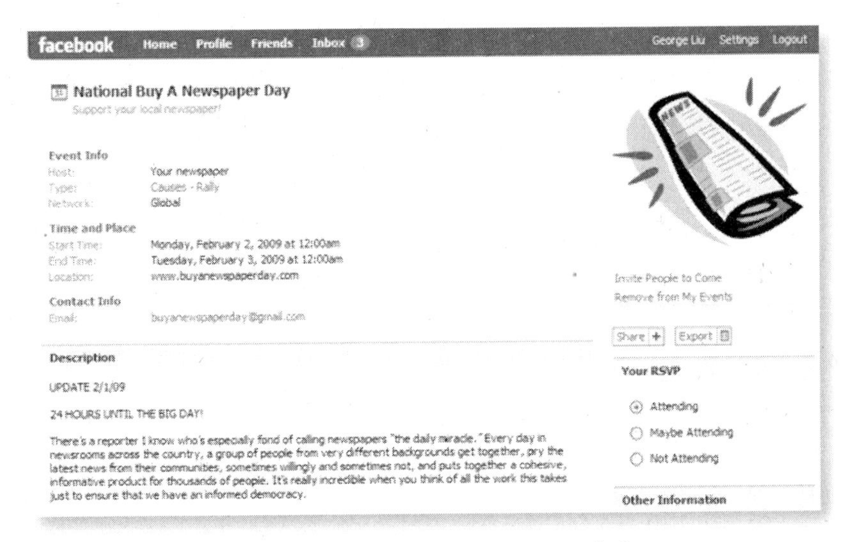

Facebook 上全国买报日活动的页面截图

谁也不会预料到在 Facebook 设一个 Event 能起到多大作用。“全国买报纸日”这场活动，小记者身为活动的组织者，仅仅利用一个报名参与的页面，就能知道谁参加了活动、谁没参加活动，并且最后产生实际的意义吗？参加的人就一定会买报纸吗？不参加的人就一定不会买报纸吗？

实际上，Facebook 独特的消息传递方式，起到了非常有效的作用。Facebook 的 Event 并不只是有新建一个活动的页面、公布活动信息的功能而已。一旦有用户看到活动信息，并且选择“参加”这个活动后，Facebook 的 News Feeds 动态信息，即一个会把用户在网站上的所有活动信息动态显示在其页面上的功能，也会把他参加了这个活动的消息马上通知给他在 Facebook 上的所有好友，“这位先生刚刚加入了‘全国买报纸日’的活动”。这样的信息是在告诉你，你的朋友已经参加了这个活动，你要不要也来参加呢？而且，如果用户觉得这个活动不错，还可以推荐给他的好友，只要通过网站发个消息就可以邀请他的好友参加。

实际的效果究竟怎样呢？据发起活动的那位记者说，在 1 月 12 日活动刚发起的时候，他只是把活动信息发给了他在 Facebook 上面的 600 个好友。可短短 3 天后，从他的页面上可以看到已经 2 500 个人加入。很显然，他的好友参加活动后，又影响了好友的好友参加。到了 2 月 2 日，已经吸引了高达 2 万人报名参加，同时在 Event 页面上还有 1 300 条留言。

Facebook 上全国买报日活动的参与者和留言统计截图

而数字显示的 2 万用户还仅仅只是在 Event 页面上点了“参加”活动的用户，实际上，除了这些在页面上参加了活动的用户之外，还有网站之下被朋友影响的高达 4 万多人，这些人很有可能也会告诉他们的朋友，一起参与这个“全国买报日”活动，因此，最后会卖出的报纸，说不定有超过 10 万份。

一个偏远地区的小小记者，利用社交网络，没有花费什么经济成本，就在短短 3 个星期之内，发起了“全国买报日活动”，并号召、影响了差不多 10 万人参加，这样的传播速度和影响力，似乎令人吃惊。

作为曾经影响力最大的媒介，作为新闻传播的主要力量之一的报纸，如今却面临着生存的危机，需要借助社交网络的影响力来进行宣传、号召，为它的发展提供动力，这不能不说是一件非常有趣的事情。

毫无疑问，在新闻报业日渐衰落，电视、广播成为社会第一大传播媒介的同时，互联网的影响力也在迅猛的增长。作为互联网发展形成的另外一种形态，作为一种媒介传播的力量，社交网络是否也在慢慢崛起？

互联网时代的竞选

奥巴马之所以被称为美国划时代意义的总统，不仅仅因为他是美国历史上第一位黑人总统，更因为他身上所具有的时代特色。

究竟是什么让奥巴马这样一个出身普通的黑人能够赢得总统大选呢？

众所皆知，美国的总统竞选，是一场巨大的政治与金钱的博弈，需要花费大量的资源来进行宣传对抗。

大多数的美国民众，很少有机会直接接触政治人物，他们通常是通过报纸、杂志、广播、电视或互联网来接受关于政治人物的各种信息。每逢美国的大选年，总会有铺天盖地的媒体报道，来介绍总统候选人的生平、奇闻趣事。他们的言论、他们对于各类社会问题的看法、他们的施政纲领，还有选举过程中的其他各类信息，都是通过这些媒体传递给普通民众的。

媒体新闻报道中所塑造的总统候选人形象，以及各类评论传递信息的舆论导向，在很大程度上影响并左右了美国选民在选举时所做的决定。

因此可以说，在美国总统选举等政治事件中，媒体起到了至关重要的作用。

富兰克林•罗斯福（Franklin Roosevelt）是美国历史上最善于利用广播电台的总统。他是第一个利用广播电台，以采访谈话的形式，向美国民众传递信息的人，也因此深得民心，成为美国历史上唯一一位蝉联四届（第四届未任满）的总统。在罗斯福 12 年的总统任期内，他一共做了 30 次炉边谈话。每当美国面临重大事件之时，总统都会用这种方式与美国人民沟通，将政府的决策和成因，以亲切、随意的谈话形式，传递给千千万万在收音机前的美国民众，以取得他们的信任和支持，保证了政策的有效施行。而罗斯福，也是第一位走进电视镜头的美国总统。

奥巴马的取胜，在很大程度上可以看作是有效地利用互联网进行宣传而取得的胜利。

美国总统竞选，不仅仅是总统候选人在国家政策、社会问题上的对抗，也是选举阵营在财力上的比拼，因为组织各种选举活动，都需要在媒体上宣传花费大量资金。历史上，通常是募集、使用选举资金多的一方，赢得最后的胜利。

相对于他的竞争对手麦凯恩而言，奥巴马缺乏大公司和财团支持。当时的美国，金融危机正在发生和蔓延，经济情况糟糕，他还拒绝使用政府提供的公共竞选资金（8 400 万美元），因此在竞选资金的募集上，奥巴马面临着重大挑战。可是他却充分利用了互联网 Web 2.0 时代的特点，采取巧妙策略，吸引了广大美国民众的支持，最终募集了 5.2 亿美元的资金，远远多于麦凯恩，成为美国历史上筹集竞选资金最多的总统，这不能不说是一个奇迹。

根据相关统计估计，这 5.2 亿美元的资金当中，有超过 85%来自互联网，其中绝大部分是不足 100 美元的小额捐款。这些小额捐款者的数量必然远远大于那些大额捐款者，而他们在投票权上都是一人一票，这就证明了奥巴马的支持者在数量上的优势。

让我们看看奥巴马是如何募集到这些钱的。

首先，奥巴马把包括硅谷风险投资家马克•戈伦博格（Mark Wallenberg）、eBay 创始人之一史蒂夫•卫斯理（Steve Wesley）、Facebook 创始人之一克里斯•休斯（Chris Hughes）在内的一批网络精英拉进了他的竞选团队，帮助他制订和实施在互联网上的宣传计划。

接着，他们在网上建立了奥巴马的官方网站（BarackObama.com），将其打造成了一个支持者的虚拟社区。用户上网注册后，就会收到邮件请求“在下周一前捐款 15 美元或更多”，因为“周一将看到我们的捐款总数，看我们能否与麦凯恩的竞选活动相竞争”。捐款的过程，可以通过互联网完成，用户只要点击右键里的链接，就可以进入到捐款的页面，进行网络支付。

在注册之后，用户就能获得名为“我的奥巴马”的网络即时通知，奥巴马的竞选团队会把每一天奥巴马在哪儿、做了些什么，都一一汇报给他的支持者。

这个网站社区还努力加强奥巴马支持者之间的相互联系。用户只需输入自己的邮编，就能获得所在地区为奥巴马进行助选活动的所有信息列表，用户可以根据信息加入支持奥巴马的团体。通过网站的用户分布地图，用户之间可以很方便地相互联系，也可以在网站里进行信息交流、建立博客发表文章、召开网上集会等。

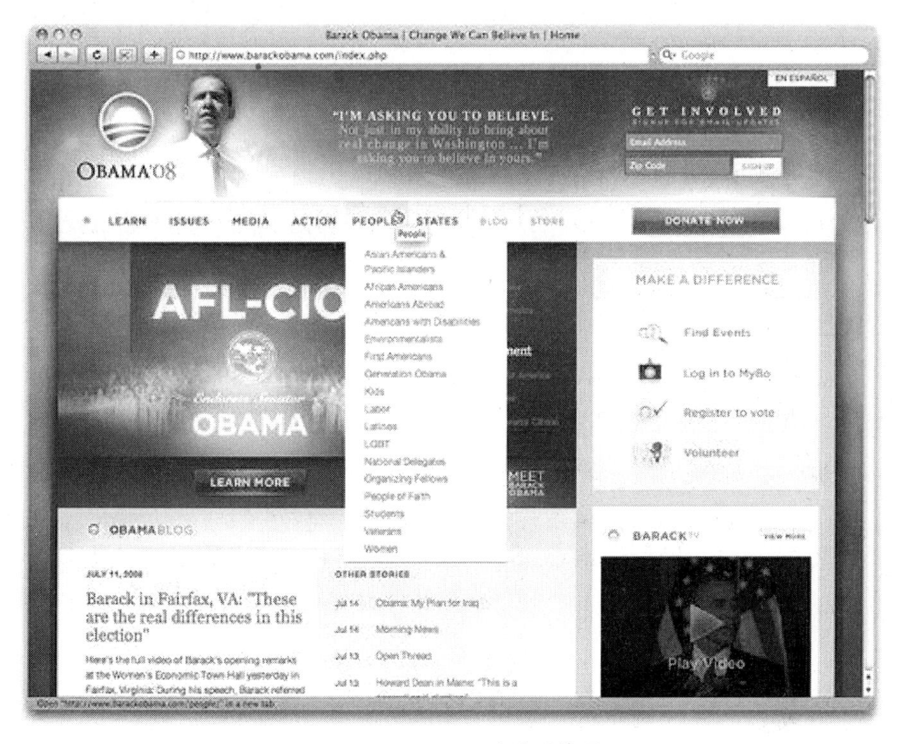

BarackObama.com 的首页截图

截至竞选结束的时候，这个网站的用户已经在网站上建立了超过 200 万的档案，计划了近 20 万个线下活动，组织了近 35 000 个小组，张贴了近 40 万篇博客，在近 7 万个个人筹款页面筹集到大概 3 000 万美元。

这样的举措，加强了奥巴马和他的支持者之间的联系，并利用支持者之间的互动，扩大了影响力。

奥巴马在互联网上的宣传还不仅限于此。在 Facebook 上，奥巴马的竞选团队也为奥巴马建立起了他自己的主页，通过这个主页向美国的选民进行宣传，也帮助奥巴马的支持者从 Facebook 上获取他的相关信息。

根据大选结束前的数据显示，麦凯恩在 Facebook 上的支持者人数约为 62.5 万人，而奥巴马的支持者人数则达到近 250 万人。奥巴马的个人页面也成为 Facebook 上最火爆的页面，排名第二的为美国游泳名将菲尔普斯的个人页面。

在美国大选的最后几天中，Facebook 留言板上的留言数量不断上升。在

2008 年 11 月 4 日之前的几天，Facebook 留言板上与大选有关的留言数量平均每日为 20 万条。而在大选日当天，与大选有关的留言总数则超过 200 万条，其中与奥巴马有关的留言数量为 100 多万条，与麦凯恩有关的留言数量为仅有不到 30 万条。

在另一个著名的社交网站 MySpace 上，奥巴马的空间上有大概 41.5 万个好友，在这一数字上，奥巴马也超过了麦凯恩。

在视频分享网站 YouTube 上，关于奥巴马的视频报道的总浏览量超过 1 500 万。即使是在 Twitter 这样非主流的迷你博客上，他也获得了 3 万多用户的关注。

大部分的美国年轻人，本来对政治并没有什么热情，但是奥巴马充分利用了互联网这一美国年轻人最为熟悉的新媒体，采用 Web 2.0 式的策略，增强了和民众之间的互动，赢得了他们的青睐，并最终赢得了大选。

奥巴马在上任之后，依然注重借助互联网的力量与民众进行沟通，以搜集民意，更好地调整和施行国家政策。如同他常用的政治口号“我们相信变革”一样，奥巴马运用互联网和基于互联网的社交网络，改变了以往美国政府政治与民众之间的信息沟通方式，因此被称为“互联网总统”。

奥巴马女孩

YouTube 是设立在美国、目前全世界最大的一个视频分享网站。这个网站允许用户将他们自己拍摄、制作的视频短片上传到网站上，供其他用户观看。如果用户觉得这个视频好的话，还可以推荐、分享给自己在网上的“好友”。YouTube 也允许其他网站引用它的视频，只要在网站的页面上嵌入一小段代码，YouTube 上的视频就可以在其他网站的页面上直接播放。像在 Facebook 上，用户就可以分享 YouTube 上的视频，并让好友在自己的页面上直接观看。

就在美国总统竞选如火如荼地进行时，一段“我狂热迷恋奥巴马”（I've Got a Crush on Obama）的视频在 YouTube 上开始疯狂流行。网上的用户疯狂点击观看，并且相互传递，在自己的博客、个人主页上引用这段视频。在短短的一段时间内，该视频的浏览观看次数就超过了 1 000 万次。网友看过视频后，还在页面上留下了诸如“lol I love this! Nice video! And agree Obama is so fine! He has my vote!”（哈哈，我喜欢，好视频！奥巴马太棒了，我要选他！）等各种各样的评论。

“我狂热迷恋奥巴马”视频截图

视频中的女主角安贝儿•李•埃廷格（Amber Lee Ettinger），在大街上高呼着奥巴马的名字，高歌“我狂热迷恋奥巴马，我已等不及 2008”。 而实际上，安贝儿只听过一次奥巴马的演讲，也并没有像视频中表现得那样疯狂迷恋奥巴马。

安贝儿在 FIT 学时装设计，课余的时候兼职做模特和演员。她虽然也参与过一些电视剧的拍摄，但都只是些跑龙套的角色。

有一天，安贝儿非常意外地收到了一封来自本•华莱士（Ben Wallace）的电子邮件。在邮件中华莱士写道，“我有一个很好玩的事情。我写了一首歌，你是否有兴趣在这两天拍个 MV？”

安贝儿当时只是觉得很好玩，于是就回信给华莱士，表示愿意同他见一面。

第二天，在 FIT 校外的一家咖啡馆里，安贝儿见到了本•华莱士，一个很酷的小伙子。与华莱士同行的还有另外两个人，一个是很秀气的女孩丽叶•考夫曼（Leah Kauffman），另一个是很文静的男孩里克•弗里德里希（Rick Friedrich）。在喝了几口咖啡，相互认识了之后，华莱士说明了来意。他们有一个自己的工作室，想自己做一个以幽默搞笑内容为主的视频网站。为了启动这个网站，他们制作了一首歌，这首歌是由丽叶谱曲、里克填词完成的，并且已经有了丽叶演唱的一个录音。这首歌的名字叫做《狂热迷恋奥巴马》（I've Got a Crush on Obama），之所以扯上奥巴马，是为了和时事挂钩，使得它更有轰动性。他们现在想要邀请安贝儿出演这首歌的MV女主角，因为显然丽叶太过文静了，不可能将这首歌的另类火辣风格演绎出来，而身材性感、火辣的安贝儿是一个更好的人选。

实际上，拍摄这段视频只花了一天的时间，就在学校的草坪长椅上、公寓楼顶上、地铁站里和公寓的客厅里完成了拍摄。随后，本•华莱士又花了一天的时间进行后期的剪辑和制作。就这样，不到两天的时间，这段视频的制作就完成了。

在视频当中，随着奥巴马竞选场面的闪回，一名身着性感服装的女模特在纽约大街上昂首阔步，她边走边唱着一首支持奥巴马的歌曲；当出现奥巴马穿着泳裤的照片画面时，这位女模特也身着比基尼泳装出境，开始热舞；当镜头给出女模特丰满美臀特写的时候，只见红色短裤上赫然写着"OBAMA"。

奥巴马那张在网上广为流传的泳裤照片，此前一直被新闻媒体诟病其不雅，而在这段视频火起来之后，这张照片却被民众视为奥巴马健康、性感形象的体现。

随着视频在网上的疯狂传播，事情变得越来越有趣。

安贝儿走到街上的时候，人们都会不约而同地叫到"Wow, Obama Girl"（噢，奥巴马女孩）。安贝儿因此一炮而红，成为了著名的"奥巴马女孩"。美国大大小小的报纸、电视台都来采访她，邀请她做节目；著名的成人杂志Playboy和Hustler都来邀请她上封面；纽约和加尼福利亚两家著名的经纪公司要将她签约下来，为某些品牌做代言……她甚至真的和几位美国总统候选人见了面。

伴随着奥巴马女孩的走红，这段视频中所表达的"狂热迷恋奥巴马"的情绪也日益传播开来。

与超过1 000万次的浏览次数形成鲜明对比的是，这段视频的制作成本不过2 000美元。虽然奥巴马的竞选团队否认这段视频的制作和他们有关，但是不可否认，这段视频最后所达到的效果是惊人的，它大大增长了奥巴马的人气，增强了他极具亲和力、健康、性感的形象，其效果甚至远远超过花费上千万美元制作播出的电视广告。

国内的网络媒体

网络媒体的发展给信息传播带来的改变，并不仅仅发生在美国。

近些年来，有越来越多的新闻，我们并不是首先从报纸或电视新闻里获知，而是朋友们在第一时间通过 QQ、MSN 告诉我们的。我们也很少准点等候电视、广播对这些新闻进行报道，而是会尽早通过搜索引擎或者是访问新闻门户网站，来了解新闻事件的详细信息。

在汶川地震发生时，网络媒体在新闻信息传播上就体现了强大的力量。而在汶川地震发生之后的很长一段时间内，网络媒体在动员救灾力量、募集救灾资金上，也发挥了重大作用。

2008 年 5 月 12 日 14 时 28 分，四川汶川发生了里氏 8.0 级地震，随后，有关地震发生的消息由官方新闻机构新华社在当日 14 时 46 分正式发布。

地震发生的时候，许多远在北京、上海等城市的民众，在写字楼里都有震感。在正式消息发布之前的 18 分钟里，突如其来的震感和猜疑，让人们充满了惶恐。

这个时候，民众纷纷从网络上寻找关于地震的消息。重庆和四川因为地震的缘故，对外的通信受阻。在平时很少有人问津的地震局网站，因为无法负载一下子大量涌入的网民访问，陷入了瘫痪达半个小时。但一些网民通过访问美国地震调查局的网站，找到了相关信息，并通过 QQ、MSN 等在线聊天工具，以及迷你博客 Twitter，传播着关于汶川地震的各种消息。

14 点 46 分，在新华社正式发布汶川地震的消息后不久，国内主要的电视广播机构还没来得及采集和制作关于地震的新闻电视节目时，一段由一位大学生在成都地震现场拍摄的视频《成都地震》已在土豆网上发布。

拍摄者注明的视频拍摄时间是 2008 年 5 月 12 日 14 点 29 分。视频中，有人在大声呼喊同学的名字，“我爱你”；有人躲进宿舍床底和桌底寻找掩护；还有许多诸如“别急”、“冷静”、“上网”之类的声音；最后，镜头转向宿舍楼下，只见大批人正在逃往楼外。

土豆网的后台数据监测表明，这段视频上传后，被网民相互分享、传播，网民竞相浏览，浏览次数以每秒超过 100 次的速度刷新。

5 月 13 日早，CCTV 播放了记者通过 QQ 传回的灾区视频画面。之后，大批网民进入天涯、百度贴吧和各大 BBS 对地震的消息进行讨论。

5 月 14 日，当各大门户和社区（包括博客）风起云涌地讨论地震话题时，广播、电视和报纸等媒体也开始进行全面报道，发挥第一现场的作用，而网络也还在继续发挥着新闻信息发布和传播的作用。电视广播等专业媒体的报道相对更为准确、全面和深入，而在网络上传播的新闻信息虽然相对零散，但是更受到民众的关注，有更强的体验性，在民众之间主动传播起来也更为迅速。

在赈灾动员方面，社交网络也发挥了重大作用。

国外文章翻译网站“译言”，迅速组织网友，以协同工作的方式翻译了 3 种不同语言版本的救灾手册；而豆瓣网等一些较突出的专业性 Web 2.0 网站和在网上有较高威信的个人和机构，将采集到的新闻信息予以发布，对专业机构的工作形成补充。

此后，众多互联网公司、个人博客利用在线支付工具发起了募捐活动。其中，由许多名人博客构成的网站牛博网的表现特别突出。在地震发生后的第二天，牛博网创始人罗永浩、作家韩寒和时评作者连岳，就在牛博网上联合发布了《四川大地震捐款捐物的方案（初稿）》，为灾区募捐。在短短 4 天的时间里，就收到了来自众多互联网用户总计 140 多万的捐款。之后，牛博网在网上公布了赈灾物资的全部账目明细及发票、收据、收条原件的照片，接受捐款者的监督，并因此受到了社会各界的广泛好评。

地震发生后，网友们利用 MSN 的签名档发起了哀悼活动。在 5 月 19 日下午 2 点 28 分，距地震发生整整一周，网友们纷纷将自己的 MSN 状态设置为“隐身”，以此哀悼遇难同胞。

MSN 彩虹签名行动网站截图

微软发起了一个基于虚拟表情的"MSN 彩虹签名行动"。"彩虹连心，支援灾区"，每一个网友只要在自己的 MSN 签名档前面加上一个彩虹虚拟表情符号，微软 MSN（中国）、广州丰田等联盟企业就会捐出一份爱心款。通过网友们在 MSN 上的相互影响和传播，截止到 2008 年 6 月 2 日，共有 6 216 469 人次参加了这次活动。

在国内最火热的社交网站校内网上，用户不仅大量分享关于抗震救灾的新闻报道、图片信息，许多人还纷纷把自己的头像换成黑白图片，以表示对这次灾难的沉痛哀悼。

6 月 25 日前后，土豆网、优酷网等视频网站开始出现有关地震避难常识及心理咨询的相关视频。

网络帮助了汶川地震信息的传播，动员了民众力量，表达了民众的情感。众多 MSN 用户，都在昵称前面加上了一个小红心和"CHINA"的字样，这种爱国签名方式在 MSN 上也如同火炬一样被传递着。

毫无疑问，互联网及基于互联网的社交网络，已成为一种新的力量。它们对传统的信息传播方式提出了挑战，并日渐影响着我们的日常生活。

第2章 人人可参与的网络生活

互联网让用户得以超越传统的信息渠道，与全世界分享各类信息文化内容。

Web 2.0 网站的诞生，让更多人成为信息的生产者和传播者，参与到网络内容的贡献和建设上来。博客、网络相册、视频网站等各种新型的互联网应用，开启了一个拥有更丰富内容的信息时代。

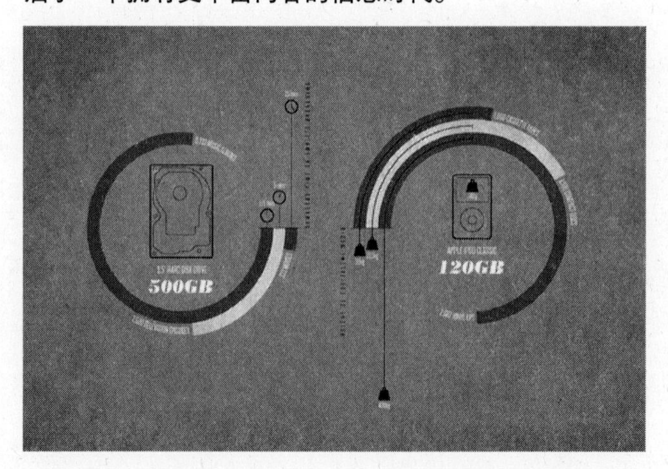

变迁的信息平台

SNS 是互联网发展过程中出现的一种新型网络服务形态，它把人所拥有的社会关系纳入到互联网之中，并根据人自身的特点和需求，依托其社会关系，重新进行信息组织和构建。

人类社会中信息的传播模式，经历了“分散传播→媒体中心传播→分散网络传播”的转变历程。

在古罗马时代，如果你有重要的观点和言论需要向民众表达，大可站到罗马广场的演讲台上发表自由演说。如果你本人有足够的知名度，又或者你的演说足够精彩和有说服力，便会获得大量听众的拥趸，并对社会产生一定的影响。

那个时候并没有所谓的主流媒体，纸张也很稀少，大部分的信息都是依靠人和人之间言论传播。毫无疑问，这样的信息传播模式的传播范围和效率非常有限，不同地域的人之间很难交流彼此的信息。

中国东汉时期的蔡伦，改进了造纸术，从此纸张成为信息传播中被广泛应用的一种介质。德国的约翰•古登堡将中国的活字印刷术推广到欧洲之后，书籍的出版推动了欧洲的文艺复兴。

1609 年，德国出现了第一份报纸《报道与新闻》，从此，信息有了即时传播的渠道和方式。

随着无线信号传输技术的发展，出现了广播电台和电视台。报纸、杂志、广播、电视共同组成了现代意义的媒体。

媒体的出现，打破了原始社会那种人与人之间口口相传的交流传播模式，形成了以媒体为中心的传播网络。这样的信息传播平台，使得信息能够更迅速地在更大范围内传播。尤其是一些主流媒体，承担着传播社会信息的重要任务，大量的社会信息都通过媒体进行中转和转播，为这些媒体树立了权威，使它们成为民众获取社会信息的主要渠道。

一方面，无论是架设广播电台、创办电视频道，还是开办报刊、杂志，都需要大量的资源；另一方面，即便有非常广的传播范围和有效的传播手段，这些主流媒体所能承载的信息也是相对有限的，对于内容的控制权始终只掌握在少数人手中。

报刊杂志的版面始终是有限的，电视的播出时段也无法随意增加，而黄金时段更是抢夺的焦点。

媒体变成了信息传播的中心。一对多的广泛传播能力，造就了一个又一个热门。这些依靠稀缺资源建立的信息传播中心，却又极容易受到少数人的控制，而变成缺乏公正性的工具，使得真正的民众的声音被遏制。

20世纪60年代，互联网诞生，为人类社会钩织了一张广阔的电子信息网。此后，网络自身又经历了从站点的中心传播模式，到大众参与的Web 2.0网络平台的变革，颠覆了以媒体为中心的权威，重新构建了人与人之间直接进行信息分享和交流沟通的渠道。

互联网成为了一个人人参与、共同构建的平台，这也是SNS社会化网络的开始。

什么是Web 2.0

互联网诞生的初衷，就是为了更好地分享和传递信息。

最开始的时候，互联网的功能仅仅局限于美国国防部的计算机之间的数据传输，当时世界上的计算机总体数量并不多。后来，高校也开始拥有自己的计算机设备，由于很多高校的研究机构会参与美国军方的科研项目，因此，高校的计算机也加入了这个网络。高校的技术人员除了通过计算机网络分享研究数据之外，还发明了一种新的技术方法，用来发布、共享文本信息给其他人，利用同样的方法也可以浏览、查看他人发布的信息。这就是最早的Web技术。基于这种技术的软件，就是我们现在所说的浏览器。

随着个人计算机的普及，联入这个网络的计算机越来越多，那些拥有丰富的内容资料又懂得如何利用技术方法来组织发布信息的人，开始在性能相对强大的计算机上开设网站，提供信息给其他人浏览、访问。而大多数的其他普通用户，则只能通过网络来查看、接受这些信息。这就是相对意义上的互联网的Web 1.0时代。

现在的我们，则是身处在一个被称为Web 2.0的互联网时代。即便你不是在IT行业从事技术工作，相信你对“Web 2.0”这个名词也并不陌生。但凡谈及一些新鲜的互联网网站，总会提到Web 2.0的概念；前面所介绍的博客网站，也是Web 2.0

时代的典型应用。那究竟什么是 Web 2.0 呢？

"1.0"、"2.0" 看上去很像软件的版本号，实际上，我们的互联网并没有一个明确的 Web1.0 和 Web 2.0 的版本区别。互联网自身以及各种互联网技术，都是一步一步逐渐发展、提升的。互联网是一个由众多网站服务器、个人计算机通过物理的通信网络连接在一起的集合，这些网站服务器、个人计算机使用的操作系统、各种应用软件，还有相互之间连接使用的网络协议版本、连接方式从一开始就不是完全统一的，谁也没有办法号令所有人，把连接到互联网里的计算机的软件，从 Web 1.0 版本全部升级到 Web 2.0 版本。

Web 2.0 这个概念，最早是由互联网先驱、O'Reilly 公司副总裁戴尔•多尔蒂 (Dale Dougherty) 提出来的。O'Reilly 是世界上最著名的计算机图书出版商，他们的很多编辑和工作人员都是资深的程序员和顶尖的技术专家出身，因此，他们出版的书籍一直紧贴行业发展的趋势和潮流。戴尔•多尔蒂第一次提出这个概念是在公司内部的一次会议上。那个时候正是互联网发展的一个低潮时期。

2001 年，互联网公司泡沫破灭，行业经历了大衰退。股市的泡沫，虽然代表了投资者对于互联网技术投资的盲目和疯狂，以及期间造成的浪费，但无论如何都为技术的研究和发展带来充足的资源和动力，使其可以得到长远的发展。而泡沫的破灭和股市的衰退，则预示着那些真正有价值的顶尖技术和产品将会淘汰那些劣质者，从而占领市场，带来全面的变革。

正好像一个乐章的结束预示着新的乐章开始一样。在股市泡沫破灭之前，大量投资带动发展出来的各种各样的新型网络应用和独具特色的服务网站纷纷涌现，体现了令人惊奇的技术水准和发展前景。而这些网络应用程序和网站，在很大程度上代表了未来互联网变革的方向。因此，戴尔•多尔蒂提出的 Web 2.0 所包含的各种互联网的新兴概念，很快被大家认同并采用，这在一定程度上也增强了人们在低潮时期对于互联网未来发展的信心。

Web 2.0 到底包含哪些概念呢？截至目前，Web 2.0 并没有一个十分明确的定义，不过 Web 2.0 有自己的一些特点和内涵，以区别于 Web 1.0 时代的网站。总的说来，Web 2.0 大致包含以下几个特征。

- 用户的集体参与。

早期的互联网，网站上的所有信息都是由网站管理员来添加、编排的。不论是雅虎、新浪、搜狐这样的新闻门户网站，还是公司企业的官方介绍性网站，除了网站管理员以外，其他用户只能被动地接受网站的信息内容；用户没有办法添加、更改网站的内容，或者参与信息的筛选，或者进行交流、讨论。

而博客网站，以及在 Web 2.0 概念提出以后的 Flickr、YouTube 等站点，内容主要由用户添加，网站的管理员和编辑们在网站内容的贡献上退到了比较次要的位置，他们的工作更多的是体现在审核信息、挖掘和推荐优秀内容等维持、保护网站内容导向的工作上。在新闻网站 Digg 上，更是充分发动用户，依靠民主的"投票"来完成内容的筛选审核。网站的角色，不再是一个内容信息的提供者，而成为一个信息平台的构建者和维护者；而用户则可以自己生产和消费信息内容，并且整理和评价内容的质量，成就更有价值的信息。

对于 Web 1.0 的网站来说，数据信息是核心内容；而对 Web 2.0 的网站而言，用户群体则成为网站发展成型的关键。如果没有用户的参与，Web 2.0 的网站会变得空空如也。

- 网站的平台化。

提供信息内容的 Web 1.0 网站，更像是报刊杂志或者文档资料的网页版本，它们只是把原来印在纸面上的信息，以网页的形式展现了出来。一个网站，它提供的功能或者服务如果仅仅是信息浏览或其他单一功能的话，就不能算作是 Web 2.0 的网站。

Web 2.0 的站点，更多的是提供平台化的服务。用户拥有更大的自主控制的权利，可以通过网站的服务，将内容和信息更好地整合、传递，并延伸到网站以外的地方。

Flickr 提供的是网络相册功能，可以满足用户存储数码图片、分享照片的需要。YouTube 则是在视频服务上提供了类似的共享功能。此外，它们还允许用户将这些信息内容分享、引用到其他站点上。

中国最火的购物网站淘宝网，本身并不直接销售任何产品给用户，但允许用户在它的网站上开店卖东西给其他用户。我们所熟悉的搜索引擎网站 Google 和百度，所提供的仅仅是网页搜索的功能，用户可以通过它们搜索到其他相关网站上的特定信息；它们的广告系统以及搜索工具条，还可以嵌入到其他网站上。

平台的特性，使得网站成为了用户自由发挥的空间；网站因此能够更好地聚合、整理信息资源，成为更好的组织发布工具；网站自身的影响也随着信息资源的拓展而延伸。

著名的“Web 2.0 网站街道”图

- 个性化的信息表现。

在互联网的 Web 2.0 时代，信息是用户自己贡献出来的，每个人都是互联网的信息来源。网站的风格和内容，大多是根据每个用户的不同特点所安排的，网站还会根据用户的需要和兴趣来提供具有特色的服务。因此，网站的页面和信息，对用户而言不再是千篇一律的样子。

随着 HTML、CSS 等 Web 页面技术的发展，网站的内容和表现形式实现了相对分离，网站可以提供给用户更漂亮的页面风格。而动态页面技术的发展，使得网站可以根据用户选择内容的偏好，或是根据用户浏览信息的记录来提供、推荐、呈现给用户不同的信息内容。

- 更为丰富的交互功能。

Web 1.0 网站大多是以静态的页面来组织呈现，网站中每个页面的内容都是固定不变的；即便有的可能会嵌入一些动画，动画的内容也是相对固定的。因此，每次点击查看新的内容或是点击“下一页”，都需要进行页面刷新，等待跳到新的页面。

Web 2.0 网站所使用的技术，能够呈现出交互效果，不再只是在页面间通过链接跳转那么简单。如最为出名的 Ajax 技术（Ajax 实际上不仅仅是指一项技术，而是包含了一系列技术的组合），就支持页面在不刷新的情况下进行动态化的呈现，使内容可以即时地显示、更新，使用户在浏览信息时不仅能花费更少刷新、等待的时间，还可以看到更眩、更酷的视觉变化效果。

包括 Adobe 的 AIR、Microsoft 的 Silverlight 等在内的网页技术，使得网页可以实现和计算机桌面应用程序一样的交互使用效果。从点击按钮、切换内容到音乐、视频的在线播放，新的 Web 页面技术更好地融合了计算机的功能应用，使得利用网页实现所有程序化的功能成为了可能，并引导着计算机的桌面程序渐渐向网络应用的方向转变。

- 通用化的技术标准和规范。

互联网本身是一个由各类站点、个人计算机组成的集合，在其发展过程中，所采用的技术也是五花八门。早期的网站，都是通过不同的程序语言和技术框架标准搭建的，再加上用户使用的个人计算机在操作系统、浏览器上的差异，网站和网站之间进行数据交互时，以及用户对网站信息进行浏览时，就如同电视机的制式不同和手机的网络不同一样，常常会出现兼容性的问题，造成信息无法正常访问。

在 Web 2.0 时代，技术人员为解决这些问题，制定出了包括网页显示、网站内容格式等在内的一系列标准。此外，还出现了像 RSS 这样的网站内容聚合技术，让网站信息可以通过相应的工具进行订阅。这样，原本需要被动等待用户访问的网站信息，也可以主动地推送到用户面前。对于用户而言，这种集中阅读更新的方式，也提高了他们获取信息的效率。

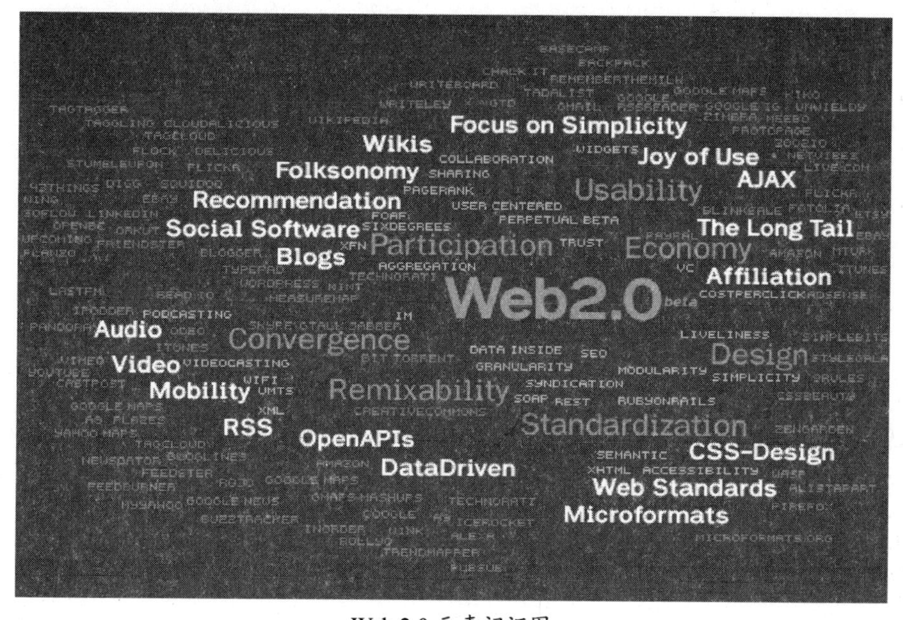

Web 2.0 元素词汇图

Web 2.0 的产生，以及它所拥有的这些特点，其实都是在朝着一个方向，即让互联网更加开放，更具备民主和分享的精神。对于互联网来说，没有哪一个政府机构和企业组织拥有对它的完全控制权。新型的 Web 2.0 网站，创造了各式各样多元化的舞台，任何组织和个人都可以利用这些网站提供的功能、服务来传播和分享信息。这些新型的网站，也因为有众多民众的参与，获得了更广泛的影响，成为一个社会化的工具，互联网也因此成为了有更大意义的社会化网络。

从博客开始

在互联网诞生之初，接入互联网的用户都是研究院的工作人员和科学家，他们在利用互联网分享科研资料的同时，也会通过网络日志（Weblog）注明更新的信息，或者记录下自己最新的研究成果和进展。

随着互联网的用户越来越多，用户不再只是关注科学研究的专家，而是有更多来自其他行业的用户，他们开始用网络日志来发表一些关于事实新闻甚至个人生活的消息和评论。Weblog 也被简称为 Blog，中文音译过来就成了博客。

最开始，要在互联网上写博客，还是一项技术活，需要自己用代码来编写每个页面，还要配置好计算机以供其他用户访问。对大多数人而言，这是难以做到的。后来，程序员开发出了博客程序，大大降低了普通用户搭建博客网站的难度，只要有一台 24 小时连入互联网的计算机，或者是租用别人的服务器，再买个域名，安装好博客软件，之后通过简单的选择，用户就可以搭建自己的博客网站供互联网上的其他用户访问了。用户还可以像用 Office Word 编辑文本一样在网站上编写、添加博客文章。

有了这些工具辅助，个人博客网站日益盛行开来。

一个人的媒体“德拉吉报道”

麦特•德拉吉（Matt Drudge）从小就对新闻行业非常感兴趣。他虽然喜欢写作，但是在学校时的成绩很差，大学里也没有去学习新闻专业，也没有新闻机构颁发的相应证书，因此，虽然他到洛杉矶时希望能够从事新闻工作，但没有一家新闻杂志社或者电视广播的新闻机构愿意雇佣他当记者。

迫于无奈，他只好在哥伦比亚广播公司（CBS）属下的一家加州礼品店找了一份工作维持生计。但同时，他也没有忘记自己的理想，经常写些文章报道，四处投稿。

媒体的新闻编辑部，往往是一个相对封闭的圈子。在那里，一篇文章是否能够发表，很大程度上取决于编辑的个人喜好，或者要仰仗和编辑的关系。德拉吉毫无背景，文章也始终难以取得编辑的喜爱，因此投稿常常石沉大海。

直到后来，他攒钱买了一台电脑，发现了互联网这一全新的世界，事情才出现了转机。

德拉吉发现，互联网上是一个相对自由的空间，这里没有过多的限制，也没有机构来进行监督。德拉吉开始利用博客在网上发表文章，开始他自己的新闻事业。

尽管德拉吉后来升职成为礼品店的经理，但他始终没有放弃他自己的新闻工作。他一边工作，一边从被人们认为毫无价值的资源中挖掘有意思的信息，并把它们发布到互联网上新闻讨论的论坛之中。

在最开始的时候，在许多人看来，“德拉吉报道”和网上许多小型新闻站点一样，不过是一个搜集、发布花边新闻、小道消息的地方，没什么太大价值。但是德拉吉一直坚定着自己对新闻事业的追求，他勤奋地工作，深入挖掘各类新闻渠道，以获取更多的消息，并且以惊人的速度更新他博客上的文章，还通过邮件即时向他的用户发送各类新闻报道。

渐渐的，德拉吉的勤奋工作有了回报。随着网站访问量的提升，他和他的博客有了些许名气。

美国大众化的技术杂志《连线》从他的新闻邮件中摘取了一部分精华刊登在杂志上，并按吉拉德的要求，既不干预他写作的新闻内容，也不对他新闻报道进行再编辑，保证原汁原味。

“美国在线”（AOL）也注意到了他的工作，把“德拉吉报道”同步放到 AOL 的网站上，并且每年向他支付 3.6 万美元作为各种开支的费用。

借助 AOL 的用户，德拉吉拥有了更多的读者。

他的网上知名度也有助于他的报道工作。他独家报道了 CBS 解雇著名华裔主持人 ConnieChung 等一系列新闻。由于有在法新社工作的“内线”的主动帮助，他在美国率先发布了黛安娜遇车祸身亡的消息，比美国各大电视网早了 7 分钟。

很快，他的博客网站的点击率达到了每天 4 万次。但他依旧保持着较高的博客更新频率，每天更新好几次。

对于传统媒体声望的成功挑战，使得他名声大噪，《时代》、《新闻周刊》、《人物》、《今日美国报》、《华盛顿邮报》等传统媒体，都先后对他作了采访报道。

德拉吉的知名度不断扩大，出版社也找上门约他出书。以自由派观点著称的美国名记者、现任微软旗下网上杂志《石板》主编的迈克尔•金斯利（Michael Kinsley），虽然不赞同德拉吉的政治倾向，但是对他的才华和勇气十分赞赏，于是邀请德拉吉进入《石板》工作。为了保持独立，德拉吉拒绝了这份收入达 6 位数的工作。

1998 年 1 月 17 日深夜，德拉吉将一条信息发布到了他的博客网站上，同时也向他在世界各地的近 5 万名邮件订户发送了这条消息。这条震惊世界的独家新闻，让德拉吉的博客网站展现出博客超越传统媒体的力量。

这条消息，本来最先是被《新闻周刊》杂志获得的，但在付印前的最后一分钟，编辑还是把这条消息从他们的版面上撤了下来，因为这条新闻极有可能对美国政府造成震撼性的影响——克林顿总统与白宫助理莱温斯基的绯闻。据传言，这条信息是美国《新闻周刊》的记者迈克尔•艾西科夫费尽心机挖掘到的，是他平生最大的一条新闻，但就在即将刊登见报的时候，这条新闻却被新闻周刊的高层扼杀了。这是传统新闻媒体机构常常会出现的问题。

作为一个独立的博客网站，德拉吉显然不会被人所左右。他义无反顾地将这条爆炸性的新闻在他的博客上刊登了出来，新闻的题头上赫然写着“世界独家新闻”。

一夜之间，这个网站闻名全球，网站日访问量由不足 1 000 人次激增到过万人次。

这条新闻在“德拉吉报道”发布后迅速传播。传统媒体在观望了相当长一段时间之后，才开始全力追踪，竞相挖掘关于白宫绯闻事件的更多信息以找明事实真相。

德拉吉因此走上了美国全国新闻俱乐部的讲台，并应邀向全美新闻界精英发表演讲。这本身就是一条新闻，路透社当天就此事播发了标题为《德拉吉单骑勇闯“虎穴”》的特稿。

德拉吉报道截图

经过德拉吉的不懈努力，再加上对几次重大事件的报道，如今的“德拉吉报道”，已经从一个小小的博客，发展成为每个月有6亿浏览量的网站，其传播面和影响力甚至超过了很多报刊杂志、广播电视等媒体机构。前美国国务卿鲍威尔，甚至把“德拉吉报道”设为自己电脑的浏览器主页。

美国福克斯电视新闻网资深副主席切特•科里尔（Chet Collier）对媒界说，德拉吉是“互联网上的第一明星”。福克斯还与德拉吉签订了为期3年的合约，由德拉吉领衔制作一档新闻闲话节目。这档还未命名的节目将聚焦于体育、娱乐、政治、商业领域的名人，报道他们的最新动态。

一个业余的新闻工作者，通过互联网，利用博客，成为了一流的新闻媒体，其价值和影响力甚至远远超过很多传统媒体，这正是互联网的广阔平台提供给个人创造的空间和机会。

以美国的《时代》杂志为例，一篇文章在刊登之前，平均要经过8.5个编辑的审核，而自由的博客突破了这些繁琐的限制。传统媒体需要特权来占用媒体所控制的稀缺资源，用以信息的传播发布，而互联网提供的工具打破了这种限制。

这样一种由个人通过网络担当内容创造者和传播者的媒体角色，还被称为“自媒体”。博客在新闻传播上产生的影响，最早体现了Web 2.0的社会化网络价值。

Blogger.com 引发的博客浪潮

个人架设博客网站，仍需要一定技术和资源基础。比如，至少要会配置博客软件并拥有服务器空间，那么，开放式博客网站的出现，则使得开设个人博客，变成普通用户也都能轻而易举完成的事情。

埃文•威廉斯（Evan Williams）和两个朋友在1999年8月创立了Blogger.com。Blogger.com是最早提供博客发布服务的网站之一。

Blogger 提供的服务使得博客的发布变得更加容易。用户不必编写任何代码或者安装服务器软件或脚本，只要通过WYSIWYG界面就可以轻松地建立、发布、维护和修改自己的博客。Blogger还允许有经验的用户自己设计博客界面，并在在线帮助页面提供了详细的资料和指南。

Blogger.com为用户提供免费的服务器空间，用户不需要自己提供硬件设备，就可以在互联网上拥有自己专属的固定链接的博客空间。

Blogger 网站截图

2003 年，搜索引擎巨头 Google 公司收购了 Blogger 网站，将它的所有服务都免费提供给用户。

在 Blogger 开先河之后，越来越多的网站开始提供博客服务。更多类似 Blogger.com 这样的网站的出现，给个人开设博客提供了所需要的所有资源服务，无疑使得开设博客成为了更为简单的事情。

博客网（www.bokee.com），原名博客中国（www.blogchina.com），创建于 2002 年 8 月，是中国最早的博客网站。其创始人方兴东，早年因为在互联网上发表文章，反对政府采购 Windows 及 Office 作为办公室软件，抨击微软的霸权主义，而成为中国 IT 界的名人。

包括新浪、搜狐在内的各大门户网站，也纷纷推出了自己的博客服务。新浪和搜狐利用自己的资源优势，邀请各个行业的名人，到自己的博客频道开设博客，发表关于自己所在行业的新闻咨询、观点评述，或是自己生活中的点滴感悟等，掀起了中国的博客浪潮。新浪博客的热门文章，每周都有数十万的点击阅读量。

中国著名女星徐静蕾，她的博客文章虽然不过是在工作、生活上的一些感想体会，并没有太多知识内容，但其轻松自然的文笔，却受到了粉丝们的热捧，获得了超过 2 亿的点击量，一度成为新浪访问量最大的博客。徐静蕾因此获得了“才女”的称号，知名度和影响力也进一步增强。借助其博客的人气，徐静蕾更是开设了自己的网站，并创办了线上的电子杂志。

个人博客成为了打造自我品牌的互联网工具。

中国IT行业的名嘴Keso，同样是利用博客完成了自我品牌的打造。

Keso的真名叫洪波，大学的专业是中文，毕业后曾到八一电影制片厂做过编导。在拥有自己的第一台计算机后，洪波开始痴迷于互联网，开始为各类计算机杂志投稿。后来，中央电视台军事部与八一制片厂合并了，洪波对做电视新闻没兴趣，没过几个月就辞职了。1996年，洪波加入了《软件》杂志，开始当新闻编辑。1997年，在中国互联网发展初期，洪波加入了做网络接入服务的中网公司担任副总裁，之后又因为公司业务转型而离职。

洪波之所以成为中国IT行业最有名的评论人士，不是因为他的从业经历，而是因为博客。

2003年开始，洪波创建了自己的博客“对牛乱弹琴 | Playin' with IT”。洪波通过RSS阅读器订阅了1 000多个博客，每天阅读大量的文章。通过对各方信息的积累，加上自身对互联网的热爱，使得洪波对互联网有了非常深刻的理解，文章的观点也非常犀利，因此得到了众多读者的拥护，被誉为“中国头号博客”。订阅洪波博客的人数超过了5万人。Google第一次请中国传媒行业人士到美国去参观时，洪波就以独立评论人的身份被邀请，毫无疑问，这是行业对其影响力的肯定。

杰夫•贾维斯（Jeff Jarvis）曾是一个专职的记者，但是后来变成了一位自由撰稿人，博客改变了他的职业生涯。他开设一个名叫“嗡嗡机（Buzzmachine）”的博客，由于他的博客有非常高的专业水平和新闻价值，获得了众多读者的关注和订阅。通过在博客中投放广告，仅2007一年贾维斯就赚到了13 855美元。因为这个博客的影响力，贾维斯更是被聘请为纽约城市大学新闻研究生院的教授（每年大概6位数的收入），并被邀请参加各种咨询会和演讲会（好的时候能挣到几倍于以前的收入），还获得了图书出版的合约（稿费大概是那些咨询会和演讲会收入的两倍）。

博客让贾维斯名利双收，使他每年可以轻松赚取7位数的收入，而贾维斯每年只需花费327美元，就能支付运营这个博客所需的所有开支，包括独立域名和服务器空间的费用。

博客，使个人可以在互联网上拥有能更好展示自我的言论空间；不管是自己的业余爱好，还是专业的研究，借助互联网，每个人都可以把他们想表达的观点和知识散播到世界的各个角落。克莱•舍基（Clay Shirky）在他的著作《众志成城》(Here Comes Everybody）中，描述了博客流行和新闻出版行业大规模业余化带来的影响："新闻的定义发生了改变，它从一种机构特权转变为一个信息传播生态系统的一部分，各种正式组织、非正式的集体和众多个人都杂处在这个生态当中。"

博客破除了媒体权威对信息传播的控制，赋予了个人在社会当中的话语权，使得每个人都有展现自己的舞台，从而获得更多机会。一篇篇的博客文章，也拉开了用户参与网络内容贡献和自我展现的序幕。

应运而生的RSS

Web 页面通过地址链接，提供了更好的查看索引信息的方式。以往各种学术文章，末尾总会有冗长的参考文献列表，按照那样的模式去查找参考资料，进行延伸阅读，要耗费大量的时间。按照 Web 页面的方式，通过链接跳转，鼠标的轻轻点击就可以切换到索引的信息页面，展开参考内容。互联网为用户提供了一个立体的信息空间，通过网络链接为这些内容建立提供联系。链接也成了用户获取信息的入口。

尽管在互联网上通过各种链接用户能够方便地查找各类不同的内容来源，但面对越来越多的博客，面对不断增加的信息内容以及大大小小的网站，用户如果每天依次访问站点来获取内容更新，也会造成不小的负担。

有没有可能像我们订阅报纸或者杂志一样，当这些网站的信息有更新时，能够主动把信息递送过来?

早期的网站都采用电子邮件订阅的办法。用户可以申请订阅某一网站的内容，而网站会定期将更新的内容发送到订阅用户的邮箱。这一方法的时效性不是那么强，邮件的展现形式也限制了网站内容的展现。

为了更好地解决网站更新阅读的问题，技术工程师们发明了 RSS 技术，为用户提供了一种更及时、更便捷的信息阅读、展现方式。

RSS 是 Really Simple Syndication（聚合内容）的缩写，是在线共享内容的一种方式。RSS 规定了网站内容的一种特定格式，按照这种格式，网站可以将新内容以增补的方式输出，成为一个 RSS 信息源。一旦有新的信息内容在网站发布，

RSS 阅读工具就可以获取到这些信息，显示更新到用户的阅读工具上。

许许多多优秀的个人博客或者小站点由于其专业性或特色，往往会受到部分用户的特别青睐，但大部分博客并不会像报纸或者电视节目那样定期发布或播出，博主可能会一天发好几篇，也可能连续几天都不更新。如果用户收藏了站点的 RSS 信息源，不用依次访问这些站点，就能够即时获取到网站更新的内容，并在 RSS 阅读器上阅读、访问这些新增的信息。这使得用户拥有了主动获取信息的能力。

RSS 构建了一个稳定的信息发布渠道，用户在 RSS 阅读器上的订阅，构成了信息源（可能是博客或网站）稳定的读者群。这类似新闻、杂志获得稳定读者群的办法，只是技术的手段代替了以往邮局的邮递员，而用户获得新内容的时间，也不局限于以往的稳定周期。

RSS 阅读工具一般分成三类。

- 第一类是计算机的桌面应用程序。借助这些程序，通过所订阅网站的 RSS 信息源，可自动、定时地更新新闻标题。
- 第二类是内嵌于计算机现有应用程序中的插件。例如，内嵌在微软的 Outlook 中的 NewsGator，只要查阅 Outlook 的收件箱，就可以查看相关的 RSS 内容。又例如 Internet Explorer 浏览器中的 Pluck。
- 第三类是在线的 RSS 阅读器网站。用户只要登录网站就可以获得从 RSS 源获取的信息内容，并且可以保存阅读状态，推荐和收藏自己感兴趣的文章。例如，Google reader，还有国内的“鲜果”、“抓虾”。

其中，在线的 RSS 阅读器信息更新较快，但是不像应用程序或程序插件一样可以把内容保存到计算机上以方便离线的时候阅读。

提供 RSS 信息源的网站，能够获得稳定的用户，因此 RSS 随着博客的火热而被广泛采用。新闻网站等内容时效性比较强的网站也都开始支持 RSS 订阅，以便于用户及时获取网站内容的更新。

借助这些支持 RSS 的阅读器，网络用户不需要打开网站页面就可以阅读支持 RSS 输出的网站内容。RSS 所支持的内容不仅仅是文本，图片、视频（以外链的形式）等也都可以通过 RSS 推送到用户的页面上。

RSS 让信息具备了主动推送模式，为用户提供了完善的聚合和追踪模式，创造了新的互联网信息传播模式，也提升了用户获取信息的效率。

RSS 对多信息源的聚合，成为了 Web 2.0 网站在内容组织上的典型呈现方式。

这种聚合也许来自用户的主动订阅或其他一些行为产生的默认订阅关系，也许是根据账户之间建立的某种联系，也许是基于对用户访问的信息内容的数据分析而给出的推荐。这些不同来源的内容，聚合在一个页面，使用户可以更快速地集中浏览。

一切来源于用户

博客网站，使个人在互联网上获得了能够广泛表达自我的机会。信息的传播，不再受到媒体和权威的控制，广大网络民众也获得了对等的机会。这使得网络民众更加积极地投入到互联网的信息贡献中。网民自发贡献的信息呈现爆炸式的增长，在作为以往互联网信息的主要来源的新闻门户网站之外，为互联网用户提供了更丰富的信息。

Web 2.0 时代的互联网成为一个由大众生产和提供的信息内容所汇聚的海洋。博客网站，反映了 Web 2.0 时代的一种新型的网站运营模式，即 UGC（User Gernerate Content），让用户自己创造内容；而其他网站用户，则获得了更多信息，可以“消费”这些内容。

作为网站访问者、信息“消费者”的用户，为何会心甘情愿成为网站内容的贡献者呢？用户显然不会是出于丰富网站的目的，只是在享受网站所提供的信息服务时，不自觉地扮演了这个角色。因此，需要大量用户参与的 Web 2.0 网站，必须要能提供有普遍应用价值的功能。

博客网站，帮助用户解决了建设博客所需的技术、资源问题，让用户可以创造自己的言论空间；当大量的用户在博客网站上撰写文章，向其他网民表达自己的时候，网站也就获得了丰富的内容。在博客上的文章，如果有了读者的积极反馈，就更能激发博主写作的兴趣，从而形成良性的循环互动。

Flickr 图片网站和 YouTube 视频网站，是 Web 2.0 时代 UGC 网站的另一个典型代表。

如同博客网站一样，对于用户而言，这些图片网站和视频网站都是一种分享、发布的工具。不同于以往的网站，这些网站把内容管理的功能开放给了用户，当然，管理的权限仅限于用户自己所贡献的内容。

在这些 UGC 网站里，用户不仅可以添加内容，还可以删除自己所上传的内容，并对相应内容的访问权限进行管理，这就相当于把控制权完全交给了用户。用户在拥有了控制权之后，反而加强了对网站的信任，并更加充分地享受网站所提供的服务。在默认情况下，用户所贡献的内容都会开放所有访问权，网站在设计上也会努力引导用户进行分享，然后网站再将那些公开的优质资源推荐给更多用户访问，并允许用户基于内容进行良好的沟通讨论。

这些分享类的网站，基于新型的模式，创造了一个用户积极贡献和分享的环境，加强了用户在互联网之中的参与感。这种共同的参与，使用户和网站更加紧密地联系在了一起，相互依赖和信任，帮助网站发展、壮大。

分享，也因此成为 Web 2.0 的核心精神。

网络相册的典范 Flickr

Flickr 提供完善的网络相册功能，是最富盛名的拥有高质量数码图片内容的网站。

在数字时代来临之前，数码相机还不像现在这样普及，人们还在用胶卷相机拍照，并冲印成相片，放在相册里。等到朋友来访的时候，再打开相册，与他们一共分享照片上的故事，或欣赏其中美丽的风景。

数码相机普及后，我们免去了冲洗照片的麻烦，可以直接把大量的照片存储在台式计算机或是笔记本电脑上，在和朋友相聚的时候，打开计算机来查看。但如果想要和远在他方的朋友来共享这一乐趣，却还是个难题。Flickr 这样的网络相册则很好地解决了这个难题。

这个名叫 Flickr 的网站，是在 2004 年由加拿大的一家公司所设立的一个提供网络相册服务的站点。

在 Flickr 上注册账号之后，用户就拥有了自己的网络相册，用户可以将照片上传到相册里，然后只要将链接发送给好友，就可以让他们通过互联网来查看这些照片了。

很多其他网站，虽然也有照片上传的功能，但是由于服务器的存储空间有限，所以对用户上传的图片文件，会有比较严格的大小限制。对于那些专业的数码爱好者来说，这是难以忍受的，因为如果将图片压缩到一般网站所允许的大小，无疑就会影响他们作品品质的展现。

Flickr 允许用户上传最大可达 10MB 的图片文件。即便是使用高级的数码相机，也很难有照片能达到 10MB，这样那些专业的数码爱好者就可以直接上传他们大尺寸、高清晰的摄影作品，而不需要对它们进行压缩、裁剪，从而保证他们的作品能够原汁原味的在网上呈现出来。因为这个原因，Flickr 拥有了大量摄影爱好者上传的精彩照片，并因此吸引了更多的用户。

借助新的 Web 技术，Flickr 不仅能够提供图片的上传和浏览功能，而且这些功能应用和信息浏览的界面，也更贴近应用程序的界面，拥有丰富的信息展现形式和响应速度，而不像传统的网站页面一样，每次点击都需要等待页面的刷新。

通过和另外一个 Web 2.0 网站 Picnik 的合作，Flickr 甚至允许用户进行在线的图片编辑和修改。虽然它所提供的图片处理功能不如 Photoshop（由 Adobe 公司所开发的专业图像处理软件）强大，但对于一般用户而言，已经绰绰有余。

计算机支持对文本信息的检索，可以通过对标题、索引、摘要的关键字查找，来确定文本的主题内容，但是计算机还无法理解数码图片中所能包含的复杂主题内容。而实际上，对于同一张图片，让人来描述所包含的内容，不同的人也会有不同的答案。在 Flickr 上，用户可以给相册里的图片添加关键字，也就是提供分类标签（Tags）。标签可以有多个词，用户觉得和图片相关的词都可以加在里面。

这样一来，用户如果想要查找包含特定信息内容或者样式的图片，就可以通过指定拍摄地点或风格类型的关键词来查找出具有相应标签的图片。用户也能很快了解相同标签（Tags）下有哪些由其他人所分享的照片。

Flickr 会根据用户搜索、点击查看的次数，挑选出最受欢迎的标签名单，缩短搜寻相片的时间。Flickr 使用的这种通过让用户打标签来确定信息内容分类的办法，被称为“分众分类法（Floksonomy）”。为了形象地表现标签的热门程度，Flickr 会根据热门程度将标签用不同大小表现，是第一个使用标签云（Tag Cloud）的网站。

Flickr 还允许用户将照片编入照片集（Sets），或是将有相同主题或内容的照片编成一组。照片集比传统的资料夹式的分类方法更灵活，一张照片可以被编入多个照片集，或是仅编入一个照片集，或是完全不属于任何照片集。用户可以按照不同的维度来进行分类查找，不会因为不清楚分类结构而犯糊涂。

除了 Flickr 外，很多其他网站，也采用了标签（Tag）的办法来标记、区分信息内容。

在 Google 的 Gmail 邮箱中，就采用了和 Flickr 一样的分类方法。很多博客网站，也提供了标签的功能，博主可以自行添加关键词，读者根据关键词也可以更快捷地查找相应内容的文章。一个叫做 Delicious 的网站，使用分众分类标签方法，提供了完善的网络书签功能，让用户可以收藏、分享互联网上的所有网页资源，同时对内容进行标记。

对于自己网站的用户，Flickr 还提供了更好的分享模式。用户可以在 Flickr 上建立好友关系，这样用户就可以快速浏览该好友的全部公开相片，还可以看到对方最新的照片。使用者也可以把个人相册的照片加入其他公开群组（Group），供群组内的会员浏览。Flickr 的群组，基于图片的分享功能，摄影爱好者之间可以针对不同的主题、技术偏好，在小范围的用户群体中进行交流、切磋。有些 Group 提倡会员互相交流，藉以提高相片曝光率。如著名的“1-2-3Group”，提倡“在群组内贴出 1 张相片后，至少看 3 张群组内的其他照片，并至少帮其中 2 张照片留言”。另外，Flickr 会参考浏览数、被加入最爱次数，选出当日风格照片在站内刊登。

在鼓励分享和交流的同时，为了保护用户相册内容及相关隐私信息，Flickr 提供了较为完备的权限管理功能。用户可以设定相片的开放权限为完全公开或绝对隐私，还可以设定是否将照片开放给被设为朋友、家人的联络人查看或留言。用户也可以设立私人 Group，通过 Group 设定浏览权限，只让自己选定的成员看到照片。

Flickr 在相册中还提供版权声明功能。数码图片的作者可以声明自己的版权，同时说明是否允许他人使用或者授权使用的细节等。

为信息的贡献者提供更好的所有权保护，从另外一个角度保证了他们贡献内容的动力。

Flickr 所具有的另外一个特性——外链引用机制，使得互联网上信息分享的形式提升到了一个新的层次。

对网站而言，内容永远是吸引用户的关键。在以往，网站都会比较注意保护自己内容的独有性，避免被其他网站抄袭、使用，好让用户都只来访问自己的网站。

与之相反，Flickr 却毫不吝啬地将自己网站相册上的资源都开放出来，允许用户在其他网站或者博客上引用 Flickr 相册上的图片。将图片上传到 Flickr 相册以后，在其他网站都可以引用，而不需要重复上传；并且引用 Flickr 上的相册图片，不需要占用其他网站的服务器空间，这就方便了用户在网络上分享和使用这些照片。在 Flickr 上传了图片后，用户可以将 Flickr 自动生成的一段代码嵌入到自己的博客文章里，这样，就解决了博客网站上不能上传和添加大图片的问题。因此，大量的博客都把 Flickr 当成他们存放博客文章照片的地方，而这也进一步扩大了 Flickr 的知名度。

像 Flickr 这样，不再单纯提供信息浏览，仅仅依靠内容来吸引用户，而是提供给用户完备的，包括存储、分享、筛选、评论在内的网络图片信息服务，使得网站内容的价值得到了更大的提升，得以应用到更广的范围。

例如，在 2005 年发生的伦敦地铁爆炸案，因为爆炸案引发的交通停滞，使得记者赶赴现场的速度受到影响。事故现场恰巧有带相机的人，便将现场情况及时拍下并上传到 Flickr 上共享给其他人，后又被很多新闻网站引用。

日益增多的博客和网站，为互联网提供了更多的信息源。在过去，这些信息源之间相对独立，彼此之间难以共享这些信息和内容（用户对信息的传播复制，并不能算作是网站的功能特性）。而 Flickr 提供的外链引用机制，则是一种“无私的”网站分享自身信息内容的机制。

Filickr 不是想法设法把用户产生的内容牢牢控制在自己的网站上，而是利用技术手段允许用户把这些信息内容广泛地分享、发布出去。作为一个平台，Flickr 以图片为载体，把更多的内容传播出去，将分享的精神注入到自身网站之外的更多地方。Flickr 展现的社区交流的形式，也让信息服务的内涵有了更广阔的延伸。这种平台化的策略和对信息开放化的精神，也使得自身获得了更大的成功。

用 YouTube 传播你自己

还记得奥巴马女孩吗？对，YouTube 就是那个让“狂热迷恋奥巴马”得以疯狂传播的视频网站。同样是依靠用户创造内容的 UGC 模式成功运营起来的网站，YouTube 的出现，以用户自己创造、贡献的内容汇集成信息平台，同时又成了用户消费娱乐内容的中心。视频分享网站 YouTube，突破了电视娱乐传媒业当中的内容提供者（电视台或制作机构）和消费者（观众）之间的界限。

3 名 PayPal 的前雇员，乍得•贺利（Chad Hurley）、陈士骏（Steve Chen）、贾德•卡林姆（Jawed Karim），依靠筹集到的 350 万美元，于 2005 年 2 月，在美国加利福尼亚的一个车库内创建了视频内容分享网站 YouTube。创立网站的起因很简单。查德•赫利和陈士骏在一次朋友聚会上拍摄了一段视频录像。他们想把这段录像放在网上与朋友分享，却找不到合适的网站，于是他们决定自己创建一个网站，让人们能够方便地分享各种视频录像。

2006 年 10 月，网络搜索巨人 Google 出价 16.5 亿美元，以股票互换的形式收购了 YouTube。这是 Google 成立 8 年以来最为昂贵的一次收购行动。

Google 为什么会以天价收购 YouTube？因为 YouTube 已经成为美国用户新的视频娱乐中心。不过 YouTube 上的娱乐内容，大多并非是专业娱乐公司的作品，而是用户自己制作、分享的内容。

YouTube 的口号"Broadcast Yourself（传播你自己）"，它让用户把这个视频网站，更多的是当作一个分享内容、展示自我的平台。

YouTube 提供免费视频服务，允许用户上传大小不超过 100MB 的视频文件到网站上，然后在网页上直接观看。如果视频文件比较大，超过了 YouTube 的上传限制，用户可以把视频文件分割成相对较小的几部分，分批上传。YouTube 允许用户在网站上创建视频列表，把一些也许本来属于一段录像的多个视频，放进一个播放主题里，便于用户连续观看。

也许你会觉得疑惑，这些由用户自己拍摄的视频，其制作水平相对粗糙，怎么会比专业公司制作的电影、电视节目更吸引人呢？

YouTube 上的视频，的确大多为业余人士制作并上传，其制作水平，相对于电影、电视节目来说，要差很多。但是，大量用户所提供的视频内容，却实在是太丰富了。

电影、电视节目，总是需要按照大多数人的口味来制作；而业余人士制作的视频主题和形式，则不用考虑那么多，几乎是天马行空，什么样的都有。有各类生活记录、搞笑片段，比如，猫猫、狗狗与孩子玩耍逗乐的片段，火爆地跳着迪斯科进入教堂的新婚典礼；有偶然抓拍到的惊险时刻或是精彩瞬间，例如，纽约火车站里，上百名"闪客"[1]定格化为石像的视频记录，轮滑、自行车特技的专业表演；甚至也不乏制作考究的优秀作品，如实验性的短剧。对于普通用户而言，这些独特的题材和内容具有更强的娱乐性，而谁又在乎其制作水平差那么一些呢？

YouTube 上的节目分类包括 Categories、Autos & Vehicles、Comedy、Education、

1 闪客，指通过互联网约定组织好，在某一时刻集中出现在某些地点完成搞怪行为的人。

Entertainment、Film & Animation、Gaming、Howto & Style、Music、News & Politics、Nonprofits & Activism、People & Blogs、Pets & Animals、Science & Technology、Sports、Travel & Events、Shows、Movies、Channels、Contests 和 Events。

看看 YouTube 上的视频分类吧，恐怕任何一个电视频道或电视台，都无法在同一时间提供给用户这么多不同内容的节目。

根据 2009 年 5 月的统计数据，在 YouTube 上，每分钟有超过 20 小时时长的视频被上传。而这个数字还在不断上涨。在 2007 年，YouTube 上 1 分钟仅能上传 6 个小时时长的视频。2009 年 1 月，YouTube 上 1 分钟已经能够上传 15 个小时时长的视频。再到现在的 20 个小时，其增长不可谓不迅速。

想象一下，每分钟就有差不多可供一个人看上一天（如果不睡觉的话）的视频被上传到 YouTube，如此丰富的内容，如此惊人的生产速度，恐怕任何一个制作公司都难以做到。而这些，则全部是用户免费提供给网站的。

一方面，YouTube 使得在互联网上分享、展示视频成为了可能；而另一方面，YouTube 也为用户提供了更为丰富的视频节目资源，从而吸引了更多的用户。

电视节目的频道再多，在特定的时间也只有有限的选择。一个地区各个电影院在某个时期所上映的影片，最多也不过十几部。而 YouTube 上所拥有的视频，为用户提供了无穷的选择，用户总可以找到适合自己兴趣和口味的视频节目。而且用户可以选择在任意的时间来观看，不会受到电视节目表或电影上映时间的限制。这样的优势，使得越来越多的用户依靠 YouTube 这样的视频网站来观看视频节目。

comScore 在 2009 年 4 月发布的报告显示，YouTube 在 2009 年的独立用户数已达 3.75 亿。

根据美国市场调查公司尼尔森在线（Nielsen Online）公布的报告，2009 年 4 月，YouTube 的视频观看总数达到了 55 亿，稳居网络视频服务网站排行榜榜首。

视频服务网站	2009 年 4 月视频观看总数（千）	月环比增幅	年同比增幅	占视频观看总数比例
网络视频观看总量	9 452 996	−2.30%	24.20%	100.00%
YouTube	5 490 204	0.20%	35.50%	58.10%
Hulu	373 290	7.10%	490.40%	3.90%
Yahoo!	203 628	−12.20%	−8.10%	2.20%
Fox Interactive Media	201 362	−3.00%	−38.80%	2.10%

续表

视频服务网站	2009年4月视频观看总数（千）	月环比增幅	年同比增幅	占视频观看总数比例
Nickelodeon Kids and Family Network	175 917	−10.30%	15.90%	1.90%
MSN/Windows Live	164 422	−2.70%	9.80%	1.70%
ABC.COM	148 830	−15.90%	144.80%	1.60%
MTV Networks Music	143 356	15.70%	359.60%	1.50%
Turner Sports and Entertainment Digital Network	130 559	−5.10%	60.00%	1.40%
CNN Digital Network	112 469	8.70%	32.70%	1.20%
Overall Online Video Usage	9 452 996	−2.30%	24.20%	100%
注解：数据包括视频下载观看行为，已排除视频中的广告				

2009年4月美国TOP10网络视频服务网站视频观看总量统计表（包括月度及年度增长数据，美国家庭及公司用户），数据来源：Nielson Video Census

相比2008年11月，在6个月的时间内，视频用户人均视频观看时间整体增长速度为16%。

	2008年11月人均观看时间（分钟）	2009年4月人均观看时间（分钟）	6个月的增长幅度
总值	178	206	16%
男性	209	249	19%
女性	151	170	12%
2～11岁	113	116	3%
12～17岁	178	190	7%
18～24岁	303	349	15%
25～34岁	253	296	17%
35～49岁	187	243	29%
50～64岁	122	139	14%
65岁以上	67	81	21%

不同人群在过去6个月中人均视频观看时间增长幅度表，数据来源：Nielsen VideoCensus（美国家庭级公司用户）

面对这种趋势，传统的视频媒体机构不得不开始重视互联网这个新兴的传播平台。美国最大的体育赛事节目传播机构ESPN和电影制造公司好莱坞，都对和YouTube合作表示了兴趣。

YouTube上拥有如此丰富的内容，像“奥巴马女孩”这样一个视频，为什么能够如此迅速地传播，并轻而易举地获得超过1 000万次的浏览呢？

毫无疑问，视频的内容本身具有足够的吸引力。在美国总统大选的时候，和总统候选人相关的信息自然会得到民众的特别关注，而热辣的女孩又总是能够吸引足够的眼球。

而 YouTube 上用户间推荐、分享的机制，则为这样内容的迅速传播提供了助力。

在 YouTube 上，那些兴趣爱好相同的用户，可以创建或加入一个个的兴趣小组，来分享、讨论他们觉得有意思的视频。

用户还可以相互加为“好友”。当用户浏览发现了有意思的视频的时候，他可以把它列为“推荐”项目，使它能同时显示在好友用户的页面上。在生活中，如果你要给好友推荐一部电影或者电视剧，你也许是在和朋友见面聊天时介绍，又或者是挨个打电话、发短信介绍。而在 YouTube 上，只需要点击几下鼠标，添加输入一段你对视频的评论，所有的好友就都能看到你的视频推荐。

很多原本在生活中就认识的用户，或者那些长期在小组里讨论视频，发现彼此拥有相同兴趣爱好的用户，在 YouTube 上结成了“好友”。当其中一位用户浏览过某段视频后，如果非常喜欢这段视频，就会将它“推荐”给他在 YouTube 上的好友。而他在 YouTube 上数量众多的好友，也受他的影响看了这段视频，并且也将其列为推荐项目，分享给其他的好友。就这样，一传十，十传百，更多的用户推荐，更多的用户观看。有些用户看到后，可能会在他们的兴趣小组里面进行讨论，其他用户看到讨论后，点击讨论发起者提供的链接，或者在 YouTube 搜索一下，也就能观看到这段视频。借助 YouTube 上庞杂的好友关系和数量众多的用户，这段视频的浏览量就会迅速增长。

与 Flickr 一样，YouTube 也支持外链引用。对于每段上传到 YouTube 上的视频，网站都会给出相应的一段代码，其他网站页面上只要嵌入这段代码，就可以在页面上显示、播放这段视频。

用户在 YouTube 上发现了足以成为话题的精彩视频后，可以把它写进自己的博客，并且在网页中引用视频，使得很多 YouTube 以外的用户可以在网上看到这段视频。如果再有敏感的新闻网站或者媒体对此进行报道，就会有更多的人跑到 YouTube 观看。“奥巴马女孩”就是这样迅速蹿红起来的。这样的视频网站分享模式所产生的影响，在后面的章节中还会更多地谈及。

对于个人而言，像 YouTube 这样的视频网站则成为了业余爱好者展现个人才艺和精彩生活的舞台，许多草根明星也是通过视频网站而蹿红起来的。

优酷网（youku.com）和土豆网（tudou.com）是国内著名的视频网站，中国用户熟悉的“后舍男孩”就诞生于此。

“后舍男孩”不同于美国著名歌唱组合“后街男孩”，他们自己根本不唱，而是随着各种出名的音乐歌曲，做出各种夸张的表情来对口型，常常能引得用户捧腹大笑。

投入上亿元人民币制作，放映后却备受争议的商业大片《无极》，也被擅长后期制作的网友恶搞了一把，经由编辑、配音后形成了“一个馒头引发的血案”视频，在网络上一夜成名。

区别于博客的称呼，在视频网站分享视频的用户，常被称为“播客”。

如博客、网络相册、视频网站这样的新型网站的出现，让用户更多地把与自己相关的内容贡献到互联网上，构成了一个更加丰富和精彩的网络。

用户通过对自己的观点、生活信息、才艺的展示，也加强了对自我在网络上的身份和形象的认知。虽然网站账户并不过多地要求和用户身份密切相关的内容，但是博客上的言论、观点，照片里的形象、造型，以及视频里的一举一动，都代表了用户独特的自我。这一些都为网络的个性化、社会化，奠定了基础。

第3章 社交网站的兴起

互联网不断创造出新的信息沟通工具，使网络沟通成为朋友之间进行交流的重要方式。

从虚拟的网络交友，到实名制社交网站的兴起，互联网与人类社会的联系更为紧密，它加强了人与人之间的沟通，并改变了我们的社交生活。这也使得社交网站成为现在最炙手可热的站点模式。

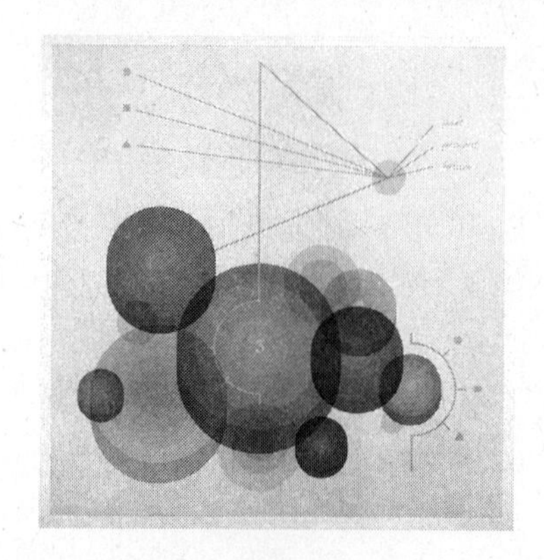

更迭的交流平台

Web 2.0 构建了一个人人参与的网络，使得用户的自我身份和个性特点得以在互联网上展现。一个网站要吸引海量的用户，必然是要能满足用户在生活当中不可或缺的应用需求。

用户在网站所从事的活动并不是由网站的创立者创造或发明的，而是用户在社会生活中本身就存在的行为，网站只是提供了一种新的方式来帮助用户提高从事这项活动的效率。在写博客之前，人们同样会写文章，只是发表的范围有很大局限。在拥有网络相册和视频网站之前，人们也会在家里给朋友们看自己的影集或生活录影带。

基于社交关系的信息交流，在我们的社会生活中一直占据着非常重要的地位，在此之前，人类不断兴起、更迭的技术，不管是通信技术还是互联网，都在不断地创造新的方法和渠道，以改善人们的信息交流。正因为如此，社交网站才能获得如此快速的发展，造成广泛的影响。

E-mail（电子邮件），毫无疑问是互联网诞生以来最重要的应用工具。电子邮件使得跨地域的文本信息交流变得更为快速，用户只要轻轻点击，通过互联网，不论对方有多遥远，都能将电子化的信件，大量的内容资料，即时发送到对方的邮箱里。电子邮件因此成为了互联网最主要的应用之一，是现代生活中最重要的交流工具和工作沟通方式之一。

电子邮件如同信函，需要用户不断地接收、查看，才能获得信息的更新，这种异步模式容易造成双方在沟通上的延迟。IM（Instant Messaging，即时通信软件）的出现，则在互联网上为用户提供了一种类似电话的、具有即时性的沟通方式和信息传输模式。上网和在线好友聊聊天，了解他们的生活状况，利用 IM 来维持和好友的联系，也成为了网络用户的一种习惯，尤其是在中国。QQ、MSN Messenger、Google Talk 等 IM，都提供语音聊天功能；像 Skype[1]这样的网络语音通信软件，甚至支持通过计算机拨打电话，资费比电信业务也便宜很多。这些都对传统的通信业务造成了很大影响。

1 Skype 是一款互联网语音通信软件，具备 IM 所需的所有功能，比如视频聊天、多人语音会议、多人聊天、传送文件、文字聊天等功能，并支持拨打电话。

互联网技术的发展一直致力于协助人类活动的展开，而人类行为的差异，也会影响到这些应用的发展。

在中国，QQ 这样的 IM 造就了腾讯这样一个互联网巨头；但在美国，使用 IM 的用户比例远远小于中国，以至于由微软支持发展的 IM 软件 MSN Messenger 和 Google 的 Gtalk 也无法获得如同 QQ 在中国那样的地位。

在美国，电话答录机和语音信箱的使用非常频繁；但在中国，尽管有这样的产品，用户却似乎并不习惯去使用。电话这样独占时间的沟通方式，对沟通双方的时间一致性提出了很高的要求，在快节奏的工作和生活中，这样的即时沟通方式对用户来说花费了过高的时间成本。类似的，时效性使得 IM 的信息交流模式也存在同样的时间压迫性，因此，使用电子邮件、BBS、留言板等应用来保持沟通，则成了一种有益的补充。这种不那么强调即时回复的沟通方式，让双方更为轻松随意，就如同电话答录机一样，你可以选择自己有空的时候再给对方回复。

Web 2.0 时代的到来，给好友之间的交流方式带来了新的变化。各种各样的平台，使得用户可以充分地表达和展示自我。你可以在博客上长篇大论地探讨对于社会现象或是学术领域里某一个问题的看法，也可以通过网络相册向朋友们展示最近出去旅行拍到的各种照片，还可以把自己在新年晚会上的表演录像放到视频网站上向朋友们炫耀……这样有主题的交流自然会使得交流内容更为充沛。

因此，通过网络来进行自我的表现，并与朋友们进行交流，逐渐成为了一种新的流行模式。曾经辉煌一时的 MySpace 就引领了这样的潮流，为许多年轻人提供了一个以个人为中心话题的交流空间，并因此获得了巨大成功。在 Facebook 之前，Myspace 一直是美国最大的交友网站。

Facebook 和 Twitter 的出现，带动了好友之间信息交流模式的又一场革新，并将这种革新延伸到了更多的方面。

好友们都在网上

博客、相册以及视频网站，在最开始的时候，都只是一种为方便人们分享信息而提供的网络应用。

随着网络带宽和传输速度的增加，IM 的功能也越来越强大，即使要传输上百 MB 的数据文件也不在话下。与 IM 传输的一对一模式不同，Web 网站上的博客、相册和视频，是一对多模式的信息发布，可以让更多受众触及，因此在信息量和丰富度上也要更胜一筹。而且，在Web网站上的分享，更有记录和展示的象征意义。毕竟，各种文章、照片和视频的意义，不仅是为了留住自己的回忆，更是为了和朋友分享这些美好的体验。

在博客、网络相册发表的文章、图片，以及视频网站、RSS阅读器之间的分享和展示，也因此成为了一种更为流行的交流方式。Web页面的留言、评论的形式，一对多的发散、传播的异步交流模式，让参与交流的用户在回复的时间上有更大的弹性，使沟通变得更为轻松随意。

用户在互联网上进行的活动越来越多，关注朋友动态的最好办法，不再是通过他人去打听，翻翻博客，看看网络相册，就能知道好友在做什么了。朋友A把最近去旅游所拍摄到的照片都上传到了Flickr类的网络相册；朋友B把自己参加聚会的视频上传到了优酷网或土豆网；朋友C最近刚生了女儿，她会隔三差五地把自己的感悟写成博客放到网上。那些充斥着我们所贡献的内容的网站，已经成为用户分享和展示自己生活的空间。

当用户习惯于把自己的生活展示在互联网之上后，就把自己的生活和网络上的活动密切地联系到了一起。于是，互联网自然而然地成为了一个新的表现自我的空间。

社交网站的出现，为用户搭建起了完整的个人平台，使得个人在互联网上的身份认知和表现进入了一个新的阶段。利用社交网站把用户相互联系起来的网络——社交网络，就这样逐步形成。

辉煌一时的MySpace

对于用户而言，如果有网站能集合博客、网络相册等服务，来为自己提供展示的空间，无疑比用多个平台来向朋友分享内容更为方便。一站化的个人信息服务，能更多地展现自我。最早的社交网站，通过提供个人主页的形式，来帮助用户互相认识。这些个人主页开始与博客相近，而后又集成了愈来愈多的诸如相册、留言等之类的功能。MySpace是最早因提供个人空间的社交服务而辉煌的社交网站。

Facebook并不是建立最早的社交网站。在它受到业界关注，并获得巨额投资之前，在2008年，甚至更早的时候，一直是MySpace占据头把交椅。

MySpace 于 2003 年 7 月在美国创立，可以算得上是社交网站的鼻祖。在MySpace 上，用户可以建立自己的个人页面，添加详细的个人介绍、档案信息。MySpace 提供的博客、网络相册、留言板等功能，让用户可以在朋友间分享照片，并与朋友进行交流联系。群组的功能，让 MySpace 上的用户可以建立兴趣小组，并建立群组论坛。

MySpace 给了用户更多的自由去设计他们自己的个人页面。用户可以选择加入个人页面中的模块，还可以用 HTML 和 CSS 来改写页面代码，加入 Flash、视频等各种素材，给用户留出了展示自己个性的空间。甚至还出现了专门帮助MySpace 用户设计、制作页面的网站。

MySpace 的个人页面是全部开放的，主要的信息内容允许所有用户的访问。这使得用户在最开始访问这个网站时，有更少的阻隔。

青少年纷纷在 MySpace 上建立自己的个性页面，写日志，上传图片，和朋友聊天，通过 MySpace 交流展示自己的精彩信息，并通过访问其他人的页面，不断去结识新的网上朋友。网站成员互访各自的站点，留下自己的照片（MySpace 允许用户在留言里贴照片）、留言，要求对方回访自己的站点等。这样就形成了巨大的不断延伸的人际交往网络。

MySpace 是更开放的交友网站，在创建之后，很快在美国的青少年间流传开来。

MySpace 一直注重时尚元素的引导。很多乐队会去 MySpace 上建立主页，放上他们的原创音乐或者视频。很多模特也会上 MySpace，放上自己惊艳的照片，吸引粉丝，提升自己的人气。那些普通用户也会帮助自己的偶像在自己的好友圈子里做宣传。于是，这些乐队、模特把 MySpace 当成了自己营销宣传的手段之一，而这无疑也引得更多用户访问 MySpace，提升了网站的人气。

2005 年，美国传媒大王默多克的新闻集团收购了 MySpace，估值超过 4 亿美元。

借助新闻集团在娱乐传媒界的影响力，MySpace 召集了众多影视名人来开设个人页面，又进一步加强了 MySpace 的吸引力。美国音乐天后麦当娜就经常通过MySpace 与歌迷沟通。

MySpace 个人门户的味道较重，似乎更像 Web 1.0 的网站。

2004 年至 2006 年间，MySpace 经历了用户的高速增长期。到 2006 年，

MySpace 每月的独立访问用户就超过了 5 000 万，页面浏览量高达 274 亿。

MySpace 先于 Facebook 成立并流行。在被美国新闻集团收购以后，通过和娱乐明星的结合，MySpace 又获得了更多的人气。但在此之后，MySpace 在网站模式上却缺乏创新和改进。

MySpace 让用户得以用各种独特、漂亮的页面和音乐去展示自我，来结交新朋友或吸引异性。然而陌生人交友的模式本身就缺乏相应的黏性，当用户的好奇心得到满足之后，MySpace 就失去了吸引力。用户会选择其他方式来维持已经建立的朋友关系。

Facebook 之路

最初的社交网站，不强调身份的真实性，Facebook 的崛起，却开始了一场互联网的实名运动。其实，各种互联网应用，如网上银行，网上的宾馆、机票预订，早就将大量用户的身份信息吸纳到了网络之中。尽管页面规范统一，显得缺乏个性，但是因为用户身份的实名化，让 Facebook 成为更好的维持熟人关系的网络工具，并把用户牢牢地吸引在好友构建的社会关系网络之中。通过 News Feeds（好友动态）、链接分享，Facebook 成为了更丰富的个人信息中心。

之后，随着开放平台的推出，Facebook 迎来了自身发展的真正高潮，也因此站到了一个新的高度，汇聚了更多的资源，以致打造了一个产业体系，成为了行业的明星。

Facebook 最初的用户档案，传言是其创始人马克•扎克伯格（Mark.Zuckerberg）秘密“窃取”了哈佛大学校园内每栋宿舍楼的所有住户的学生档案而获得的。Facebook 于 2004 年发布后，在头两周里就引起了校园的轰动，有 4 000 多名哈佛学生注册进来，其火爆程度大大超出了扎克伯格的意料，“它为什么会这么流行我真是一点概念也没有，我很惊讶。”到 2004 年 2 月底，已经有半数以上的哈佛学生注册了 Facebook。接着，对于 Facebook 的狂热迅速波及到麻省理工学院等其他常春藤院校。

在最初一段时间里，Facebook 仅允许大学校园的学生用学校邮箱注册，并且有很好的个人隐私信息的保护措施，不是用户确认的好友，是没法获取用户的个人信息的。这样的形式保证了用户的隐私不会被随意泄露，用户也就会更放心地使用他们真实的个人头像、姓名、联络方式等信息来维护个人的“profile”页。

这样一个网上联系簿，让他们可以更好地确认旧相识或是新朋友的个人信息，并同他们保持联系。尽管后来开放了注册，但 Facebook 仍然采用了完善的隐私保护功能，保证了用户信息真实性的特点，这也使得 Facebook 成为了维护人际关系的重要网站之一。

以往在互联网上，用户也可以利用电子邮件、IM 等工具维持和朋友之间的联系，但它们都没有像 Facebook 一样在账号和用户的真实身份之间建立起如此紧密的联系。你如果更换了电子邮箱地址或 IM 账号，则还是可能会失去和朋友的联系，但你却不太可能随意更名改姓；而即便你真的变更了姓名，你在 Facebook 上的好友关系也不会发生变化。

很多朋友因为学习、工作的变动和你相隔异地，失去了联系，但是在 Facebook 上，你可以通过真实姓名找到他们，并将他们加为好友。用户更新的个人信息，也方便了彼此之间保持联络。

现在的美国，年轻人认识之后，往往不再是相互留下电话号码，而是会询问对方的 Facebook 账号，或者直接告诉对方“我会在 Facebook 上加你为好友”。

以往找到老朋友，也许最担心的就是找不到共同话题，只能就“你最近怎样”、“最近在做什么呢”这些问题寒暄个半天。但是现在，通过他们 Facebook 上的日志或者相册，你就可以更好地了解他们现在的生活状态，这样你们之间就有了更多可以交流的话题。

你的某个朋友刚看完一本书，或许就在 Facebook 上发表了一篇关于这本书的评论；你的另外一位好友昨晚去听了某个著名乐队的演唱会，或许今天就发表了一篇日志回忆昨天激动的场景，并上传了昨天演唱会的照片到相册里。

对于用户而言，这些功能，让他们可以通过在 Facebook 上的个人页面添加丰富的信息内容，来展现他们的个人生活。

对于 Blogger、Flickr 之类的单一信息分享网站来说，Facebook 提供了一站式的个人信息服务，具有综合性的优势。用户既可以写生活化的日志、博客，又可以使用网络相册分享图片。基于这些日志和图片，大量的好友还可以在网站上相互交流、评论，这又为用户的生活交流创造了信息空间。

截至 2009 年 5 月，Facebook 用户已经累计上传了 150 亿多张照片，加上缩略图，总容量超过了 1.5PB；平均每周新增的图片更是超过 2 亿张，约 25TB。

Facebook 甚至也推出了视频上传的“Video”功能，用户可以上传视频，或者利用计算机摄像头录制视频，放到 Facebook 上。

根据美国商业周刊网络版的报道，在 2009 年 3 月份，Facebook 每天上传的视频量有大约 26 万，其中使用摄像头拍摄的占到 40%。

最开始，Facebook 也和其他社交网站一样，需要用户去主动浏览这些好友的更新信息。尽管好友会更新生活动态，诸如即将举办婚礼，正在邀请宾客，或者是被女朋友甩了，恢复到单身的状态，但是除非你每天都把所有好友的主页统统访问一遍，否则你可能要过几天乃至几周才会发现这些新闻，从而失去祝贺朋友或者表示慰问的最佳时机。

访问每个人的 Facebook 主页就像不停地把头探进人家的房间，看看他在做什么一样，需要花费不小的精力。因此，此时的 Facebook 在某种意义上带有一种与生俱来的、内在的私密性，原因很简单，假如你有 200 个 Facebook 好友（这个数字很平常），你根本没有时间每天不停地关注每一个人。

后来，Facebook 推出一项叫“News Feeds”的功能。这个功能类似于 RSS 阅读器，是信息的订阅、聚合。RSS 通常用于订阅博客、网站的更新信息，而 News Feeds 功能，是主动把用户所有好友在 Facebook 上的信息更新聚合起来，生成一条简短的讯息，在用户首页上显示出来。

News Feeds 功能推出以后，Facebook 的用户再也不用把时间花在检查朋友的主页更新上了。登录 Facebook 后，News Feeds 会自动源源不断地把好友动态在用户信息首页上呈现出来。朋友圈当中所有发生的细微、点滴的事情，都在 Facebook 上汇聚起来，提供给用户。

当用户最初接触 News Feeds 的时候，他们的第一反应基本上都是，陷入恐慌。现在你页面上的任何一点小变化立刻就会在几百个朋友当中传开，包括那些可能让人尴尬的消息。例如，蒂姆和丽莎分手了，佩萨德跟马修不再是朋友了等八挂。还有某人酒醉之后瘫坐在路边被抓拍的照片，也会被标上名字上传到网页上。Facebook 原先的那一丝隐私痕迹已经全然不见了。学生们发现他们都被安放在了一个巨大的开放式空间中，你认识的每一个人都在其中，每个人的一言一行都会毫无遮挡地被其他人观察到，而且无休无止！

根据美国社会学家欧文•戈夫曼的“拟剧理论”，在日常交往和生活中，人人都是表演者，人们会在特定的情境、特定的舞台上根据别人对自己行为的期待以及自身对他人思想、感情和行动的期待，不断调整自己的行为。戈夫曼认为，人们表演的区域有前台和后台之分。前台是人们正在进行表演的地方，后台则是为前台表演作准备的、不想让观众看到的地方。前台的行为举止与后台是不一样的。

博客最先为个人提供了表现的舞台，甚至成为打造个人品牌的工具。Myspace是典型的青少年在互联网上展示自我的空间。在这些平台之上，用户总会刻意地进行自我包装，进行有选择的展现。而Facebook是熟人之间进行交流的生活化后台，当News Feeds功能把这些本应隐藏在后台的细节信息主动推动到所有好友面前的时候，就打破了舞台前后台的界定，变成了一个全方位透明的网络空间。

于是用户开始抵制这个功能。他们在Facebook上创建了一个群组，要求Facebook放弃News Feeds，或者为了保护用户隐私，允许对这些动态信息进行隐藏。两天的时间里就有将近30万人加入了这个群组。

扎克伯格在看到这个反馈后非常吃惊，他很快做出两个决定：一是给News Feeds添加一个隐私功能，让用户能够决定什么样的信息可以公布；二是除了这个新功能之外保持News Feeds原样不动。

之后的发展证明了扎克伯格的预期。在用户习惯了News Feeds之后，他们开始慢慢喜欢上了这项新功能。

舆论浪潮出现了大逆转。用户开始通过电子邮件告诉扎克伯格，News Feeds让他们获得了过去单凭随机浏览可能永远也无法知晓的信息。News Feeds传播的种种琐事让朋友之间有了更多的谈资。当他们碰面时，会开始问，“什么事让你昨晚大发感慨？”或是“你所咒骂的那个人是谁？”

New Feeds使得用户在网上的行为，能在朋友之间产生更广泛、更快速的影响。

当一个学生加入了某个群组，不论是宣告自己成为某摇滚乐队的歌迷或是希望为某个非营利性组织提供志愿者服务，他的所有朋友都会马上知道，很多好友也可能会随之加入其中。因此，在Facebook上发起的“全国买报日”活动，能够在用户之间迅速传播，在短时间之内就获得众多的用户支持。

Facebook帮助了用户去传播他的动态，把其中暗藏的细微情绪和喜好传递给他的所有朋友。在自家的博客上，或是BBS的社区论坛里，用户只有在积累到一定经验程度时，才会有足够的动力去发帖来公开表达个人的情绪。而在自己的生活空间页面上，用户在不经意间，就把自己生活的点滴信息完全渗透给了身边所有的好友。

用户对于隐私问题的担忧开始慢慢褪去，并开始为能如此近距离地了解朋友的生活信息而兴奋。几乎没有用户因为 News Feeds 停用 Facebook，绝大多数人仍然用 News Feeds 发布几乎全部的个人信息。

在 News Feeds 功能发布数周后，Facebook 开始正式向普通公众开放。借助 New Feeds 所创造的社交信息的传播模式，受到了用户的喜爱，从而使得 Facebook 的注册用户数获得爆炸式的成长。

扎克伯格曾表示，News Feeds 是 Facebook 成功的核心所在。这种功能把以前需要用户花费大量精力关注的朋友动态等社交信息，及时地推送到了用户的面前。社交网站这样的信息服务，让用户在网站上进行的社交活动变得更加轻松有趣，用户现实的社交网络也因此得到了更大的拓展。

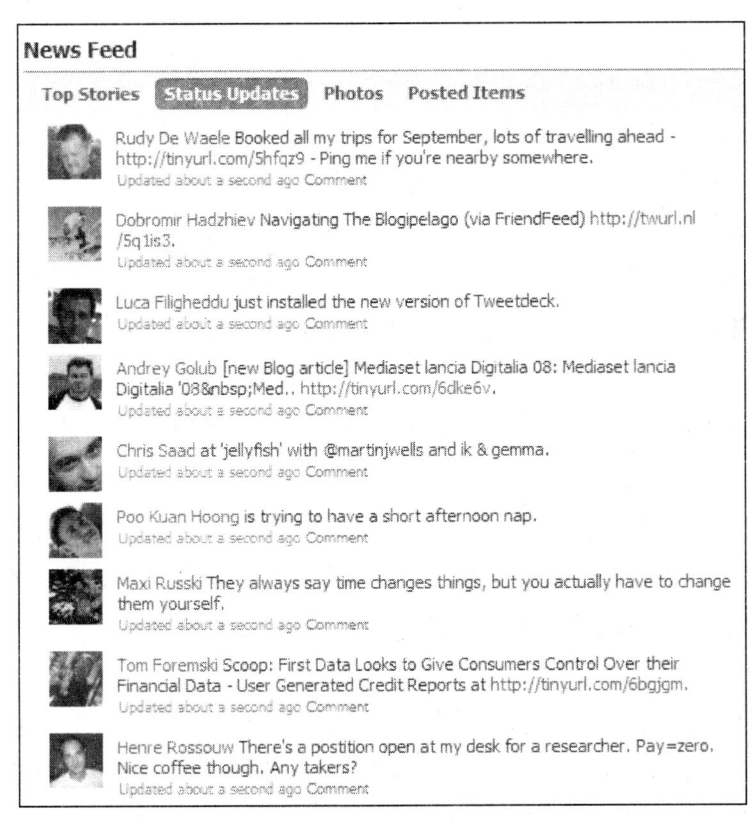

Facebook 的 News Feeds 截图

好友信息的聚合 FriendFeed

过多的博客已经让人觉得费劲了，不过好在有 RSS 阅读器可以进行消息的订阅。对于好友用不同账号在众多网站上留下的信息，如果也要进行逐一访问的话，那可不是一件轻松的事。

如果可以像RSS订阅博客一样，订阅好友在这些网站上的账户信息，那无疑将大大节省用户的时间。

4位原Google的软件工程师在2007年创立了FriendFeed。使用FriendFeed，用户可以把自己在Google Reader、Flickr、YouTube、Delicious.com、Last.fm（美国的音乐分享网站），甚至还包括Facebook和其他社交网站上的账号，和自己的FriendFeed账号设置、对应起来，从而实现把用户所使用的网络服务的更新内容同步并聚合在一起。

这样，用户无论是有了博客更新，还是往相册里新上传了照片，都能在FriendFeed上显示出来。反过来，用户只要在FriendFeed上添加了好友的账户，就可以随时看到他们所更新的内容。用户也可以对这些朋友的每一项更新进行评论和收藏。FriendFeed已经内置了20多种常见的服务，以方便用户进行内容添加。

用户可以对朋友的所有活动进行评论和收藏，而用户所作的这些评论和收藏的数据都将被FriendFeed记录和分析。基于这些记录和分析，FriendFeed提供了一些非常有趣的功能。它的统计功能可以帮你找出哪些人对你的内容感兴趣，而你又对哪些人的内容感兴趣；也可以看出你以及你的朋友对哪些服务的使用更为频繁；FriendFeed的推荐功能可以为你推荐你可能感兴趣的人。

尽管FriendFeed提供了丰富的信息聚合功能，但是由于更多的提供一站式服务的社交网站，如更早出现的Facebook，早已尽可能地将个人信息分享（不论是博客日志还是网络相册）一并包括在了自己的网站功能中，成为了热门的社交平台。因此，FriendFeed最后也没有逃脱被Facebook收购的命运。

Twitter，三言两语的温暖

美国知名杂志《时代》(Time)网络版曾在2009年6月发布深度分析文章称，美国迷你博客网站Twitter逐渐受到美国各阶层的欢迎，该服务正改变着美国公众的生活方式。

在2008年，Twitter是在美国最受关注的互联网网站。根据美国调研机构Compete的数据显示，在2008年初，Twitter的月独立用户访问量约50万，但到了2008年下半年，Twitter的访问量突然爆发，仅12月份就新增了100多万独立用户，总量达到 440 多万，涨幅高达 752%。

美国互联网流量监测机构尼尔森在线 (Nielsen Online) 发布的统计数据显示，在 2009 年 5 月间，Twitter 的独立访问用户量比 2008 年同期增长了 1500%，增至 1 800 多万人，这不得不令人惊叹。

Twitter 最吸引人注意的因素在于，它所设计的用户交流模式创造了一种新的信息传播形式，因而对美国民众的生活产生了重要的影响。

Twitter 由埃文•威廉斯（Evan Williams）和比兹•斯通（Biz Stone）等人联合创建。威廉斯 1999 年创建了可帮助用户轻松创建博客的网站 Blogger，后来该平台被 Google 收购。在卖掉 Blogger 后，威廉斯又创建了一家名为 Odeo 的公司，但没有取得更大的成功。威廉斯手下的员工杰克•多尔塞（Jack Dorsey）提出了创建迷你博客网站的主意，在得到威廉斯的采纳后，他们就创建了 Twitter。

Twitter 的名称，取自 Tweet（小鸟鸣叫的意思）。Twitter 的功能其实很简单，用户可以在 Twitter 上发布每条不超过 140 个字的信息，以说明“What are you doing? ”(你在做什么，这是 Twitter 的服务口号)。这样长度的文字信息，就好像被压缩了的迷你博客。如果仅仅依靠这些，Twitter 自然敌不过早就发展成熟起来的博客网站。

Twitter 在信息发布功能的基础之上，又加入了用户关系。Facebook 等社交网站的用户关系，是一种对等的好友关系，任何一方提出申请，被另一方接受后，双方的关系是对等，好友的信息都会在各自的页面上展示。而 Twitter 上的用户关系，是一种关注和被关注的单向关系。用户可以在 Twitter 上“Follow”（追随）另一个用户，成为这个用户的“Follower”（追随者）。用户在 Twitter 上发布一条消息后，他的追随者能及时查看到这条信息，并且可以发表评论。Twitter 的这种模式，常常被人看成是一种轻型的社交网站。

在 Twitter 上线之初，不少行业人士曾质疑该网站的市场发展潜力。然而事实证明，Twitter 的功能受到了用户的喜爱。在网站上发布各类稀奇古怪、家长里短的信息，已让美国民众乐此不疲。用户在大部分的时间里并没有精力在博客上长篇大论或者在社交网站上正儿八经地写日志来发表感想，而 IM 这样的即时通信工具的时间压迫感又太强，用户更多的是希望在零散的时间里发发感慨，东拉西扯地闲聊几句。

借助第三方工具，用户可以在 Twitter 上报道自己的旅游行踪（Dopplr），还可以迅速将成组的照片、视频乃至正在访问的网站发布上网（Tumblr），甚至还有专门的工具可以用来播报自己当前所在的位置。当带有内置定位功能的新一代iPhone手机上市后，多达约100万的用户纷纷开始使用Loopt，通过这款手机软件自动向朋友通报自己所处的精确位置。

对于许多人来说（尤其是那些30岁以上的人），如此事无巨细地描述自己的一举一动简直是荒唐可笑。为什么要让朋友们来关注你的鸡毛蒜皮呢？反过来看，你又能吸收多少他们发表的日常琐事呢？这种“环境亲密度”的提升，看起来就像是现代人的自恋倾向提升到了一个新的、代谢旺盛的极端，那满脑明星，相信自己的只言片语都光芒四射、值得世界瞩目的一代人，终于找到了表达自我的终极方式。Twitter自上线以来，始终面临着无休无止的争议，“究竟有谁会在乎我一天24小时都在做些什么？”

曾有Twitter爱好者拍摄了一段视频，让一位用户在大街上，像在Twitter上发布消息一样，对看到的事物大声发表感慨。这样的自言自语，结果只是引来旁人奇怪、鄙夷的目光。

Twitter 页面截图

本•艾伦（Ben Allen）是西雅图一位39岁的软件工程师。2008年，当他第一次从朋友那里听说Twitter时，他的第一印象是，这玩意儿很蠢。但是有几个朋友决定试用一下，于是在他们的催促之下，艾伦也加入其中。

艾伦每天都登录自己的账户，朋友们一行两行的更新在网页上长列出来。他一天会查看几次，有时甚至一小时看几次。那些消息确实相当平淡。一个朋友写自己开始觉得身子不太舒服，另一个会写些零碎杂感，比如“我真烦那些在公车上大声讲电话的人”，还有一位，每次做三明治的时候都会Twitter一条，而她每天都做一个三明治。Twitter上的信息都如此之短，几乎毫无意义可言。

但是随着日子一天天过去，变化出现了。艾伦发现自己渐渐能以前所未有的方式感觉到朋友们的生活韵律了。当一位朋友患上病毒性感冒，他可以从她的Twitter更新中看出她病情的加重，以及最后她终于度过最难受的阶段开始康复。他能感受到朋友们在工作中经历的挫折、烦恼，也能感受到他们取得重大成功后的喜悦。就连每天一次的三明治日志也很神奇地变得富有魅力起来，他已经习惯每天中午都看到它如同节拍器一般从网络中冒出头来。

每条小的更新，每一条单独的社交信息，本身都是微不足道的，甚至是十分平庸的，但若假以时日，当它们汇集起来，这些小片段就渐渐接合成一幅细致得惊人的、描绘你朋友或家人生活的画卷，就像成千上万个点构成的一幅点描派画作。这在过去是绝无可能的。因为在现实世界中，没有朋友会专程打电话给你描述她吃的三明治是什么样子。用艾伦自己的话说，这些环境信息就好比“一种超感知觉”，一种弥漫在我们日常生活中的看不见的存在。

“就好像我能远远地感受到每个人心中所想的东西”，艾伦解释说，“我很喜欢这种感觉。我觉得看到了朋友们身上一些很真实的东西，仿佛我眼前有他们的智能投影一样。”它还能带来更多现实生活中的人际联系。每当艾伦圈子里的某位成员决定去泡吧或是去看乐队演出的时候，就会在Twitter上发布消息，让其他人回应是否愿意一道前往，或者还有什么其他的建议。自发的社交活动就此产生了。不仅如此，当他们碰面的时候，感觉就好像根本不曾分开一样。他们不需要问：“嗨，最近你在忙什么呢？” 他们已经知道答案了。相反，他们会开始讨论某位朋友那天下午Twitter过的话题，就像重新开始一次中断了的谈话一样。

社会科学家给这种不间断的网络联系起了一个名字，称之为“环境感知”。他们说这就好像现实生活中我们与某个人距离很近一样，可以用眼角余光观察他的种种小动作，比如肢体语言、叹气、无意中的嘀咕等，并借此了解这个人的情绪。

Twitter 的微博客功能，因其信息发布的便捷性，成为了用户发表这类琐碎感慨的场所，使用户的"Follower"能够即时捕捉到这种变化。这样的作用和 Facebook 的 New Feedss 功能很相似，只是在 Facebook 上写日志和发照片，远不如 140 字以内的微博客来得简单。Twitter 更强的即时互动性为它的发展创造了空间。

在感受到 Twitter 的威胁之后，Facebook 在 2009 年 3 月的改版当中，加强了即时信息的分享，添加了和 Twitter 信息发布栏"What are you doing"类似的状态栏"What's on your mind?"（你在想什么？）。

Twitter 带来的改变也许让人有些难以接受，如同在 Facebook 推出 News Feeds 之初，用户会害怕自己的生活琐碎一下子全暴露在别人面前。其实，用通信工具进行即时沟通，让用户相互感觉彼此的存在，制造一种在一起的"环境感知"，并不是 Facebook 和 Twitter 的发明，只是社交网站采用了更新的网络化的形式。

早在社交网站之前，人们就开始用手机短信彼此唠叨。好友之间会经常通过短信联系，表达各种生活感慨。情侣之间更是会事无巨细地互发短信，汇报自己的点滴动态："我在逛街"，"今天公司的空调冷死了"，"我正躺在沙发上看超级女生"……他们之所以会这么做，部分是因为打几个小时的手机既不舒服也不经济，同时也是因为这种来来回回的短消息比一通电话更能让人感觉亲密无间。

当人们的工作更多地和计算机联系在一起的时候，计算机键盘就代替了手机按键来完成这一行为。

"这是一种聚合现象"，前加州大学伯克利分校信息科学教授，现任 Yahoo 首席科学家的马克•戴维斯说，"并没有一条最重要的消息。就像你跟别人坐在一起时，你一眼望过去，对方朝你微微一笑。你坐在这儿读报纸，做些琐碎的事情，同时也让别人知道你觉察着他们的存在。"这也就是为什么没有亲身体验的人很难理解它的原因。单独去看一个陌生人的 Twitter 或是 Facebook 更新会觉得很无聊，因为都是些无关紧要的话；但是如果关注上一天，它开始有点儿像篇短文了；关注一个月，它就变成了一部小说。

日益流行的网络环境感知也反映出人们的社交孤独症。互联网社会促进了信息的流动，提高了生产的效率，工作上的竞争和压力也变得更大。工作时间的延长，大城市生活在交通上的更长时间开销，使得人们普遍缺少社交实践。因为网络，地域间的协作增多，工作的流动性要求人们为了职业而更加频繁地迁移旅行，远离家人和朋友。日益增多的自由职业者更是常常终日独处。因此，“环境亲密度”(Ambient Intimacy) 就成为一种让人感觉不那么孤独的办法。那些终日面对计算机工作的人，以前通过 QQ、MSN 等 IM，现在则通过 Facebook、Twitter 等来保持和朋友之间的信息交流，摆脱这种孤独感。

正是通过分享这些重要或不重要的信息，Twitter 让用户提高了与他人的交流程度，并在某种程度上感受到了社交温暖。

任何一名 Twitter 用户，都拥有数量不等的跟随者。一些社会名人使用 Twitter 后，他的追随者甚至达到成百上千万。

事实上，Twitter 的飞速增长，也得益于众多明星的参与。几乎所有美国明星都喜欢用 Twitter，比如小甜甜布兰妮，还有黛米•摩尔的小男友阿什顿•库彻。库彻在 Twitter 上非常之红，之前他在 Twitter 的人气原本一直落后于 CNN（美国有线电视新闻网)，于是他向 CNN 下战帖，比赛谁先累积到 100 万名追随者。结果他成功打败 CNN，成为第一位吸引百万支持者的 Twitter 用户。

明星的到来增加了 Twitter 的人气，并隐性开发出它的又一功能——和明星一起 Twitter，和他们做朋友，看他们正在做什么。美国脱口秀女王欧普拉从注册登录 Twitter 到得到第 100 万名追随者仅仅用了 28 天时间。

SNS 背后的黄金法则

六度分隔理论

社交网站用户数量的迅速崛起，依靠的是用户自身关系网络的传播。著名的“六度分隔”，被看作是社交网站存在和发展的理论基础。不管是 MySpace 还是 Facebook，最开始都是依靠相互之间的介绍，让现实中的好友都来注册，结成网络中的好友关系。

六度分隔理论（Six Degrees of Separation）由美国著名社会心理学家斯坦利•米尔格伦（Stanley Milgram）于 20 世纪 60 年代最先提出。“你和任何一个陌生人之间所间隔的人不会超过 6 个，也就是说，最多通过 6 个人你就能够认识任何一个陌生人。”

米尔格伦想要描绘一个连结人与社区的人际关系网络。为了证明自己的设想，他设计了一个连锁信件实验。他将一套连锁信件随机发送给居住在内布拉斯加州奥马哈的160个人，信中放了一个波士顿股票经纪人的名字，信中要求每个收信人将这套信寄给自己认为是比较接近那个股票经纪人的朋友。朋友收信后也照此办理。最终，大部分信在经过五六个步骤后都抵达了该股票经纪人。六度空间的概念由此而来。这个连锁实验，体现了一个似乎很普遍的客观规律：社会化的现代人类社会成员之间，都可能通过“六度空间”联系起来，绝对没有联系的A与B是不存在的。六度分隔是一个典型、深刻而且普遍的社会现象。

互联网的盛行，更好地证明了六度分隔的现实性。微软的研究人员过滤出2006年某个月份的MSN短信，利用18 000万名使用者的约300亿通信信息进行比对，结果发现，任何使用者只要通过平均6.6人就可以和全数据库的1 800亿组配对产生关连。约87%的使用者在7次以内可以建立关连。

借助已经广泛存在的人际关系网络，社交网站得以在用户之间快速地相互影响和传播。社交网站成功地实践了六度分隔，并因此取得了惊人的成长。

社交网站的独特就在于，它将用户所具有的人际关系网络，从线下的现实社会生活之中，转移到了这个网站之上。六度分隔为众多社交网站的扩展提供了很好的理论基础，而社交网站也证明了六度分隔的强大威力。

神奇的邓巴数字

1998年，人类学家罗宾•邓巴指出，每个人一次所能认识的他人数量是有一个上限的。邓巴注意到，人类和猿类都是通过某种互相梳理的行为来发展社交联系，猿类的方式是互相抚摸皮毛，人类的方式则是交谈。邓巴的理论认为，猿类和人类的大脑都只能处理有限数量的梳理关系；人类花了大量时间来闲聊、交流八卦消息等，而猿类则是把时间花在了互相找虱子上。邓巴观察到，猿类群体的数量往往不超过55名成员。由于人类大脑容量比猿类大，邓巴计算得出我们的最大社交关系数量也会更多一些，平均在150人左右。事实的确如此，心理学研究已经证实，人类群体在达到150人左右时就会自然减缓增长。因此150又被称为“邓巴数字”。

“邓巴数字”，随着通信技术发展而有所增加，但其增长却依然缓慢。对于一般人而言，虽然电话这样的通信网络延伸了人们交流的物理距离，省去了交通上的时间，但是交谈所要占用的时间和精力与会面交流相比甚至更大。即便拥有IM这样的网络通信工具，即时沟通依然要占据较长的时间，人的社交关系也因此而受到局限。

“弱联系”社交

Facebook 这样的社交网站的出现，让用户可以拥有更多的精力来处理社会关系当中的那些“弱联系”。

“弱联系”（Weak Ties）一般是指关系一般的熟人，了解不太多的朋友等。他们可能是在某次大会上认识的，也可能是某位刚刚在 Facebook 上把他们加为好友的高中同窗，还可能是在某年节日 Party 上认识的某人。

在社交网站出现之前，这类点头之交的朋友通常会很快消失于你的生活意识之外。而现在，用户一旦在社交网站上建立了好友关系，用户在网站上发布的每一条消息，都可以好友接收到。通过这样的方式，用户可以更多地了解那些曾有过一面之缘的好友的些许信息，并通过社交网站进行随意地评论和交流。

Facebook 的 News Feeds 功能，提供了好友动态的信息聚合，提高了用户处理“弱联系”的效率，使得用户在不多的时间内，可以与更多好友进行较弱形式的沟通和维持联系，从而使得“邓巴数字”超过了以往。

英国有一位名叫艾维•比恩的妇女，已经有 104 岁的高龄，她住在英国约克郡西部布拉福德一所养老院，经常上网，并在网上记录自己的生活内容。

在短短两年时间里，她在 Facebook 上结识了至少 4 800 名网友。当 Twitter 火热起来后，比恩也迫不及待地注册，成为微博客网络社区上年纪最大的英国写手。

弱联系的增多，会给用户带来更大的收益。社会学家很早就发现，弱联系能极大地增强你解决问题的能力。比方说，假定你正在求职并向好友们求助，但他们可能帮不上多大的忙，因为他们手中并没有多少你不知道的求职线索，这时候反倒是在关系网中距你较远的熟人会有用得多，因为他们的触手伸得更远，而他们与你的交情也足以使他们愿意为你提供有用的帮助。

Facebook 就这样成为了 Web 2.0 时代最火热的 SNS 网站。大量的用户在 Facebook 的网站上进行互动交流，用户之间所包含的各种错综复杂的联系，都被 Facebook 包含在内，使得 Facebook 成为了网上的社会空间。

各国 TOP 3 的社交网站

尽管 Facebook 是全世界拥有最多用户的社交网站，但很多国家和地区的其他一些社交网站，基于自身文化和用户习惯的特点，以及前期用户的聚集效应，仍然保持着在自己国家和地区的主要地位。

前微软意大利代理商，意大利公关公司 Vincenzo Cosenza 曾做出了一项有趣的调查结果，展示了各个国家最受欢迎的社交网站，并利用 Alexa 和 Google Trends 监控了 2009 年 6 月份网站流量，指出了部分国家和地区社交网站的流行趋势。统计得出的一些国家排名前三的社交网站具体如下。

- 澳大利亚：Facebook、MySpace、Twitter。
- 加拿大：Facebook、MySpace、Flickr。
- 印度：Facebook、Orkut、Hi5（Twitter 排名第四，紧跟 Hi5）。
- 法国：Facebook、Skyrock、MySpace。
- 中国：QQ、校内网、51.com。
- 德国：Facebook、StudiVZ、MySpace。
- 意大利：Facebook、Netlog、Badoo。
- 俄罗斯：V Kontakte、Odnoklassniki、LiveJournal。
- 西班牙：Facebook、Tuenti、Fotolog。
- 英国：Facebook、Bebo、MySpace。
- 美国：Facebook、MySpace、Twitter。

QQ 虽然在网站形式上和 Facebook 等社交网站有较大区别，但是其社交工具网站的实质，使得它成为中国排名第一的社交网站。在用户人数上，QQ 甚至超过 Facebook，可以称得上是世界最大的社交网站（活跃用户 3 亿人）。

Orkut 是 Google 的工程师奥库特（Orkut Buyukkokten）利用他的业余时间创建，并用他自己名字命名的社交网站，是巴西用户使用最多的社交网站，在印度也有较大的用户份额。

韩国的 Cyworld 是一个比较有特色的社交网站，或者更应该叫做虚拟社区。该网站也是集成了网络相册、博客、虚拟存储等功能。比较具有特色的是，网站的每个用户在 Cyworld 都会有一个虚拟的动画角色作为代表，并且有相应的虚拟场景，还有自己的 Mini 小屋，其动漫色彩极为浓重，因此在韩国青少年间非常流行。15～30 岁的年轻人绝大多数都是 Cyworld 的用户。Cyworld 的注册用户数量超过 2 000 万，将近韩国人口数目的一半。

Mixi 在日本如同 Cyworld 在韩国一样火热。大概是源于东亚文化较为保守的社交文化，网友都不愿意将自己的言论和想法暴露给熟悉的朋友圈子之外的人。针对这一心理，Mixi采用了需要会员介绍的注册模式，用户如果想注册使用Mixi的话，必须要有已经有Mixi账户的朋友发送邀请函才能注册。这样做的目的是希望让注册用户的资料更透明化，让会员可以更安心地将资料公开在社群中。Mixi上的用户多选择隐藏自己的真实身份，这样在网上和朋友交流时，才好袒露心声，也不至于担心被关系不是很密切的人探听到。

尽管Mixi的功能相对其他社交网站要精简得多，仅有日志和音乐列表，但是作为日本第一家社交网站，Mixi照样获得了飞快的成长。从2004年创立，2006年9月在东京证券交易所主板上市，到2009年，Mixi已经成为日本第三大网站，每5位日本网民之中就有一位是Mixi的用户。

国内网络社交的发展

网络很早就成为了人们社交的工具，远在社交网站出现之前。BBS最早是人们交流信息的地方，但不少用户也会利用BBS结交了一些兴趣、爱好相投的好友。电报、电话等通信技术，在改善人们交流沟通方式的同时，也不可避免地为人们的社交联络带来了改变。

在中国，普通民众对于互联网应用最初的记忆，似乎就和网络交友有着莫大的关联。腾讯公司很早就推出了QQ聊天工具，在中国引发了网络社交风潮，并藉此晋升为互联网巨头。

IM造就的QQ帝国

1996年7月，以色列的4个年轻人，高德芬格（Yair Goldfinger）、瓦迪（Arik Vardi）、维斯格（Sefi Vigiser）和艾摩尔（Amnon Aimr）开发出了一个软件，朋友之间可以通过这个软件，利用互联网进行即时的信息沟通交流。

这个软件最初看起来更像是一个“小玩具”。安装好这个软件，并且添加好其他朋友的账号后，只要对方也在使用这个软件，用户就可以向他发送文本信息，通过服务器中转，文本信息就会被发送到对方计算机，并显示在软件界面上。

随后，这几个年轻人成立了Mirabilis公司，向其他的互联网用户提供这种软件服务，并于1996年11月，在互联网上正式发布该软件。他们给软件取名叫ICQ，和英语“我找你”（I seek you）同音。这个软件发布以后，就在朋友们之间一传十、十传百的相互介绍使用。软件发布 7 个月后，用户数就超过了 100 万。一年半以后，ICQ 就有了 1140 多万个使用者注册，其中有约 600 万人经常使用 ICQ，每天还有将近 6 万人进行注册。美国在线公司（American Online，简称 AOL）看中了它的巨大潜力，在 1998 年 6 月，花了 2.87 亿美金收购了 Mirabilis 公司和他们的 ICQ。

可惜的是，ICQ 后来的产品发展和运营却不尽如人意，慢慢被后来的竞争者打败。但是 ICQ 的出现，却造就了中国的网络巨头腾讯和 QQ 帝国。

马化腾在 1997 年的时候接触到了 ICQ，并成为它的用户。那个时候，ICQ 的界面都还是英文的，而且操作也都还比较复杂，因此在中国还不是很普及，但马化腾体会到了 ICQ 互联网通信工具的强大。

1998 年 11 月，马化腾和他的大学同学张志东正式注册成立了深圳市腾讯计算机系统有限公司。在公司成立之初，公司的主要业务是为寻呼台建立网上寻呼系统，因为针对企业或单位的软件开发工程可以更快获得盈利（当时还很少有现在这种互联网公司的运营模式）。

马化腾和他的创业伙伴最初是想开发中文版 ICQ 软件，然后把它卖给企业用户，而并非想自己运营这个投入巨大但难以盈利的产品。当时有一家大企业有意投资进入中文 ICQ 领域，并希望能够把开发工作交给其他软件公司，于是腾讯开始着手设计开发 OICQ，并参与了投标。但是腾讯最后没有中标，于是马化腾决定自己开发并运营 OICQ。

当时，腾讯给 OICQ 标的开发销售价格仅为 30 多万。

1999 年，腾讯正式提供互联网的即时通信服务，让用户可以免费下载 QICQ，并利用它进行网络聊天。

由于 QICQ 的操作界面简单易用，因此在中国的网民当中得到了更快的推广，大大超过了 ICQ。

和 ICQ 一样，基于 QICQ 的即时网络通信服务需要服务器进行信息中转，因此，随着 QICQ 的用户数增加，腾讯就需要不断购置服务器以保证相应的服务。再加上昂贵的服务器机房的租金和网络带宽的费用，使得 QICQ 的运营成本相当高，马化腾甚至一度决定将 QICQ 卖掉。但是因为当时的买家深圳电信数据局只肯出 60 万元，无法满足马化腾 100 万元的要价，最终没有达成交易。

正是因为这些坎坷，才促成了腾讯日后的辉煌。

到2000年，腾讯的OICQ基本上已经占领了国内在线即时通信90%以上的市场。AOL给腾讯发来律师函，要求腾讯在软件中不得使用“ICQ”的字样，否则将控告腾讯侵犯其商标使用权。腾讯顺势将OICQ的产品名称改成QQ。而QQ早已是用户对OICQ的昵称。在新版的QQ软件中，将企鹅设计为自己的品牌形象。

对于中国大多数互联网用户而言，QQ印证了他们接触互联网的过程。用QQ上网交友聊天，是互联网在中国发展初期，最吸引中国用户的网络应用之一。

ICQ是被当作朋友之间的即时通信工具，而QQ在国内，很大程度上代表着上网和陌生人交友的一种休闲娱乐方式。

在QQ上，每个账号都有关联的用户属性，用户可以填写自己的个人信息，包含真实姓名、年龄、省份、城市、个人介绍等。在互联网兴起之初，用户很少填写真实姓名，而是以各类极具个性化的网名来标识自己，如“帅得惊动联合国”，“穷得只剩下美丽”。用户QQ上的好友最开始也许不多，使用QQ提供的查找功能，可以通过用户信息筛选在线的陌生人，将其添加为好友，开始网上的即时聊天。

中国人的性格内敛、含蓄，社交活动不是那么丰富，一般交际圈子也多局限于同学、同事和亲戚、朋友之间。仅通过文字，无法看到远在另一端计算机前的用户，使得QQ交友有着更强的神秘感。最早接触互联网的都是青年用户，就是由于这种新鲜感，使得QQ的陌生人交友成了当时互联网上除了新闻信息外，最吸引他们的应用。

QQ上的陌生人交友，由于不在彼此的生活圈子当中，减轻了现实关系中存在的社交压力，一些不便对现实生活圈子中的朋友说的“心事”，却可以向陌生的网友倾诉。在QQ的交流过程中，双方如果觉得有共同语言，能聊到一块儿，则可以用QQ继续保持沟通、联系，加深了解；否则，可以删除好友，不再联系，也不会产生什么麻烦。一些用户通过QQ认识了情投意合的好友，甚至通过QQ开展“网恋”，甚至约会见面，在现实中相互认识，发展成为真实的恋爱关系。

网友见面，也一度成为QQ用户及互联网用户的热门话题。

台湾作家蔡智恒的《第一次亲密接触》[1]，描述的就是一个网名叫“轻舞飞扬”

1 《第一次亲密接触》出版于1999年，书中主人公用的还是ICQ。

的女生和网名叫“痞子蔡”的男生的网恋故事，一度在中国非常流行，也恰恰反映出了当时社会对 QQ 交友的关注。

CCTV 的《东方时空》节目曾在 2006 年制作、播出了一期“时空调查”，有 2113 人参加了调查，对于“您是否有网上交友的经历？”这个问题，有 86.9%的被调查者回答了“是”。

CNNIC（中国互联网络信息中心）在 2009 年 1 月发布的第 23 次中国互联网络发展状况统计报告显示，截至 2008 年，中国网民人数已达到约 2.98 亿人，其中使用 IM 的人数比例达到 75.3%，远远超过 IM 在其他国家互联网用户中的使用比例，IM 成为仅次于网络音乐和网络新闻的第三大应用。

各互联网应用在重点群体中的普及率（摘自 CNNIC 第 23 次中国互联网络发展状况统计报告）

		中小学生	大学生	办公室职员	农村外出务工人员	总体
网络媒体	网络新闻	68.1%	89.9%	83.1%	73.4%	78.5%
信息检索	搜索引擎	63.5%	84.4%	71.9%	56.6%	68.0%
	网络招聘	8.9%	29.5%	23.0%	23.7%	18.6%
网络通信	电子邮件	52.2%	81.4%	60.4%	38.9%	56.8%
	即时通信	**77.5%**	**91.1%**	**75.0%**	**66.5%**	**75.3%**
网络社区	拥有博客	64.0%	81.4%	50.9%	43.1%	54.3%
	论坛/BBS	24.1%	55.5%	34.6%	17.2%	30.7%
	交友网站	16.8%	26.0%	20.2%	18.2%	19.3%
网络娱乐	网络音乐	86.9%	94.0%	83.4%	78.2%	83.7%
	网络视频	67.4%	84.4%	68.1%	57.3%	67.7%
	网络游戏	69.7%	64.2%	60.6%	55.5%	62.8%
电子商务	网络购物	16.2%	38.8%	29.4%	11.7%	24.8%
	网上卖东西	2.1%	5.2%	4.4%	0.8%	3.7%
	网上支付	9.6%	30.5%	22.4%	7.9%	17.6%
	旅行预订	2.0%	6.8%	6.8%	2.5%	5.6%
其他	网上银行	7.7%	29.9%	25.5%	7.4%	19.3%
	网络炒股	4.7%	4.7%	15.5%	4.1%	11.4%
	网上教育	16.2%	25.6%	17.3%	7.8%	16.5%

2009 年 3 月，腾讯的 QQ 的注册账户总数达到 9 亿多，活跃账户数达到 4 亿多，这意味着，平均每个中国互联网用户拥有 3 个 QQ 账号。即时通信服务最高同时在线账户数达到 5 750 万左右。

和其他 IM 一样，QQ 在文本聊天的功能上不断拓展即时通信的内容。最开始用户利用标点符号来表示的象形表情，如“:)”、“^_^”等；后来慢慢被 IM 工具提供的图片表情所代替和丰富，也可以在文本信息里贴图片，还可以直接进行文件传输。再后来，语音聊天甚至开始侵蚀到电话业务。借助计算机摄像头，现在的 IM 支持用户进行视频聊天，虽然受限于网络数据传输的带宽，画面流畅程度不是那么理想，但已经比电话网络更早实现了视频电话的通信应用。

腾讯在 QQ 的基本信息交流的基础之上，从最初要求用户双方在线的电子文件传送功能，发展出了网络硬盘、离线发送电子文件等的应用，完善了即时通信功能。

除了 IM 之外，腾讯还不断拓展其他的网络服务。腾讯已拥有的网络服务包括：

- QQ 空间。允许用户开设自己的个人主页，包含有个人日志（类似博客）和网络相册；
- QQ 音乐。可以在线播放音乐、下载手机铃声；
- QQ 休闲游戏中心；
- MMORPG（多人在线角色扮演类网络游戏）。有腾讯 QQ 幻想、凯旋、自由幻想、QQ 音速等 10 余款游戏运营；
- 新闻网站；
- 论坛；
- 下载软件“超级旋风”；
- 腾讯“问问”（类似百度百科的问答系统）；
- 手机 WAP 网站 3G.QQ.COM;
- C2C 的网上商城，腾讯拍拍。

腾讯通过丰富的服务形成了一个庞大的互联网服务公司，成为中国最成功的互联网公司之一。

腾讯发展壮大的过程，实际上也见证了中国互联网的普及过程。QQ 上数量庞大的好友，实际上已经包含了用户的各种社会关系，QQ 成为中国的互联网用户利用网络进行信息交流、管理人际关系、进行社交活动的重要工具。

腾讯早在 2005 年 6 月 6 日正式对外发布了 QQ 空间，为 QQ 好友提供了个性化的网络分享平台服务。

腾讯的 QQ 空间类似于 Facebook 个人主页。2009 年 1 月，QQ 空间的月登录账户数超过了 2 亿，甚至超过 Facebook 在当月 1.75 亿的登录用户数，就用户数而言，可算作是全球最大的互联网社交网络社区。

QQ 空间不像 Facebook 那样拥有真实的用户身份和社交环境，作为早期的产品，在网站功能和服务上同 Facebook 也有很大区别，信息交流的聚合展现不是那么强，而和 Facebook 网站更为相似的校内网（xiaonei.com）在近两年内在中国的大学校园得到了迅速地扩张。

面对 Facebook 的兴起，及国内相似 SNS 网站的挑战，腾讯在 2009 年 1 月发布了自己的实名社交网站“QQ 校友”。用户使用原有的 QQ 账号就可以登录并使用。这个新网站努力引导用户填写真实的个人姓名和其他信息资料，通过学校和班级信息的匹配，将 QQ 校友录上可能和用户具有同学关系或是已经在用户 QQ 好友列表上的其他用户，推荐加为好友。这个网站还提供日志、相册等功能，其设计和 Facebook 非常相似。

有趣的是，Facebook 这样的社交网站，也一直在努力开发 IM 功能。Facebook 在网站底部添加的工具栏中，就加入了在线好友的 IM 功能，让好友可以在 Facebook 网站上进行即时通信。

对于 QQ 校友的发布，各类媒体纷纷报道说腾讯开始涉足 SNS 网站，对此腾讯的新闻发言人却表示，“腾讯不是开始涉足 SNS，腾讯一直做的就是 SNS”。的确，如果仅仅把 SNS 理解成为 Facebook 那样的网站，其实是将 SNS 的概念定得过于狭窄了。像 QQ 这样一个拥有着中国用户庞大好友关系的 IM 软件服务，本身就是更为广泛的 SNS。

不过腾讯对于 SNS 的理解与众不同。在腾讯看来，用户对于网络关系链管理的第一维就是 QQ 好友、QQ 空间好友；第二维是不同种类和兴趣爱好的 QQ 群，第三维是按照年龄、职业、爱好、地域等垂直划分的细分关系，如同学录、同事录、同城好友等。这三维构成了一个立体空间式的 SNS 系统。腾讯将通过这三类组合服务的强化，去满足用户不同层面的需求和体验，使用户在关系链的管理上逐步精细化、具体化。

通过引入 QQ 校友、QQ 白领等垂直 SNS 社区，将海量用户群通过差异化的社区氛围和产品特性进行区隔，进一步提高不同群体对其整体平台的黏性，一纵一横两方面的扩张，让所有的用户都能在其平台上找到适合自己的位置，就是腾讯在 SNS 平台上一直奉行的理念。

正是基于信息沟通、交友及社交网络服务独特的理解，让腾讯成为中国互联网行业的巨头。Facebook 一类社交网站的兴起，和它莫不相似。

风靡一时的同学录

Facebook 最开始是作为校友录发展起来的，而实际上，Facebook 并不是最早的校友录式的实名网站。在中国，校友录式的网站 5460 和 ChinaRen 的出现都要早于 Facebook。

中国人非常看重人际关系，社交生活往往固定在原有的社会关系上，而各个阶段的同学关系是其中非常重要的一环。因此，中国很早就出现了以维护同学信息为主要功能的网站。

5460 中国同学录（www.5460.net）创办于 1998 年 5 月 4 日，是国内最早的校友录式的网站。网站的名称 5460，取自“我思念你”的谐音。

5460 的同学录，不是特别注重个人的体现，而是通过建设班级页面，来打造一个属于集体的空间。一个用户可以添加自己所在的学校，并创建班级，之后，其他的用户可以通过查询找到自己所从属的班级，并加入进来成为集体成员。每个班级都拥有自己的相册、留言板，用户的活动也都是在班级的页面上进行，不同于 Facebook 上用户在个人页面进行活动的方式。这也许和国内教育长期以来强调集体观念有很大关系。

依靠着班级同学的传播关系，5460 同学录的用户数量得到了迅速的发展。而那个时候，中国的 QQ 尚未诞生。

经过 10 年的运营，5460 拥有上千万注册用户，35 万余所学校，每天的访问量达到 400 万人次以上。

中国另一家校友录网站 ChinaRen 则比 5460 更胜一筹。

ChinaRen 是在 1999 年由陈一舟、周云帆及杨宁合作创办的，最早就是以同学录的模式，建立起实名制的网络社区。

ChinaRen 校友录的模式和 5460 类似，不过由于 3 位创始人较强的技术背景和运作能力，使得 ChinaRen 的发展比 5460 更为迅速。

ChinaRen 在 2000 年被搜狐收购后，获得了更多的资金支持，是中国目前最大的同学录网站，用户数超过 1 个亿，每日独立登录用户超过 100 万。

不过 ChinaRen 创业团队的成员，后来又都离开了搜狐，开始了其他的互联网创业项目。周云帆和杨宁创立了空中网，从事手机的无线互联网业务；陈一舟则创建了千橡互动，收购运营猫扑网，后来又收购了校内网，并将其发展成为中国目前最火热的社交网站，成为了中国的Facebook。

值得一提的是，ChinaRen刚成立的时候，从清华大学拉了很多技术能力很强的学生参与创业。当时团队中的周杰，后来在耶鲁大学硕士毕业，加入了Google，并在2006年随李开复回到中国，成为最年轻的华人技术总监；王小川成为了搜狐公司高级副总裁；周枫是现任网易副总裁；许朝军则成为千橡互动副总裁，校内网的负责人。这些人现在都是中国互联网公司的重要人物。

在用户最早接触互联网的时候，由于互联网上的信息传播相对缺乏保护，所以用户大多隐姓埋名，不太愿意以真实的身份来使用互联网，并且把网络当成真实生活之外另一个宣泄或者倾诉的空间。因此，在QQ上，或是在网络BBS上，用户多是用个性化的网名来代替自己的真实姓名，以获得更大的言论空间，避免不必要的麻烦。而像同学录这样的网站，则让用户开始使用真实姓名，并且把真实的身份，以及所拥有的同学关系都搬到了网上。

实际上，在Web 2.0的互联网中，用户对网络活动的参与，已经开始更多地注重自我意识的展现。中国的校友录网站，在功能定位上一直局限于班级等集体关系，没有为用户提供更多个性化的、基于更广泛社会关系的服务，因此其发展也受到了限制。

严肃的婚恋交友

就使用真实姓名交友而言，婚恋网站可算是近几年来在中国开办得非常红火的一类社交网站了。

美国的match.com是最早的婚恋网站，这个网站旨在帮助用户寻找他们理想中的配偶。在这个网站上，用户需要填写自己的真实信息，包括年龄、身高、外貌特征、兴趣爱好、人生目标和理想等，再填写上对未来配偶的期望，然后网站就会向用户推荐相对符合用户要求的人认识。

在中国，社交生活的局限，以及越来越大的工作、生活压力，使得大龄青年的婚恋问题成了社会热点。QQ交友的火热，在很大程度上也得益于中国互联网用户对于利用网络进行社交的期望。

世纪佳缘提供的是陌生人交友服务。与Facebook这样的好友社交网站不一样，该网站的用户此前并不认识，而在面对婚恋这个比较严肃的话题时，用户身份信息的真实性，又是非常重要的因素。

因此，世纪佳缘实行注册会员制，将用户定位在高学历人群，并且要求用户上传学历证、毕业证、身份证等的扫描复印件。用户按星级划分，用户上传的证件越多，星级就越高，也就越容易取得信任。世纪佳缘网站还有客服人员进行严格的人工审核，以保障用户信息的真实性。

世纪佳缘同时也有严格的用户隐私保护措施。不是网站的注册用户，不能随意浏览网站用户的信息。对于用户更为详细的个人信息，用户自己也可以进行访问权限的设置，只有拥有相应等级，或者自己认可的用户才能浏览。

通过这样的认证方式，世纪佳缘让用户可以放心提供自己的真实身份，也因此获得了市场的认可。很多用户通过世纪佳缘找到了自己理想的伴侣。

截至 2009 年，世纪佳缘共促成了将近 20 万对用户成功配对，龚海燕也因此被称为“中国网络红娘第一人”。

火爆的开心网

“Hi,我是×××,在开心网上建立了个人主页,请你也加入并成为我的好友……你可以通过我的个人主页了解我的近况，分享我的照片，随时与我保持联系。”

李东升是北京某广告公司的职员，他隔三差五就会收到一封内容如上的邀请邮件，发送者无一例外都是李东升在 MSN 的联系人。他们中间有李东升的小学、初中、高中、大学的同学，有企业、公关公司、媒体的朋友，还有很多遗忘许久或是只聊过几句话的人。

这些邮件都是来自同一个网站“开心网”。

在公交车上，在地铁里，你也许也会经常听到有人在乐此不疲地讨论，“我今天把××买为了奴隶”。在 MSN 上，很多好友的签名档也变成了“谁占了我的车位？”。这些话题,其实也都来自开心网上的游戏——“好友买卖”和“抢车位”。

2007 年 11 月,新浪企业服务副总经理程炳皓和几位同事离职创立了开心网。到 2009 年 6 月,开心网的注册用户已超过 3 500 万,每日登录用户超过 1 000 万,注册用户平均每天增长 30 万，页面浏览量超过 10 亿，Alexa 流量的中国排名在第 10 名左右。

说到开心网的爆发，其病毒式营销的策略功不可没。开心网其实很像 Facebook 的早期翻版，利用人际关系进行传播，这也是开心网发展的关键。

程炳皓的聪明之处就在于，先通过 MSN 列表，挖掘出大量的用户关系；再利用六度分隔，拓展广阔的用户群体。

虽然 QQ 毫无疑问地在中国占据了最重要的 IM 市场，但是在中国大中城市的白领阶层，MSN 却是首选的聊天工具。因此，MSN 的联系人列表，反映了用户的众多社会关系。

开心网采用 MSN 好友邀请制的办法，用户可以通过导入 MSN 联系人列表来查找、邀请和添加好友到开心网上，这样就能够保证用户一上来就有认识的朋友。

于是，很多用户的 MSN 在一天之内都会收到好几十个邀请进驻开心网的链接。在你注册开心网并在不经意间导入了 MSN 账号的联系列表后，系统又会自动发送邀请链接给你的 MSN 好友，以致于很多人都怀疑是开心网窃取了用户邮箱密码自动发送的。李东升就是这样被拉进去注册的。

要让用户积极地将“病毒信息”传递出去，有几个必需的要素，例如，产品或服务自身要很有价值，向他人传递信息要非常容易而且成本低廉等。而其中最重要的，当然就是勾起用户主动传递这一信息的积极性。那么，开心网的用户为什么会如此积极地发送邀请邮件呢?

开心网上的互动游戏，就是带动用户进行病毒式传播的重要因素。

开心网上最火的游戏是“朋友买卖”和“抢车位”。

在“朋友买卖”中，用户可以购买自己在开心网上的朋友；用户账户里的钱越多，能买的朋友就越多。朋友被买来之后就变成了用户的奴隶，用户不仅可以“折磨”他、随意给他取外号，还能获得资本原始积累的成就感。

在“抢车位”中，用户可以将车停到好友的停车场以赚取停车费。如果发现自己的停车场被占，则可以给别人的车上贴条，收取罚款。随着赚的钱越来越多，用户的车可以从原始的奥拓小汽车，升级到奔驰、宝马，以满足自己的小小虚荣心。

此外，邀请好友加入，还能够直接获得大批的奖励资金。在“买卖奴隶”、“买好车”的动力带动下，用户开始疯狂地邀请自己的好友加入。

就这样，一传十，十传百，加入开心网的人就越来越多了。

“朋友买卖”和“抢车位”这样的游戏，让办公室的白领，在繁重的工作之余，通过游戏完成了另类的互动，从而找到了轻松、娱乐的进行交流的方式，来维护、增进彼此的关系。

开心网依靠社交游戏的成功，成为了中国拥有最多白领用户的社交网站。在此之后，社交游戏也成了社交网站上的热点。

中国版 Facebook：校内网和 51.com

校内网(现已更名为人人网)被称为是中国版的 Facebook，它拥有和 Facebook 极其相似的发展经历和功能定位。

校内网成立于 2005 年 12 月，是中国最早的高校社交网站。创始人王兴毕业于清华大学，后留学美国特拉华大学获得硕士学位。

在留学回国后，王兴曾尝试过几次创业。第一个项目是一个交友社区“多多友”，但是其发展不尽人意，发展一年后，用户数仅停留在 3 万人左右，因此最终被放弃掉。后来，王兴在 Facebook 上找到了方向，创办了校内网。校内网在 2006 年 10 月，被千橡集团收购。

王兴在校内网被收购之后没多久，就离开了校内网，并创建了饭否网——一个和 Twitter 一样的微博客网站。

虽然校内网拥有和 Facebook 相似的功能，但是其最初却并非设计为像早期 Facebook 一样相对封闭的社交网络；校内网没有把用户的个人信息太多的隐藏起来，反而是更多地进行用户个人信息展示，以提供更多和陌生人交友的机会。

校内网设计有“最近来访”功能，会记录下用户个人页面的访问情况，这样用户可以知道谁对他/她有兴趣，用户可以友好回访，以增加用户之间的往来。

创始人王兴在媒体的采访中表示，校内网最初其实是“打着 Facebook 的旗号在做 MySpace”。“最近来访”这样的设计，就是为了促进更多的陌生人交友。

校内网在成立之初，采取的也是有限注册的策略，只允许利用高校 IP 地址访问的用户，或拥有高校邮箱（以@***.edu.cn 结尾）的用户注册，以“中国重点高校真实交友”的口号，在清华、北大、人大、北航等高校开始引爆。类似 Facebook 的策略，起到了很好的营销效果，提升了“种子”用户的信赖度。在用户拓展到一定的数量后，继续蔓延到国内 32 000 多所大学和国外 29 个国家的 1 500 多所大学。

2008 年 4 月，千橡互动集团因校内网的迅猛发展，获得了以日本软银为主的 4.2 亿美元投资，成为继 Facebook 获得巨额投资之后，业界的又一重大新闻。

到 2009 年，校内网已经拥有了超过 3 000 万注册用户，并且这个数字还在快速增长。虽然这个数目在中国的网站当中算不上是最多的，但是校内网用户在网站上的停留访问时间非常长，每个用户的平均停留时间在20分钟以上。这充分说明了社交网站对用户的吸引力。

在全球网站的Alexa排名中，校内网已经挤进前150名，增长非常明显，已有超过国内传统社区网站的势头。

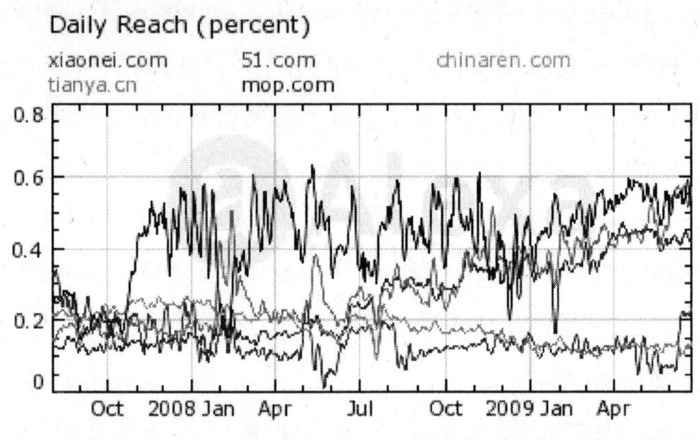

校内、51.com、ChinaRen、天涯、猫扑的Alexa排名对比

虽然没有Facebook的上亿用户，但是校内网和51.com依然占据了中国社交网站用户的大多数。

社交网站的聚集效应是非常明显的，因为社交网站的信息和内容，依靠的是用户所拥有的朋友关系。虽然用户作为个人，可以轻易决定自己使用哪个社交网站，在哪个网站上面写日志，在哪个网站上面发照片，但他没办法控制自己所有的朋友都去哪个社交网站。因此，一旦哪个社交网站拥有了用户最多的朋友关系，他就很难从这个社交网站转移到另一个。

在千橡集团收购校内网之前，曾经自己开发建立了“5Q校缘网”，并且利用强大的资金优势，在高校进行了“注册送鸡腿”的用户推广。而早于校内网获得风险投资的“占座网”，也曾在中国高校进行过类似的推广活动。许多学生为了赢得免费的奖品，不惜利用自己或同学的身份，甚至一些虚假的信息，一人注册多个账户。但由于他们早先的朋友都已经在校内网上稳固下来了，因此，在注册完其他这些网站之后，他们最终还是回到了校内网，把它作为最主要的社交网站。

具有戏剧性的是，校内网的创始人王兴在融资上却遇到了困难，一直没能找到良好的盈利来源，而巨大的用户数量使得运营成本也非常高。在经受长时间的亏损之后，王兴在2006年10月被迫接受了千橡集团200万美元并购的邀约。

此后校内网获得了更多的运营资本，并且紧跟 Facebook 的发展策略，也推出了自己的开放平台，发展成为中国最大的社交网站，并因此获得了日本软银的巨额投资。

中国另一家社交网站 51.com，定位于中小城市相对低学历的用户，同样也成立于 2005 年。51.com 效仿社交网站 MySpace 的路线，提供个人的展示空间，并促成陌生人交友。51.com 提供视频认证功能，让用户上传通过摄像头拍摄的照片，以确定其身份的真实性。其网站设计，也都尽力符合其定位人群的需求和特点，易于理解和使用。

在短短的 4 年内，51.com 取得了长足的发展，曾获得由红杉资本领投、海纳（亚洲）参与投资的第一轮 600 万美元，和英特尔、红点创投、红杉资本和海纳（亚洲）联合投资的第二轮 1 200 万美元。2008 年 7 月，51.com 获得了来自中国网游企业巨人网络的 5 100 美元的战略投资。

这样的浪潮带动了中国社交网站建设的风起云涌。继开心网、校内网、51.com 之后，天际网、若邻网则追寻国外另一个社交网站 LinkedIn 的脚步，专注于商务社交。传统的互联网巨头企业也纷纷推出自己的社交网站，如腾讯推出了“QQ 校友”，搜狐推出了“白社会”等。

康盛创想是一家通过提供 Discuz！软件，方便用户自己建设 BBS 社区网站而成长起来的公司。在社交网站浪潮兴起后，它顺势推出了软件 UCenter Home，借助这个软件，任何网站都可以搭建社交网站式的社区。

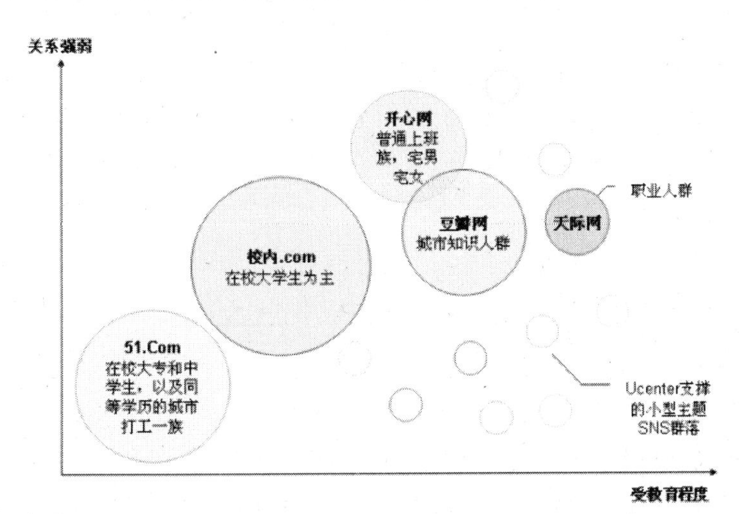

国内 SNS 用户群体分布

第4章

新的信息平台

我们处在一个信息爆炸的年代，互联网促成了更多信息的产生，在这无边无际的信息海洋中，如何有效地筛选和过滤信息就成了难题。

Web 2.0 网站通过各种技术手段，帮助用户进行信息的筛选，并利用网络聚合集体的智慧，评判、整理网络信息资源。

Web 2.0 为用户提供了更具个性化的信息服务模式，社交网站更是打造了一个全新的、以用户为中心的信息平台。

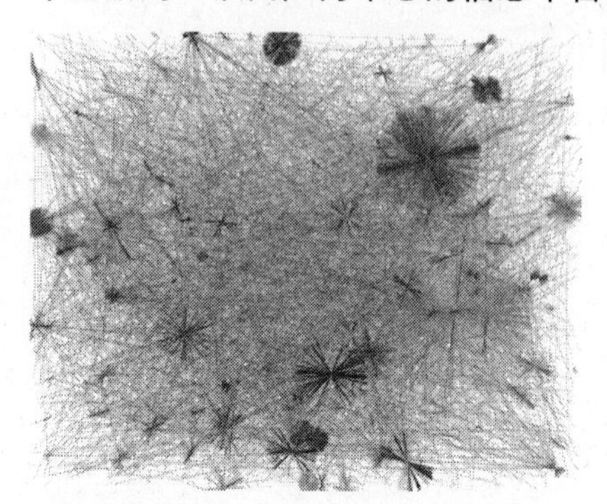

信息爆炸

现代科学技术发展速度的增快，带来日益猛增的新科技知识和信息。英国学者詹姆斯•马丁（James Martin）曾对人类知识的倍增周期进行过统计：这个周期在19世纪为50年，20世纪前半叶为10年左右，到20世纪70年代缩短为5年；而到20世纪80年代末，人类知识几乎已到了每3年翻一番的程度。近年来，全世界每天发表的论文达14 000篇左右，每年登记的新专利达70多万项，每年出版的图书达50多万种。新理论、新材料、新工艺、新方法的不断出现，使知识老化的速度加快。有报告说，全球印刷信息的生产量每5年就会翻一番，《纽约时报》一周的信息量即相当于17世纪的学者毕生所能接触到的信息量的总和。近30年来，人类生产的信息已超过过去5 000年生产信息的总和。

权威市场调研机构国际数据公司（IDC），做了一项主题为《膨胀中的数字世界》的研究，对全球信息增长的状况做了一个全新的统计分析。截至2006年底，全球数字信息的总量已达到161EB（1EB等于10的18次方字节），相当于已出版的书籍总量的300万倍。而且这个数字还在不断增长，每年都会增长50%以上。

互联网加速了信息的流动和知识的传播，民众获取信息的能力增强了，因此文化素质和智力得到了提升，从而促进了新的文化思想和技术知识的产生，成为信息爆炸的又一个推动力量。

随着技术发展，博客、在线相册、视频分享网站等新兴的Web 2.0网站为用户提供了广阔的平台，用来创造和分享他们所制造的内容。伴随着这些网站的发展壮大，新闻报道、图片信息、视频节目等，在内容上极度丰富，涵盖了传统媒体所具备的各种信息表现形式，又成为更加庞大的信息生产来源。

在这些网站上，任何人都可以自由发布信息，并且发布的成本几乎可以忽略，因此，每个人都可能成为信息制造者，并使信息在全球范围内传播。

即便一个人24小时不停地查看、阅读互联网上的内容，在他的有生之年也无法把现有的所有信息看完，更不用说还在源源不断产生的新信息。

某些信息的产生者，由于受到所处环境的限制，或是看待问题的角度局限，或是出于自私的目的，其信息的观点可能过于偏颇。如果信息缺乏管理或管理不善，信息的发布、传播失去控制，互联网当中就会不可避免地暗藏大量虚假、无用的信息，造成信息的冗余和信息“垃圾”的产生。

传统媒体有限的传播资源，保证了其所传播的内容是经过筛选的优秀内容。与之相比，一些专业性、权威性的优质内容，在互联网海洋般的众多信息当中则有可能无法突显而被埋没。过多的质量参差不齐的信息，需要用户花费大量的精力去筛选。

因此，信息爆炸反过来又增加了人们获取有效信息的难度。

在互联网这样广阔的信息海洋中，面对无数的信息，如何去发现和甄别对用户最有用、用户最感兴趣的内容，如何挑选出最优质的信息，这就成了难题。

互联网的各类技术以及许多新型的网站，一直在致力于提升信息服务的质量，以解决这些问题。

搜索引擎，提供了一种快速、便捷的在互联网中进行信息查找的功能，帮助用户从信息海洋中挑选出内容有一定相关性的网页。

网站会通过账户来搜集用户信息，根据用户访问网站产生的大量数据建立起数据库，用数据挖掘和分析的方法来提供个性化的服务。网站会记录下所有用户访问过的内容和时间花费，并根据页面内容的关键信息（分类或者 Tag 标识），来判断用户的兴趣偏好，并进行针对性的推荐。随着用户对互联网的依赖度提高，用户使用时间的加长，数据仓库和数据挖掘也成为未来提高互联网技术的研究重点。

Web 2.0 的网站不仅通过用户来贡献内容，也发动用户来对内容进行评价，以完成对信息内容的整理和筛选。

有一个网站 Digg，则完全是依靠用户对所有其他网页信息的提交来建立自身的内容系统，并通过投票来完成对内容优劣的排序，给予大众热门的推荐。

用户之间的分享以及评价，被视为比较有效的帮助用户筛选信息的方法。YouTube、Flickr 都通过这样的形式来让用户挖掘优质内容，相互推荐，并以此组织内容，呈现给用户。

搜索引擎

互联网上可编索引的网页已超过 100 亿，如果再加上大量无法编索引的网页，总数可能会更多。

用户对于更快速、便捷信息服务的需求，造就了庞大的市场，使得搜索引擎在 Web 2.0 时代迅速崛起，并成就了 Google、Baidu 这样的企业巨头。

搜索引擎提供了一种帮助用户寻找内容的服务。每个独立的搜索引擎都有自己的网页机器爬虫（Spider），机器爬虫会顺着网页中的超链接，连续地抓取网页。这些被抓取的网页被称为网页快照。由于超链接在互联网中的应用很普遍，理论上，从一定范围的网页出发，就能搜集到绝大多数的网页。

搜索引擎抓到网页后，会根据 Web 的结构进行判别，最重要的就是提取关键词，建立索引文件，其他还包括去除重复网页、分析超链接、计算网页重要度等。

当用户输入关键词后，点击“搜索”按钮，几乎在一瞬间，搜索引擎就能从无数的信息网页当中找到所有包含相关内容的页面。这正是依赖搜索引擎所建立的索引库，对所有的互联网页面进行重新整理的结果。

Google 的两位创始人拉里•佩吉（Larry Page）和塞吉•布林（Sergey Brin）都是斯坦福的博士，在学校里面潜心学术，他们最初只是想创造一个强大的搜索引擎，用以帮助用户从日益增多的网页当中，找到他们最感兴趣的内容。凭借着这份对技术的执著，以及对搜索引擎意义的认同，他们创立了 Google。

对于同一个关键字，常常会有上亿个搜索结果，从所有相关的页面当中，判别出哪些内容更为重要，进行有限排序的呈现，对用户而言是非常重要的，这也是判别一个搜索引擎好坏的依据。

拉里•佩吉（Larry Page）和塞吉•布林（Sergey Brin）发明了一种名叫“Page Rank”的算法，来决定页面的排名，大大提升了 Google 对于结果排名的质量，从而脱颖而出。

要判断一本学术刊物的影响力，通常是依据这本学术刊物上论文被引用的次数。学术论文被引用得越多，则代表这篇论文的水平越高，越有价值。

Google 的 Page Rank 算法就是采用类似的判别标准。

Web 页面中，对于本身内容所涉及的相关网页、页面的作者等，会通过超链接提供索引，让用户可以从这个网页上便捷地打开对应的网页，进行拓展阅读。一个网页被其他页面引用越多，则也说明这个网页的内容更有参考价值。

Google 对于结果的排名，就是借助互联网上文章作者们的集体智慧。Google 的算法，会根据网页被其他网页、网站引用的数量，来判断这个网页信息内容的价值。因为一个网页被其他网页或网站引用，实际上就体现了其他网页信息内容的制造者对这个网页信息内容的认可；而被引用较多的，价值自然也就较大。

PageRank，有效地利用了 Web 页面所包含的链接，来计算所指向的页面的排名指数。从网页 A 导向网页 B 的链接被看作是页面 A 对页面 B 的投票支持，Google 则根据这个投票数来判断页面的重要性。Google 不仅会计算“链接数”，也会对投票的页面进行分析，重要性高的页面所投票的评价会更高。

根据这样的分析，被链接次数较多、得到的投票较多的页面，会被给予较高的 Page Rank 网页等级，在检索结果当中，会排在比较靠前的位置，呈现给用户。

通过页面的被链接次数，Page Rank 算法从一个侧面去了解互联网上所有内容提供者对其他网页内容的评价和判断，让网页进行民主的投票，来评定所有页面内容的重要性和价值。可以说，这是一种间接利用集体智慧来筛选内容的方法。

在此基础上，再结合用户搜索的关键字匹配，挑选出所有和用户需求相关的信息，并根据关联度进行综合评定，将内容结果做好排序，最后呈现给用户。

Google 的口号是“整合全球的信息，使人人皆可访问并从中获益”。正是这个强大的搜索引擎，帮助用户从浩瀚的互联网信息的海洋之中，迅速地筛选出他们所需要的内容。

基于对互联网上浩瀚内容的重新组织，并根据用户的需求进行分析和呈现，使得搜索引擎成为互联网用户不可或缺的工具之一。搜索引擎也因此成为了用户访问的入口。对于大多数网站而言，用户通过搜索引擎查找关键字，从而进行访问的流量，能够占到 70%左右。因此，许多网站都会针对搜索引擎进行页面的优化，让搜索引擎的机器爬虫能够更好地识别网页的内容，同时争取让自己的页面在搜索结果中更加靠前。

集体智慧的筛选

Web 2.0 时代，用户的参与，不仅为互联网提供了庞大的内容来源，依靠用户的集体智慧，也成为众多网站对互联网的海量信息资源进行整理和筛选的方法。Google 的 Page Rank 算法，就是一个典型的例子。

Google 曾经推出过一个小游戏，让用户对一系列图片进行关键字猜测。这其实是 Google 对其图片搜索功能的一个小测试。因为不同于对结构化网页的分析，要判断一张图片所包含的内容，机器的智能，无法与人类的大脑相匹敌。

在 Flickr 上，就是依靠用户标记的分类标签，对众多的照片进行分类，并且建立起相互联系。分类标签是一种新的分类结构形式，发动用户打标签，也成为利用集体智慧进行内容整理的一种新方式。

一个叫 Delicious 的网站（delicious.com，原域名为 del.ici.ous），让用户在网站上收藏、记录他觉得好的网页地址，并且用标签式的分类机制对这些网页的内容进行标记分类，从而让用户建立起自己在互联网上的信息目录。

通过 Delicious 的信息目录，用户建立起了自己的网络收藏夹，可以搜集整理看过的网页信息；而 Delicious 则利用这些数量众多的用户分享出来的信息目录，完成了对互联网中大量网页信息的标签分类。这样，用户就可以通过查找功能，查找出在 Delicious 中被标记为相应关键词的网页，并根据用户标记相同关键词的数量，找到主题内容信息最符合该关键词的网页。

相比之下，尽管 Google 这样的搜索引擎能够对网页的信息结构进行分析，但还是无法判断出网页所包含的软性信息，并对整体内容进行抽象概要的总结。而借助更多用户的参与，Delicious 可以对所有那些有价值的网页内容进行重新的整理和归类，这无疑为用户提供了一个更为准确的、针对网页主题核心内容的查找引擎。

民主的 Digg

传统媒体的价值，主要体现在对于时效性、权威性的内容的筛选上。

在报刊杂志中，对于内容是否能够登上头版或者封面，会有激烈的竞争，因此，编辑会对内容进行严格地审核、挑选。编辑因为长期从事新闻工作，所以对社会热点有较好的把握能力，能够挑出比较优质的信息，提供给读者。

那么，在互联网上如何才能发现其中最优秀的内容，并且把质量较好、受大众喜爱的信息推荐出来，以获得更多用户的关注呢?

大多数网站都会采取传统媒体的办法，即雇用专门的新闻工作者担任传统编辑的角色，来审核和挖掘优秀内容，把他们推荐到首页供一般用户阅读。但由于互联网的信息实在过于丰富，因此，有限的编辑难以审核如此巨量的信息内容，这样难免会有优质的信息成为漏网之鱼。另外，编辑在进行信息审核时，也难免会有个人的偏好。那么，怎样才能更好地筛选和挖掘大众感兴趣的信息呢?

美国一个名叫 Digg 的网站，创造了一种具有 Web 2.0 时代个性的模式，不仅让用户来提供所有内容，更让全部用户来担当编辑的角色，让他们帮助筛选网上的信息，来决定首页推荐的内容。

Digg 网站于 2004 年 10 月由美国人凯文•罗斯（Kevin Rose）创办，从 2005 年 3 月开始渐渐出名。最开始这只是一个让 IT 工作者挖掘、分享新兴科技新闻的网站，当网站于 2006 年 6 月把新闻范围扩充到所有其他门类后，其流量迅速飙升。到 2009 年，Digg 已经是美国排名第 24 位的流行网站，轻松打败了福克斯新闻网，且逼近纽约时报（第 19 位）。Digg.com 的 Alexa 排名是全球第 100 位。每天都有超过 100 万人聚集在 Digg，阅读、评论和 Digging 信息。

Digg 依靠用户来挖掘和提交新闻信息。用户只要把其他网站上的新闻网页的链接提交到 Digg 网站，Digg 就会自动把相应内容的主题和概要信息索引过来，变成网站上的一个阅读条目；其他用户在看到后，如果有兴趣，可以点击条目去访问相关的信息页面。

实际上，Digg 更像一个不断更新的新闻阅读目录，不过这个目录的优先顺序并不是由 Digg 的编辑来决定，而是通过所有注册用户的投票选出来的。

Digg 上的文章分为 3 种：首页发布的文章、列队等待投票文章和全部文章。所有的文章都保存在不同分类中，用户可以浏览所有提交的文章，对于自己喜欢的文章，用户可以 Digg（顶）一下，即给它投一票；而如果文章的信息有问题，用户也可以投反对意见票。

为了贴近用户熟悉的博客、播客的称谓，那些使用 Digg 的用户，则常常被称为“掘客”。

当一篇文章得到足够多的票数后，它将会被显示到首页，并且按照时效性和票数进行排序。文章如果没有得到足够的票数，或者是有一定数量的读者报告这个提交有问题，它就会被留在“全部文章里”，在一段时间后就会被系统删除。

通过这种方式，Digg 把信息筛选的权利交给了所有用户，让用户以民主投票的方式来决定网站首页的推荐信息。

在互联网上挖掘最有趣的信息，利用用户的力量来挖掘、评价、甄别和推广互联网上无穷的博客文章、图片和视频，这无疑大大扩充了网站所能提供的信息来源。集体投票筛选所产生的结果，避免了网站编辑个人主观判断上所可能产生的偏颇，也更符合大众的口味，能找出最具价值的信息。

Digg 的 CEO 即创始人之一的阿德尔森（Jay Adelson）曾说到：“你会发现许多利用集体智慧来让信息变得更便利的方法。”

Digg有400多万的注册用户，还有超过3 500万人在阅读和消费这些注册用户挖掘出来的内容。

如同普通人一夜成名会遇到很多烦恼一样，在Digg上，那些本来默默无名的小网站，如果突然出现在Digg首页上，也会遇到一些麻烦。

由于Digg只是索引用户提交的页面的链接并自动抓取概要，因此，用户如果要去阅读详细内容的话，还是会去原来的网站。又因为Digg的用户人数众多，一个也许本不知名的小网站，只要它的新闻上了Digg首页，就会引得大量的用户前去查看，在短时间内形成一个访问高峰，甚至有可能超过网站的接待能力，造成服务器的崩溃。

这种现象被称为Digg效应。

BLOGEX（bloggingexperiment.com）是一个专门从事博客网站用户体验研究的网站，他们就曾做过一个实验。

首先，他们建立了一个名为hilariousnames的博客，发表了一篇博客，叫“10 of the Worst Names Ever”（史上最差的10个名字）。在最初几天，这篇博客的访问量仅为约10次/天。

接着，BLOGEX努力把它提交到了Digg的首页，随后便迎来了访问的高峰，之后两天的访问量都超过10 000次/天。即便是从Digg上跌下了首页，在访问高峰过去之后，这篇博客的访问量也提升到了约40次/天。

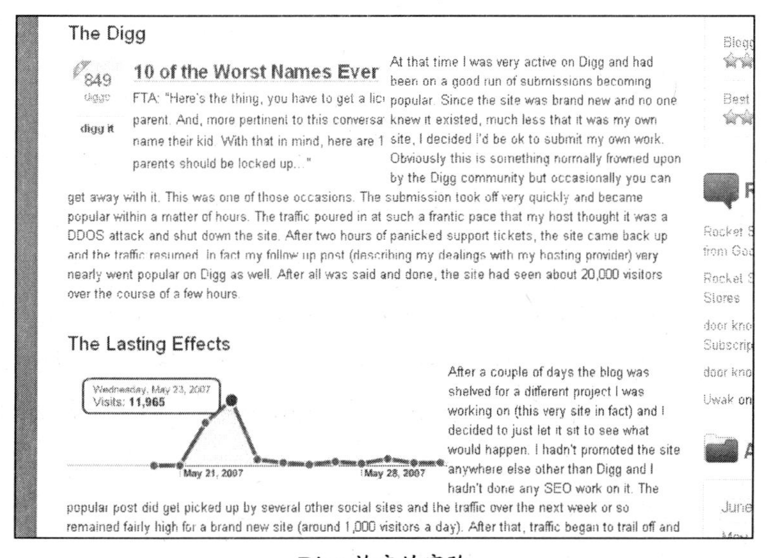

Digg效应的实验

尽管 Digg 效应可能导致因访问量过大而造成服务器崩溃的恶果，但获得更多用户的关注，甚至成为社会热点，这本身就是很多网站追求的目标，因此他们非常乐于让自己的网站内容被顶到 Digg 首页。

Digg 提供了一个方便的按钮，任何网站上都可以放置 Digg 的按钮。在其他网站上，用户只要点击这个 Digg 按钮，这个网页的内容就会自动被提交到 Digg 网站上。同样的，点击这个按钮，就相当于 Digg 了一下，当票数到了足够的数量，这个网页也同样会被顶上 Digg 的首页。

Digg 上的文章可以分为 8 个大主题：科技、科学、世界新闻、影像、娱乐、游戏、体育和奇闻趣事。每个主题中还有小主题，例如，科技可以分为苹果公司、软件、硬件、UNIX、编程和安全等。

Digg 所能提交的信息内容已经囊括了文章、声音、视频等各个媒体领域，在文字之外的视频的挖掘和推荐上，Digg 更是体现出巨大的优势。对于文本或者图片信息，经验丰富的编辑也许可以凭借其专业水平进行较快地审核；而对于顺序播放和顺序浏览的视频内容而言，其审核的难度更大，是网站有限的编辑难以完成的海量工作。而依靠用户的集体力量，则能更好地完成这项工作。视频的挖掘和推荐，也因此成为 Digg 服务中增长较快的部分。

Digg 的模式，是提供了一种让用户自己来组织和评价信息内容价值的机制，使得这种评价更为民主化，而尽量少的受到个人偏好的影响。而这种信息组织和评价机制生成的基础，正是 Web 2.0 时代的网络发展为用户提供的广阔的信息空间。

个人博客、网络相册和视频网站等，让用户可以更好地提供他们自己创造的内容，汇聚成一个丰富的信息市场。好友的信息分享机制，外链引用的技术分享手段，让这些信息内容可以更好地传播。Tag 式的打标签机制，让用户可以更好地对信息进行分类，并使信息便于检索。

正是因为所有的用户都有机会参与信息的创造和贡献，愿意分享他们自己，也才会有更多的用户拥有对于这些信息内容进行评价的意识和愿望。用户在原有的内容基础之上，提供了一些更有意义的附加信息，并且以民主的方式进行表达。

人人爱点评

创建于 2003 年 4 月的大众点评网（dianping.com），就是利用用户的评价机制建立起来的网站。

中国的餐饮文化深厚，餐饮是民众娱乐休闲的一种重要方式。当城市里的各色餐馆、餐厅越来越多时，如何选择有特点的、符合要求的就餐地点，就成了用户的难题。

大众点评就是这样一个为消费者提供本地的餐饮、休闲、娱乐信息的平台。与那些由编辑提供介绍的消费杂志或电视节目不同,大众点评突出的功能在于“大众”的“点评”。用户可以根据自己去过的餐馆的菜系、口味、环境、服务、氛围、推荐菜、人均消费等信息进行打分，并提供评价。其他用户在寻找、筛选就餐地点时，就可以参考这些信息。大众点评会根据用户的评分进行排序，用户则可以通过查看餐馆的得分和用户的评价来完成自己的选择。

因为这些信息都来源于用户群体本身，所以点评的信息能够为用户提供比较客观、有效的指导。

豆瓣网是一个以书籍、电影、音乐为主题的社区交流网站，是中国最有特色的 Web 2.0 网站之一。豆瓣上有很多书籍、电影、音乐的基本信息，也允许用户自己添加新的作品信息。对于这些作品的内容，用户可以在豆瓣上进行标记。哪些是读过、看过、听过的，或者哪些是用户所感兴趣、想了解的，用户都可以收藏记录在豆瓣账号上。和 Flickr、YouTube 类似，用户也可以对这些作品打标签以及对作品进行评级打分。尽管这些作品并非是用户自己的，但是用户的标签一方面可以方便他们自己进行记录和查找，另一方面也可以让豆瓣借助用户集体的智慧，更好地区分、识别这些作品的内容。

Digg、大众点评网还有豆瓣网，都是借助用户集体的评价来决定筛选结果，评判信息内容的价值，相比于搜索引擎完全机器化、自动化的算法评判，这种借助用户的筛选更加人性化。

这种发动大量用户进行评价，以筛选寻找出最有价值信息的机制，又被称为“评价引擎”。

利用用户个人对信息进行筛选和整理，无疑能够比机械的机器算法更好地推动“信息服务于个人”的目的。用户相互之间的分享和推荐，则有助于从信息海洋之中挑选出更优质的内容进行传递。

以用户为中心的网络

报纸、杂志或者电视节目，都是编排好的、统一的信息结构，其内容的呈现对于用户而言没有什么区别，用户唯一可以做的，只是在原有结构中，根据自己的偏好来进行内容的筛选。

Web 1.0 时代，网站采用了更好的空间结构的模式进行编排，但对于雅虎、新浪这样的门户网站来说，提供给用户的都是同样的信息结构，不同用户看到的是同样的页面。

随着信息的增多，网站的分类结构变得臃肿，一方面增加了用户浏览的困难，用户如果要看到自己感兴趣的内容，就需要在目录里进行多次的查找；另一方面，面对众多的内容，也容易使用户产生选择恐惧。

在 Web 2.0 网站上，没有复杂的分类索引，信息的目录结构被压缩简化，相应地带来了页面设计上简洁、明快的变化。这样的变化不仅是基于设计当中“少即是多”（Less is more）的指导思想，更是为了帮助用户更多、更好地得到他们需要的服务，减少不必要的信息干扰。

Web 2.0 网站以提供功能为主，在内容的提供上，则尽量依靠对用户的引导来完成内容的推荐和获取。这样的服务方式，如同在用户访问信息时，为他们提供一个贴心的导游，来帮助用户达到自己的目的地。

因此，所有的网站设计，都开始步入注重“用户体验”和“以用户为中心的设计”时代。

Google 的首页上，只有一个简简单单的搜索框，了解到用户对于内容的需求后，Google 才会把搜索引擎找到的众多资源罗列给用户。

提供良好的筛选手段，是让用户免除在复杂的结构目录查找信息之苦的好办法。对于复杂的内容查找，除了搜索引擎的关键词匹配外，分类标签也是一种很好的组织办法。

一张在阿富汗拍摄的、孩子们在被战争毁坏的教室里上课的图片，如果在传统目录结构的图片网站，该放在哪个分类里面？战争？教育？新闻？这样一张图片，如果被放在了教育的目录里，而用户查找时想到的可能与战争有关联，那么用户即使在战争的目录中翻遍所有内容也会一无所获。如果对图片使用内容标签，用户在通过网站筛选包含有“战争”关键词的图片时，就不会错过这张图片了。

传统网站对于推荐内容的展现，无一不是把编辑们觉得好的内容在首页上进行堆砌，再让用户的眼睛去发现他们最想要的内容。由于用户的偏好存在差异，为了不让用户因为找不到自己感兴趣的内容而失望地离开网站，因此首页上总是堆满了各种不同的主题内容，以留住有不同需求的用户。

依赖用户贡献和分享的 Web 2.0 网站，基于用户的分享和系统的推荐，在内容的呈现上更具差异化。新的 Web 页面技术支持动态的数据显示，网站系统可以像应用程序一样即时展现数据内容，因此，大部分 Web 2.0 的网站入口都变成了用户登录框，网站会依据账户进行个性化的内容推荐和展现，而不再是对所有用户都展示千人一面的目录结构式首页。

网站上的内容大都分为两部分，一部分由网站的推荐系统提供，另一部分是社交化的用户推荐。

网站的推荐系统依靠对用户的分析来进行内容的提供，这样就打造出一个差异化的消费内容。社交化的用户推荐，让基于用户贡献和分享的 Web 2.0 网站，从内容的产生、收集和聚合上，到对用户的提供和呈现上，都有了更本质的改变。

智能的推荐系统

网站推荐系统的基础，是用户账户在网站上的行为活动留下的大量数据。区别于早期的简单排行，依靠点击量、访问量来决定的给用户的推荐，现在的推荐更多地采用数据挖掘的办法，就是通过智能化的技术分析手段，来找到用户的行为特征，感知用户的喜好。

如同超市的市场人员，常会根据用户购买商品的习惯，来选择混搭商品进行促销一样，网站通过技术分析，获取用户的偏好，再以此为根据，展示相应的内容，就在满足用户对内容的需求的同时，去掉了那些会对用户造成干扰的信息。

用户使用网站的时间越多，推荐系统提供的内容就会越符合用户的偏好。

豆瓣网对于用户而言，是一个找寻文艺作品信息的网站。然而在对文艺作品的喜好上，不同的用户差异很大。豆瓣网为此开发了较为独特的推荐系统。豆瓣网会在用户的页面上放很多的作品推荐信息，而这些推荐的作品，是完全因用户而异的。不同于以往仅仅根据用户访问量等人气指标的推荐，这些推荐内容，是豆瓣基于对用户在网上留下的数据信息的分析所产生的推荐结果，因而更有针对性。

豆瓣网进行分析的数据基础，就是用户看过或听过的书籍、电影、音乐等文艺作品信息，以及用户给这些作品打的标签、评级打分或相关的评论。如果用户看的书多是 IT 技术，那么也许他对古典文学类的书就不太感兴趣；如果用户看的书很多是关于创业、投资的，那么他也许会对经济、管理类的书更感兴趣；如果用户对某个作者的小说评价很低，那么这个作者的其他作品，用户也不太可能喜欢。

一方面，豆瓣根据用户的偏好，根据用户阅读过的书籍的标签，就可以推算出用户偏好的书籍内容；另一方面，豆瓣也可以根据大量用户的评价判断作品内容的优劣。基于这些数据，豆瓣就可以对用户进行更多作品的推荐。

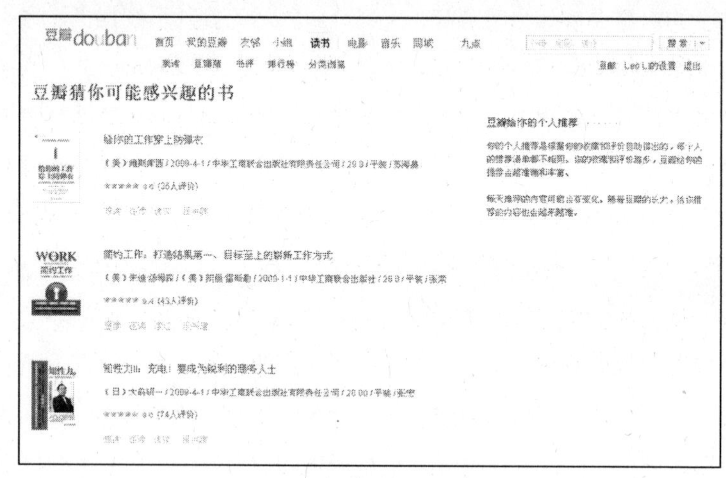

豆瓣网的推荐系统：豆瓣猜

在 Flickr、YouTube 这样的 Web 2.0 网站上，在用户用自己的账号登录后，用户在网站上所浏览过的信息，或是信息查找等行为，就会被网站系统全部记录下来，包括用户在网站上添加的好友、加入的群组等信息。网站会根据用户的访问记录进行分析，得出用户可能感兴趣的内容，从而生成不同的页面内容呈现给用户。

Flickr 对照片的推荐，同样也是依靠用户的行为评定——趣味指数，筛选出来的。

趣味指数会从 3 个方面进行衡量。首先，Flickr 会统计出照片的互动指数，即围绕一张照片所发生的评论、电子邮件、标签和链接的数量。其次，网站会绘制包含所有这些互动行为的信息地图，找出处于中心的活跃用户。这些活跃用户会被假定成富有影响力的用户，他们的行为，包括评论、标签等会被认为具有更大的权重，类似于 Google Page Rank 算法一样的逻辑。最后，Flickr 还会执行一种反向的社会关系分析。如果用户 A 和用户 B 一直相互分享和评论照片，那么系统会把他们当作好友，他们之间的联系和互动，会被认为是建立在彼此熟悉的社会关系的基础上，而不是出于对照片本身的兴趣，因此会降低相应活动对趣味指数的影响。反过来，如果用户 A 和用户 C 并没有社会关系基础，他们之间发生的互动行为就会被赋予较高的趣味指数。

YouTube 也有同样类似的算法。

依据不同的标签、推荐指数，基于用户本身的行为偏好，Web 2.0 的网站系统会推荐给用户不同的内容。

除了网站系统推荐之外，Web 2.0 网站的内容更偏重于用户的推荐。对于 Flickr、YouTube 或是豆瓣来说，最重要的内容来源，就是这些网站上具有好友关系的用户。

在以分享功能为主导的 Web 2.0 网站，好友的分享内容，就是网站内容的主体，因而也构成了用户所消费的信息的来源。众多网站把用户所有好友的更新聚合到一起，形成内容的主体，而不再是由网站编辑为所有用户统一提供推荐内容。

Web 2.0 网站还会提供对好友行为的追踪。例如，豆瓣网会告诉你，你的好友今天在网上又标记了哪本他刚读过的书或看过的电影，以类似于 Facebook 的 News Feeds 的形式，来吸引用户对其他内容的兴趣。

Web 2.0 网站以用户为中心来提供不同的内容，满足了用户差异化的需求。而网站在成为社交工具之后，利用好友的信息分享和推荐，更是打造了一个完全以个人为中心的信息网络。

关系化的信息中心

Facebook 这样的网站，在用户初次访问时，可能毫无吸引人的地方。网站的首页只有一些简单图片，上面极其简略地说明了这个网站功能或者用途。除此之外就是网站的登录框，以及方便新用户快速注册的入口。如果不用账户登录的话，用户甚至没法进入网站浏览相关内容。好在网站的注册非常简单，只需要填写姓名、电子邮箱和登录用的密码等一些基本信息，就可以获得一个 Facebook 账户。可是对于一个新用户而言，登录进网站以后，只有一个空白的个人页面，需要自己去添加、补充信息。Facebook 会通过你填写的个人信息推荐一些用户给你，让你申请成为他的好友，但是在对方确认和你成为好友之前，除了他的头像和姓名之外，页面上的其他信息内容你根本无法看到。

尽管出于隐私保护的目的，Facebook 并不允许其他网站引用网站内属于个人的信息内容，但是 Facebook 却拥有强大的站外引用、分享功能，用户可以将自己感兴趣的网页、文章、图片、视频等的链接，添加到 Facebook 上，分享给更多有相同兴趣的好友，还可以围绕这些内容展开讨论。

依靠用户的贡献，包括用户自己添加的信息，以及站外引用的资源，Facebook 成为一个拥有巨量信息的网站。虽然这些内容并非属于 Facebook 所有，但用户可以在 Facebook 页面上直接查看，或者获得信息来源。

正是 Web 2.0 网站开放的共享机制，和庞大用户群体的索引、贡献，让 Facebook 囊括了更全面的网络内容。

用户可以在 Facebook 上源源不断地获取到由好友或者其他用户分享的各类内容。用户的社会关系，相对反映了他的身份；朋友的兴趣以及对信息的偏好，也会映射出用户自己的关注；好友的分享，则是利用好友的群体智慧，给用户提供了一种从互联网筛选信息的方法，为用户提供了优质的信息来源。

常青昊是北京某高校的一名学生，他每天都要登录校内网。打开自己的校内网首页，他可以看到同学们分享的大量关于如何寻找实习机会的日志。这些日志都是从别的网页上复制、摘录过来的。常青昊所在的年级，刚结束大三的课程，根据以往的经验，大四开学后不久，很多企业的校园招聘就会开始了。想要找到好的工作、职位的话，具备一定的实习经验是非常重要的砝码。

一些想继续从事科研或者出国留学的同学，分享的大多是如何联系高校或科研院所的实验室参与课题研究的帖子。如果能够参与课题研究，成为科研成果论文的作者之一，对以后的留学申请无疑会有很大帮助。这些原先大多通过学长、学姐们口口相传，或者在 BBS 上发帖分享的经验，都被用户转贴到了校内网上。

常青昊的另外一些朋友，则喜欢分享户外运动、自行车运动的帖子和精彩的照片、视频。这些朋友都是他在学校的自行车协会认识的，这些协会的主要活动，就是组织自行车长途旅行。

不仅仅是各类信息文章，一些小笑话，外链分享过来的娱乐视频……校内网上的各类内容，让常青昊不用去查看其他网站，就能找到足够的内容来消费。

依靠社交游戏火爆起来的开心网，同样也在 2009 年推出了“转贴”的功能，让用户可以转载其他网站的信息内容。当用户对那些最初热衷的小游戏产生疲惫心理后，自然而然地就会把兴趣投向互联网最重要的功能之一“信息”上来。

社交网站的功能服务，能够获得大量用户的贡献，再加上对于站外信息的引用，使得用户在浏览好友的动态之外，获得了无尽的信息内容可以消费。而利用好友分享、推荐的筛选机制，又能更好地契合用户的兴趣偏好，满足用户的信息需求，占据用户越来越多的时间。

在过去，用户如果要查看这些不同主题内容的信息，也许要到几个不同的网站；可是当 Facebook 这样的社交网站出现之后，很多用户开始不断地分享各类主题的内容，有的是自己的真实感悟、原创的内容，有的则是从网站外转载过来或是直接引用过来的图片、视频。

社交网站，将众多分享网站开放的资源信息收入自己的网站，依赖于每个用户不同的关系网络，将好友分享、推荐的信息聚合，为用户创造了一个差异化的个人信息空间。

“物以类聚，人以群分”，揭示出用户和自己的社会关系群体之间存在的相同性。这样的相同性，让用户可以在社交网站上获得大量来源于与自己有共同偏好的好友的分享，从而使社交网站成为用户获取有效信息的全新平台。社交网站，也因此得以从社交工具起家，基于社交关系，建立起庞大的用户群体。

根据美国在线市场调查公司尼尔森公布的数据，2009 年 6 月，美国 Facebook 用户平均停留时间为 4 小时 39 分钟，Google 为 2 小时 31 分钟，这意味着 Facebook 用户的平均停留时间约为 Google 的两倍。大量可以消费的内容，让 Facebook 成为用户停留时间最长的网站。

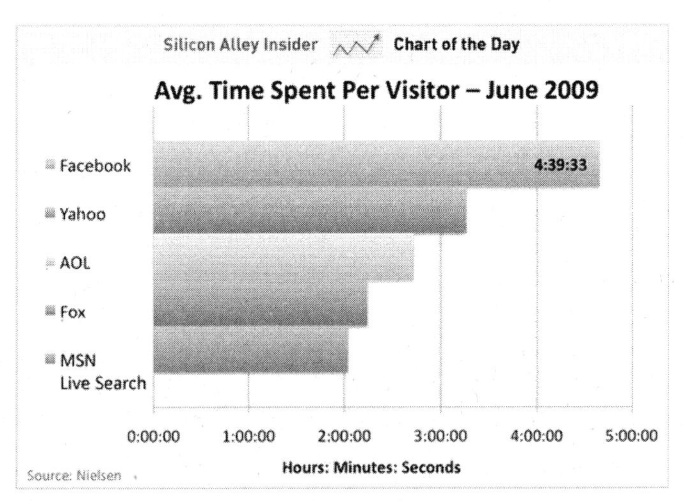

2009 年 6 月尼尔森公布的美国用户各网站访问停留时间对比

搜索引擎之所以能够发展壮大，是因为它满足了用户对于信息的查找和筛选的功能需求，成为用户上网获取信息的一个入口。

但搜索引擎以信息为中心的服务模式，缺乏软性的服务价值。再完美的机器算法，也无法替代人类智慧对于类似内容价值高低的模糊评判。幸运的是，网络平台可以通过对用户的组织，利用集体智慧完成对更多内容的筛选和评价，改变原本机械化的信息平台。

社交网站引入了社会关系这一层内涵，利用社会关系中包含的用户所形成的评判、筛选体系，为用户提供了更全面的生活信息的消费来源，逐渐成为他们获取信息或消费娱乐内容的第一平台和新的信息中心。

在 Web 2.0 的基础上，社交网站带来的这种利用社会关系的推荐和筛选，以用户为中心的信息组织方式，甚至被很多从业者称为“Web 3.0”。

第5章

分享的信息时代

互联网是不断发展的信息传播工具，各种新型网站的发展和创新，也在不断改变分享和传播的方式。用户在互联网上信息分享，又促进形成了庞大的网络社区，其分享传播模式，从最早的BBS，又不断变迁到新的SNS上。

在这些社区中，用户超越了媒体，成为把握未来信息传播的主角，而互联网则成为了一个更为开放的平台。

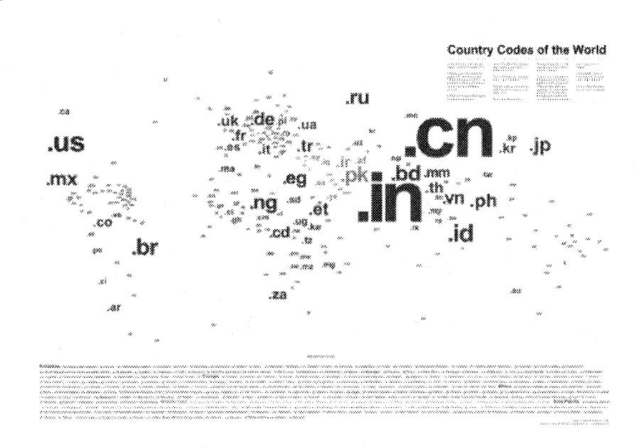

网上的公共空间

IM 是众多中国用户接触互联网的工具，也是最重要的社交工具之一。而对于最先接触互联网的用户而言，则不能不提到 BBS（Bulletin Board System，电子公告板）。网络论坛是用户最早进行信息分享的地方，而 BBS 构建了最早的网络社区形态。

BBS 的作用正如它的名称一样，最初只是公告板性质的东西，只不过它不是把信息公布在街头或者大学校园里面，而是把信息通过互联网发布到电脑上。BBS 最早是用来公布股市价格等信息的。

后来，BBS 系统开始允许用户往里面添加消息，就如同人们在公告板上张贴自己的海报，或者在原有的海报上留言回复一样。于是 BBS 渐渐成为了一个用户可以发布消息进行信息交流的地方。很多用户通过 BBS 系统来和别人讨论计算机软件、硬件、Internet、多媒体、程序设计以及医学等各种有趣的话题，或是利用 BBS 系统来刊登一些征友、廉价转让及公司产品等启事。随着话题的不断拓展，各种主题的 BBS 也越来越多。

起初的 BBS 只能处理文本信息，不过随着技术的发展，BBS 的功能也有了扩充，增加了文件共享（提供上传和下载）、图片显示等功能。

BBS 的出现和盛行要早于 IM。大量的互联网用户，会花费大量的时间来浏览 BBS 上的信息，围绕着各种主题内容和其他用户进行讨论。IM 的交流一般仅限于参与交流的用户之间，是属于比较私密的、对其他用户不可见的信息。而 BBS 上的交流对于所有用户都是公开的，因此有更强的公众主题性。这个区别就好比你和朋友的闲聊，与在公开场合发表演说或参与讨论的区别一样。因此，BBS 的话题更为严肃，而且更具有普遍意义。

BBS 渐渐成了一个虚拟的空间，一个可以让大量用户进行交流，完成信息交换的空间。于是，BBS 从简单的电子公告板，发展形成了网络社区。网上社区的居民，就是常驻 BBS 的用户，他们会通过 BBS 交流和他们的生活息息相关的事情，甚至于访问 BBS 本身就成为了这些用户生活中的一个重要部分。

像世界上其他许多国家一样，国内的 BBS 文化最早也是从高校开始盛行的，因为高校总是最早拥有计算机的地方。

水木清华 BBS（原域名 smth.edu.cn，后改为 bbs.smth.org），是清华大学设立的 BBS，于 1995 年 8 月正式成立。北京大学的 BBS 开设得相对要晚一些，北大未名 BBS 于 1999 年才开通测试，2000 年正式对外服务。北大的另一个非官方开设的 BBS，“一塌糊涂”，曾经是高校当中影响力最大的 BBS 之一。

其他很多高校也都有自己学校的 BBS 社区，但由于清华、北大 BBS 开设的时间较早，而且具有作为中国最顶尖学府的影响力，因此清华、北大的 BBS 一直占据着非常重要的地位，同时在线人数都在数千以上，代表着中国高校的网络社群文化。由于高校的特殊环境，高校的 BBS 对学生的生活起着非常重要的影响，这些 BBS 的用户群主要为中国高校及科研机构的学生、研究人员、教师及专家学者等，还有工作在各行各业的高校毕业生。

在 BBS 讨论区中，包含有各类学术、艺术、技术、娱乐、情感、体育等话题的主题版面。一些学生社团或趣味相投的小群体还可以申请内容公开，但不允许外人参与讨论的俱乐部版面。

与学生生活更密切相关的，则是包括出国、求职、讲座、二手、团购、房屋、寻物等在内的实用信息发布版面。学生会在这些版面中搜寻信息，许多公司、组织机构也会在这些讨论区中发布相关的广告、招聘信息。

一些高校周边的计算机硬件销售公司，更是利用 BBS 中的计算机硬件、购物咨询板块，发布相关信息，与学生建立起良好的关系，并形成口碑，以此来获得学生客户。

有趣的是，在高校 BBS 当中，“鹊桥交友”版通常都会是较为火热的版面。许多在高校单身的学生，或是希望找到恋爱对象的用户，会在 BBS 专门的交友版面上挂牌，公布自己的信息和对恋人的期望，引得有意向的用户应征，通过电子邮件或 IM 继续交流联系。很多高校学子就是通过这种方式找到了自己的恋爱对象。

经常在同一个板块交流的用户，还会经常发起版聚，组织素未蒙面的用户一起聚会吃饭。

这些都成为了最早利用互联网进行社交活动的模式。

网络寻找李开复

Google 全球副总裁兼中国区总裁李开复博士（曾任微软全球副总裁），曾在网络上公开发表过很多篇“致中国学生的信”，在网站、各 BBS 上广为流传。李开复还捐资开通了“开复学生网”，通过 BBS 解答学生的各种问题，因此在国内青年学生中有非常大的影响力。

南京大学学生职业发展协会希望能够邀请李开复到学校来做演讲。当时李开复刚从微软跳槽到 Google，而 Google 的中国分公司尚未成立，因此他们不知道有什么方式可以联系到李开复博士。

他们想到了六度分隔理论，通过任意 6 个人的纽带关系，可以让世界上任何两个人联系到一起。于是南京大学的 BBS 小百合上出现了一篇引人注目的帖子“六度分隔，寻找李开复”。

帖子发出的第一天，就被用户顶到了 BBS 的首页热门。这种新奇的寻人方式，更是得到了大量网友的支持，他们每天都在 BBS 小百合上公布联系的情况。

其实，对于通过这种方式是否真地能找到李开复，学生们的信心并不充分。

后来，“开复学生网”的网络主管看到了他们的寻人信息，在学生和李开复之间架起了桥梁。经过努力，在中国大学生杂志组织的全国高校巡回演讲系列中，李开复博士的那一场演讲被安排到了南京大学。

并没有任何老师出面，除了网络，学生们没有凭借任何其他的方式，在 BBS 这样的信息空间内，他们完成了找到李开复的任务。这样的目标之所以能够完成，并非是依靠 BBS 本身的强大功能，而是依靠 BBS 上形成的社区的力量。依靠网络社区里面数目庞大的用户关系，南京大学的同学成功地实践了六度分隔理论。

信息广场

随着互联网在国内的普及，BBS 文化也在不断蔓延，社会服务型的 BBS 产生了巨大的影响力。通过 BBS，网络社区的概念也在不断形成。

ChinaRen 以同学录为基础发展高校用户，并利用 BBS 形成了庞大的网络社区。而天涯和猫扑，则就是从 BBS 发展起来的中国最大的两个网络社区。

猫扑网（www.mop.com）成立于 1997 年，创立者田哲是湖南长沙人。域名 mop，在长沙方言中是“抹布”的意思。2004 年，猫扑网以股份交换的方式出售给了陈一舟的 Dudu 网，后来成为千橡集团旗下的重要网站之一。现在，猫扑网已经成为一个包含个人空间（Space）、页面聊天（Webpager）、博客（Blog）、论坛（BBS）、自定义桌面（WebDesktop）等各类 Web 2.0 产品在内的综合网站。

猫扑网最早只是一个游戏网站，以讨论电视游戏为主，后来才逐渐发展成为各类社会话题讨论火热的网络社区。到 2009 年 5 月，猫扑网的日均页面浏览量超过 15 000 万，注册用户约为 2 200 万。

天涯社区创办于 1999 年 3 月，以论坛、部落、博客为基础交流方式，提供了多种多样的、不同功能的服务，是一个综合性虚拟社区和大型网络社交平台。天涯社区注册用户超过 2 000 万。

值得一提的是，在 2008 年，天涯社区也启动了类似 Facebook 的开放平台战略，开放了其网站的数据接口，允许第三方开发者根据网站和用户的特点，开发相关的网站应用。

在 BBS 上，话题都是按照用户最后发表的回复留言的时间来进行排序的，因此，受到更多关注的主题帖子，一旦有新的留言回复，就会跳到版面内靠前的位置。为了让一些内容比较有价值的帖子不至于被新出现的帖子挤下去，用户会经常去那些帖子上留言，以保证相应的主题能长期在榜首的位置，“顶”、“人工置顶”也就成了他们的留言常用语。这种做法，倒是和 Digg 有异曲同工之妙。

在内容方面，其实 BBS 论坛上的很多东西都不是用户的原创，而是用户从其他网站转载过来的。在数字信息时代，要复制、粘贴这些内容，比过去无疑简单多了。热点信息在论坛社区里被相互转载，引起热烈讨论和顶贴，则可以获得更多用户的关注，并进行更为广泛、迅速地传播。

天涯和猫扑这样的网络社区，一直是中国社会话题讨论最激烈的地方，其中的热点话题，也对社会媒体产生了巨大的影响。

2007 年年底，造成巨大影响的华南虎照片造假案，最开始就是因为论坛上有网友发表评论，“虎照和我们家年画上的老虎一模一样”，而引爆了激烈讨论，而后受到各大媒体和专家的广泛质疑，最终戳穿骗局，揭露了事实的真相。

在 2009 年 5 月，浙江杭州发生了一起恶意飙车，撞死无辜研究生的事件。当地警方曾仓促公布“肇事车辆时速 70 码”的鉴定报告。然而此后，许多目击事件发生的学生，在各大 BBS 上发表了对鉴定结果的质疑；肇事者在事件发生后漠然的态度，更是激起了学生们的愤怒。网友从 BBS 不断转帖到天涯、猫扑等网络社区，引发了更多对该事件的激烈讨论。最终，在民众广泛的质疑和问责之中，警方重新鉴定了车速，权威鉴定机构推翻了原来的鉴定结果，得到了更加接近事实真相的鉴定结果“肇事车辆时速在每小时 84.1 公里至 101.2 公里范围”。

网络社区 2.0

什么是网络社区？世界卫生组织在 1974 年集合社区卫生护理界的专家，共同界定了适用于社区卫生作用的社区定义："社区，是指一固定的地理区域范围内的社会团体，其成员有着共同的兴趣，彼此认识且互相来往，行使社会功能，创造社会规范，形成特有的价值体系和社会福利事业。"

虽然可能不完全符合世界卫生组织的定义，但是大到我们生活的城镇、大都市，小至住宅小区、写字楼区等，都应当算是规模不等的社区。

在网络上，用户可以进行各类信息交流或娱乐活动。当大量用户渐渐聚集在同一个网站上时，就形成了一种特殊的社区形式——网络社区。

全球著名的新经济学家和商业策略大师，被誉为"数字经济之父"的唐•泰普斯科特则从个人的关系角度定义了网络社区："网络衍生出来的社会群聚现象，也就是一定规模的人们，以充沛的感情进行某种程度的公开讨论，在网络空间中形成的个人关系网。"

网络社区的人们会因为感兴趣的公共话题而聚集到一起，进行交流，相互产生影响。虽然不同于社交网站，这些用户之间并没有形成直接的联系，但他们却因为这种交流，而产生了隐性的联系。这也是网络社会化更早的体现。

不同的网络社区有着功能、意义上的区别，有的是基于信息、信息交流，有的则是为了社交娱乐。

那些为了协同的工作（如下文提到的维基百科和开源社区），以共同任务而组织到一块的网络社区，又使得网络有了新的意义。

网络社区的形成，最早是从 BBS 这样以话题为中心的网络应用开始的。BBS 的信息交流模式，不同于一对一交流模式的 IM，它是一个巨大的信息容器，让用户可以进行集体的信息共享。

就像人类社会的联系一样，即便是分散在不同主题的 BBS、论坛或主题分区，这些群体因为交织的信息联系和用户，也会形成一个个的小社区，并融入到更大的社区之中。

Web 2.0 时代的网站，赋予了用户在网络社区当中更大的自由度，允许他们利用群组模式自由地组织，使网络社区也进入了 2.0 时代。

在 BBS 形式中，信息的“噪音”一直是令社区管理者和用户较为头疼的问题。用户大多只对某些符合个人偏好的内容感兴趣，如果社区用户提供的信息太少，可能很难找到用户感兴趣的东西；可如果社区用户提供的信息太多，要在当中筛选和发现自己感兴趣的内容，所花费的精力和成本也会很大。传统的网络社区只能靠更为细致的主题版面划分，来平衡信息丰富度和用户对话题偏好之间的矛盾。

依靠论坛管理员控制的版面划分，在 Web 2.0 时代变化成了更加细分的用户自建群组模式，让用户自己按照主题来进行群聚。相比原来的 BBS 论坛，Web 2.0 网站不再提供统一的公共空间，新的内容框架为用户提供了独特的信息聚合，以解决公共信息平台上的信息“噪音”问题，使得用户获取信息的效率大大提升。

豆瓣网上对文艺作品内容进行的交流、讨论，以及基于此而建立起来的社区文化，是豆瓣网火热起来的重要原因之一。

原本对于书籍、电影、音乐这些文艺内容的欣赏、品味上，用户就会有较强的偏好和个人色彩；而基于对同一作品的共同喜爱，会让用户产生更多的共鸣，拥有更多的话题和交流的空间，并分享更多的主题内容。

在豆瓣网上，用户除了可以在作品信息上添加留言、评论，进行交流、讨论之外，还可以建立、参与特定主题的话题小组。这些话题小组的成员大都是通过豆瓣网认识的具有相同作品喜好及品味的用户，进行话题讨论，方便了他们拓展交流的范围，并基于兴趣、爱好建立更多网站上的用户关系，加强了相互之间的联系和影响。

正是豆瓣网上大大小小不同的兴趣小组，构成了一个内容丰富的文化社区，使用户能够找到适合自己的群体空间。一些活跃的群组还经常组织同城聚会，完成了从网络空间到现实生活的延伸。

不同于以往 BBS 式的论坛，豆瓣网会把用户所加入的群组的话题聚合到一起供用户查看，而不需用户自己去一一访问；那些针对用户主题的回复，也都会有相应的消息提醒。

和豆瓣网一样，Flickr、YouTube 等 Web 2.0 网站的群组都是由用户自行创建的，管理权也都交给了创建者（一般称为群主）。用户会根据群组的主题名称和内容，来选择加入这些群组，以获取群组内阅读相关信息和发表内容的权限。网站也会主动将群组的更新内容推送给用户，而不需用户逐个查看。

群组的名称、主旨和创建者，往往决定了这个群组信息空间的主题内容，也引导着用户信息交换、内容分享的行为和价值取向。那些公众性的主题群组，和BBS上活跃的社区一样，同样能够吸引大量用户的加入，变得非常有人气。一些小范围的爱好讨论也可以获得独立的空间，群组内的交流也不会受到其他内容信息的干扰。

用户通过群组和群组之间的相互联系，组成了一个有更多分割、但仍然松散联系在一起的庞大网络社区，来分享和传递信息。

为什么用户会乐此不疲地添加相册图片、视频或是分享各类新闻信息？网络社区创造了不同的文化氛围，正是这种氛围，让用户积极地参与交流，并成为对网站的内容贡献。网络社区的互动，给予用户相互之间的认同，成为他们继续从事社区活动的动力。

克莱•舍基（Clay Shirky）在他的著作《众志成城》（Her Comes Everybody）中说，“城市之所以存在，并不是因为人们必须住得近才能相互交流，城市存在是因为人们喜欢相互临近。新的网站为人们提供了一个可以更容易找到与自己兴趣相投的人的地方，并且可以在网络这个虚拟空间组织成社区。互联网增补了真实世界里的社会生活，而不是一个替代方案。”发布文章，分享图片、视频，在博客、图片分享网站、视频网站出现之前，人们同样会进行这一行为，网络工具的出现只不过帮助用户以新的形式更好地完成了这一活动。

在瑞士的达沃斯世界经济论坛国际传媒理事会的年会上，曾有一位新闻机构的老板向Facebook创始人扎克伯格请教，如何才能建立一个网络社区以帮助其相关业务的发展，年轻的扎克伯格坦率而有点刻板地回答“你不能。”扎克伯格后来解释说，你不能创造一个社区，是因为社区自始至终就存在着，网站所能做的，就是为这些社区提供服务，帮助他们更好地进行组织。

Web 2.0网站的成功，在很大程度上是因为，网站的功能能够满足用户在社会生活中的需要，帮助他们建立社区性的组织联系。

在Flickr上，具有相同摄影技术偏好的人会聚到一块，分享各自的作品，并相互评价；YouTube上的群组，也许是由有相同音乐爱好，或是喜欢同一类视频的人组成；Digg上聚集了一个热爱传播新闻、信息的用户群体；豆瓣网则成为用户享受小资生活的娱乐空间。

高校的BBS之所以火热，是因为群体讨论的话题是与高校的生活社区紧密联系在一起的。现实的生活社区和网络社区进行了完美的结合，同样体现了社会化网络的意义。

社交网站的成功，不是改造了人们社交方式，而是按照人们的社交方式，在互联网上提供新的工具帮助人们去完成它。例如，托生于哈佛大学校园的Facebook，从一开始就是帮助学生们进行社交活动的网络工具。

美国社会学者查尔斯•扎斯特罗（Charles Zastrow）把人的社会生态系统分为3个层面：微观系统（Micro System）、中观系统（Mezzo System）和宏观系统（Macro System）。微观系统是指处在社会生态环境中的看似单个的个人。个人既是一种生物的社会系统类型，又是一种社会的、心理的社会系统类型。中观系统是指小规模的群体，包括家庭、职业群体或其他社会群体。宏观系统则是指比小规模群体更大一些的社会系统，包括文化、社区、机构和组织。

从网络社区的生态系统看，所有互联网用户构建了网络社区的宏观系统；用户自发建立的群组，和围绕各个主题网站拢聚的网络社区群体，成为了中观系统；而在社交网站构筑的这个全方位的自我展现平台上，每一个个人主页、用户和其他好友的交互，都是微观系统的体现。

真实的用户身份和关系，让社交网站为用户构建了一个与现实生活紧密联系的网络社区。社会化的网络，从社会结构上完全再现了社会的生态系统。社交网站的出现和崛起，是互联网深入人类社会组织的重要社会化意义的体现。

SNS 化传播

网络社区最重要的功能就在于用户的交流和对于信息的分享，因为人们喜欢通过交流来传播和分享信息，乐于把自己见到的好东西推荐给身边的朋友，不论是一部好看的电影，一家好吃的餐厅，还是一个有趣的笑话。Web 2.0 网站更强大和完善的分享功能，引入了图片、视频等更多类型的资源，丰富了用户可以传播的内容。新型网络社区的分享手段，甚至也比原先转贴式的传播更简单，只需要按下“分享”按钮，或一个简单的“提交”操作，这些内容就可以传送到自己好友或自己所在群组的页面上。

在 Web 2.0 的模式中，用户不仅是内容的消费者，也是内容的贡献者、传播者。因此，Web 2.0 社区中的用户，也集体担负起了为社区搜集、筛选资料的角色。网络社区庞大的用户群体，成为了一个中介的传播空间，并向之外的社会群体辐射，使得网络有了更强大的影响力。

汶川地震发生时，对于地震中遭遇灾害的人的痛苦，其他地区的民众难以获得切身的感知，但是各种新闻图片、网络视频，却利用网站的分享链接和外链，在网络社区上传播。失去家人无家可归的小孩，逝去孩子痛彻心肺的父母，各种震后的瓦砾现场，给地震孤儿喂奶的警察妈妈，大批无家可归的灾民……这些都让广大民众深受感染，加入到对灾区的援助之中。

正是网络社区中众多活跃的用户，使得各类信息在社区中传播得更为迅速和广泛。

2004年12月26日，在印度尼西亚苏门答腊岛附近海域发生了8.9级地震，引发的海啸波及包括印度尼西亚、泰国、马来西亚、缅甸、孟加拉国、印度、斯里兰卡、马尔代夫等国以及若干个岛屿，造成约30万人死亡或失踪。

在海啸发生后的数小时内，Flickr 上就出现了数十张遭遇海啸袭击地区的照片。在海啸发生后，交通受到严重影响，新闻记者根本无法赶赴现场进行报道。但是数日后，海啸地区灾情的照片就达到了上百张。这些照片都是海啸发生地的摄影爱好者用自己的数码相机拍摄并上传的。这些照片被各个新闻机构广泛引用，以向人们介绍当地严重的灾情，并号召人们积极提供援助。

还有许多人上传照片，期望借助 Flickr 找到他们在海啸当中下落不明的亲人和朋友。随着时间的推移，失踪者生还的希望越来越渺小，慢慢地围绕着这些照片，用户开始了对这些照片中人物的悼念和回忆。

名叫“Pandarine”和“Room With A View”的用户，在 Flickr 上建立了一个名叫“Hands to S. E. Asia”的小组，发起了“‘手护’照片”的活动。小组成员上传了很多手掌相握的照片以及东南亚地区的灾后照片，以传递人们对海啸地区民众的关心和他们战胜灾难的信心。

网络社区，尤其是基于 Web 2.0 网站的组织，无疑是网络社会化意义的重要体现。社交网站为已经形成的网络社区提供了新的组织工具，并创造了新的信息沟通和传播形式。

Facebook 等社交网站，开放引用外部资源，借助用户的力量，将各类信息内容、视频、图片都索引到自己的网站里，然后再让用户相互之间进行传递。Twitter 的用户，也会在消息之中插入各种内容链接，以把微博客的内容延伸、拓展，带到更广泛的互联网信息当中去。

当用户在社交网络上分享了一篇博客、一段视频之后，他的好友会迅速根据这个主题进行交流讨论，然后不断延伸开来，再分享、传递给自己的所有好友。

那些更吸引用户关注，引起用户兴趣，受到用户认可的内容，自然会被更多用户投票。因而那些优质的信息，便会通过众多好友的推荐，源源不断地出现在用户的页面之上。

基于社交关系和生活交流，社交网站编织了一个庞大的互动网络社区，为信息的流动构建了一个庞大的传播渠道。苏珊大妈就是在这个新的传播渠道之中一炮而红，迅速成为广为人知的明星。

苏珊大妈

2009 年，在英国独立电视公司著名的选秀节目“英国达人”中，48 岁的苏珊•博伊尔上了台。

面对又老又没明星相的苏珊，评委西蒙•克威尔漫不经心地发问：“你的梦想是什么?”

苏珊诚实地回答：“做专业歌手，成为伊莱恩•佩吉（Elaine Paige）那样的歌星。”

她的回答激起台下的一阵讪笑。

佩吉是英国著名歌星及演员，被誉为“英国音乐剧第一夫人”，而观众眼前的苏珊，身材臃肿，相貌普通，满脸皱纹，头发也乱糟糟的，不仅打扮老土，说话还有点语无伦次，不论怎么看也无法成为佩吉那样的明星。

音乐响起，苏珊开始演唱音乐剧《悲惨世界》中的曲目《我曾有梦》。就在她开口的一刹那，奇迹发生了！评委和现场观众被她那浑厚而富有磁性的天籁之音所震撼，所有的鄙夷瞬间化成了倾慕，掌声雷动。

苏珊大妈的视频，成为了 2009 年 4 月中旬全球网络点击量最高的视频。她参加比赛的视频的收看次数，在短时间内就突破了 1 亿！

水桶腰，和小猫居住，一辈子没约会过，更没和男人接过吻…… 更令所有人惊奇的是，苏珊自曝她参赛的目的仅仅是想通过电视节目找到一个伴侣。

苏珊站上舞台，用美妙的歌声迸发出闪耀的巨星光芒，与其形象形成巨大的反差，让所有观众都感到震惊。在震惊之余，人们开始分享和传播，就连著名影星黛米•摩尔都在自己的博客中添加了苏珊视频的链接。

苏珊大妈的视频为什么能获得如此高的播放次数呢?

苏珊大妈的表现，确实令人赞赏；故事的戏剧性，也确实引人入胜；更主要的，是 Facebook 的改版让苏珊大妈的视频能够以比以往更快的速度传播出去，达到更加惊人的效果。

Twitter 的迅速崛起，让 Facebook 在 2009 年 3 月的改版中，突出了信息的分享功能。

Facebook 提供视频的引用播放，利用 YouTube 等视频网站提供的外链，用户可以将视频网站上的视频链接分享到 Facebook 上，而且可以直接在 Facebook 上点击观看。

当用户将苏珊大妈的视频分享到 Facebook 上后，更多好友就直接在 Facebook 上进行了观看，在震惊和感动之余，在“分享”按钮上轻轻一击，这个视频就又通过 News Feeds 出现在了更多用户的页面上。这样，苏珊大妈的视频不仅在视频网站广为流传，并通过博客、网站链接、IM 开始经典的病毒式传播，更是在 Facebook 的上亿用户当中获得了市场，拥有了更多的观众。

虽然在“英国达人”的决赛当中，苏珊大妈在得票率上以 4.7%的劣势输给了街舞团体 Diversity 而屈居亚军，但评选的结果却并不妨碍苏珊大妈成为这次比赛的最大受益者。视频的传播让苏珊成为了媒体的关注焦点，各种各样的访谈节目和唱片公司都向她发出了邀请。

一段小小的视频，在社交网站所构建的新的传播平台上，帮助苏珊大妈实现了自己的明星梦想。在这个造星运动的过程中，在视频已经通过社交网络铺天盖地地传播，在苏珊大妈已经变得家喻户晓后，相关媒体才开始报道。以往制造热门的媒体，反而成了跟风的对象。

更高效的新闻平台

Twitter 利用“追随”的信息传播关系，形成了一个信息交流的空间，使得话题可以更迅速地在相互之间进行传播。这种传播，比网络社区上的信息更具即时性。

Twitter 的信息发布功能简短、便捷，且仅依照发布的时间先后进行排序，因此，用户在 Twitter 上可以享受到更多、更即时的公共话题。在 Twitter 这样的社交网站盛行之后，由 Twitter 用户之间的相互“追随”所形成的广播网络，也成为了一个新的信息平台，其中所包含的用户讨论的话题更新鲜，更具有时效性。

对于各种突发新闻，Twitter 占据着得天独厚的优势。一是因为 Twitter 上所发布的内容很简洁，二是因为用户可以通过 PC 或者手持移动设备使用 Twitter。在事故现场的 Twitter 用户可以抢先把消息发布在 Twitter 中，并且和其他用户之间进行交流、互动，让信息得以传播、蔓延。

2009 年初，美国一些教育界人士、企业家、学者、慈善家和风险投资商在纽约市举行了一次会议，会议的主题是讨论美国教育改革。要放在 20 年前，这种事情也只有与会者能够发表一下看法。如果该会议是在 10 年前举行，会议举办方也许将在数周或数月之后发表一份会议记录摘要。如果该会议于 5 年前召开，一些与会者将在会议结束后，在个人博客上公布这次会议的主要讨论内容。

然而这次会议是在 2009 年召开。与以往不同的是，会议主办方在 Twitter 上发布即时消息的同时，也允许 Twitter 用户即时参与讨论。在会议刚刚开始时，在与会者发表了自己的看法后，个别 Twitter 用户就开始对该会议作出回应，内容包括建议、评论甚至一些小笑话。

在该会议进行了一段时间后，不仅会场中的两名与会者发生了观点冲突，场外的 Twitter 用户也就美国教育改革展开了激烈争论。甚至有两名 Twitter 用户表示，自己就是教育界专家，但却没有被邀请参加这次会议，这实在是一件令人感到遗憾的事情。通过会场的大屏幕，与会者同场外关注此事的 Twitter 用户展开了实时交流。

在这次会议结束时，Twitter 上有关此次会议的发帖数量已多达数百条。在随后的数周内，仍有用户在 Twitter 上针对该主题内容进行评论。在 Twitter 上的讨论，使得一个会议从物理的会场空间延伸到了更广阔的网络空间上，有益于得到更广泛的意见。

Twitter 还推出了信息搜索服务，以方便用户更快速地查找自己希望看到的信息。在用户大量的信息搜索的基础上，Twitter 又推出了热门词搜索推荐，帮助用户查找热点新闻。

2009 年 6 月 25 日下午（北京时间 26 日凌晨），流行音乐之王迈克尔•杰克逊因心跳骤停在加州大学洛杉矶分校医疗中心医院逝世。

一代巨星杰克逊猝死的消息首先通过一家名人网站爆出，消息一经公布，民众纷纷在 Facebook、Twitter 上传播杰克逊的死讯。大部分人都是从朋友的 Facebook 或 Twitter 上得到的消息。为求证新闻的真实性，人们又纷纷通过 Google 去搜索相关新闻，突然爆发增长的流量，让 Google 甚至将“杰克逊”的搜索关键词识别为网络攻击。

Facebook 虽然不如 Twitter 在信息发布上的现场时效性强，但 Facebook 可以引用和分享更多的资源类型和信息量，网页、图片、视频等，都可以在 Facebook 上直接分享或观看。因此，Facebook 在内容的丰富性上更占优势。

美国加州圣克拉拉大学一直关注社交网络的哲学教授香农•瓦勒（Shannon Wahler）表示，人们第一个去阅读的是社交网站，而不是传统媒体。许多人将传统媒体作为获悉消息之后获得更多详细内容的一个渠道。

由大量用户所构建的关系传播网络，让新闻信息可以更迅速地在社交网站的用户群体间病毒式地传播开来。

等到新闻已经在社交网站传播开来，传统媒体包括新闻门户网站才会将制作好的新闻发布出来。为了提高阅读访问量和转载率，这些媒体还纷纷到 Facebook 和 Twitter 上发布它们的新闻链接。

杰克逊之死，甚至还让 YouTube 的访问量飙升。YouTube 官方音乐视频平均日浏览量约为 20 多万次，而杰克逊的死讯发布后，浏览量竟然飙升至 1 000 多万次，几乎增长了 50 倍。这其中大部分都是冲着杰克逊的音乐 MV 和表演视频来的。

在很短的时间内，就有杰克逊的歌迷制作了悼念杰克逊的视频上传到了各类视频网站之上，相关的博客、社交网站上的日志也铺天盖地地袭来。

用户广泛参与的即时互动和分享，让社交网络成为了最快速的信息传播平台。这其中，各类网站的在内容以及功能服务上的相互补充，也有着非凡的意义。像 Facebook 和 Twitter 这样的网站，虽然其本身所包含的内容，远远不及 Flickr、YouTube 或新闻网站上的那么有质量，但是 Facebook 和 Twitter 作为社交网站，活跃着大量的用户，从而使得站外的信息源能够迅速地传播到更广的范围。传统新闻媒体机构对自身内容资源的过度保护，在互联网中也不复存在。正是互联网开放的信息共享机制，使得这些网站之间亲密无间地合作，构成了高效的信息分享网络。

打破信息的围墙

美国雅虎最早只是一个信息索引的服务，在自己的首页设置了搜索框，帮助用户寻找互联网上的其他内容。由于它没有意识到搜索引擎的价值，因此投入的精力和注意力有限，以至于让 Google 把握住了发展的趋势，后来居上。

在 2000 年的互联网泡沫破灭中，雅虎经受住了考验，此后转型成为了一个媒体型的网站，不再只是提供平台化的信息索引的服务，而是把内容全部都圈在自己的网站之内，形成了一个相对封闭的门户网站。用户通常只把雅虎当作新闻杂志的网络版。

互联网最重要的精神，就是开放和共享，在此基础上又朝着开放的平台化方向发展。网站不再担当一个全能的信息提供者的角色，而是努力成为平台化的服务提供者。任何试图把用户完全网络在自己划定的空间之内的做法，都难以奏效。这也正是传统的内容经济与链接经济之间的冲突。

借助对知识产权的保护，过去的新闻机构或是内容服务商，总是牢牢地控制自己的内容，作为营收的来源。报纸、杂志上的文章都会声明“未经允许，不得转载”，依靠这些手段，来把握和吸引读者。数字化的信息，使得复制、传播内容在效率上得到提升，堪比印刷术为文明传播带来的革命。传统媒体最初惧怕将自己的内容数字化，因为这样用户就可以在 BBS 上、博客上或其他网络社区中免费分享内容，而不是在自己划定的空间里享用这些信息。

数字技术和互联网的结合，注定会造就不可阻挡的、让信息自由分享的趋势。实际上，即便是资源再强大媒体，也无法为用户提供他所需的一切。只有让用户可以在更多的信息内容之间游走，找到他们自己的需要，才能提升信息服务的效率和价值。

在信息爆炸的时代，那些给自己的内容设立围墙的办法，不仅难以达到吸引用户的目标，反而会让自己失去更多用户的青睐。资源只有在被更多用户接触到时，才能产生更大的价值。Flickr、YouTube 通过外联的方式把自己的内容发布出去，让更多用户可以访问，尽管不是在自己的网站上，但同样为自己赢得了更大的影响力和更多的用户。

Google 并不试图把用户控制在自己的页面上，搜索引擎只提供网页的索引、内容概要和链接，它的任务是让用户尽快去到他们想去的页面上。搜索引擎只是作为一个忠实的信息组织者，却赢得了大量用户，带来了自身价值的提升。而抛弃原来的网络内容索引业务的美国雅虎，尽管成功转型为一个媒体化的公司，依靠门户网站模式的广告营收，挺过了2000年的网络经济寒冬，却在提供开放信息服务的趋势下日渐式微，被那些开放信息平台所赶超。

Web 2.0的网站内容大都来自用户，并且把内容的控制权也交给了用户，它们并不具备传统新闻媒体对内容知识产权那样的控制力，网站也没有理由阻止用户传播属于他们自己的内容。Web 2.0网站是依靠更好的服务来赢得用户，帮助他们建立自由的信息交换空间，形成社区的模式，使之更具有凝聚力。

Web 2.0网站的功能各异，彼此间却相互补充，相互依赖，使互联网交织成一个提供各式各样的信息服务的巨大平台。博客、Flickr、YouTube这样的网站提供的信息分享、存储服务，把用户吸引进来，创造更多的内容；RSS则帮助这些内容的传送；Delicious构建了庞大的的信息目录，以方便信息的分类和查找；搜索引擎让用户可以更快速地找到相关信息；Digg一类的评价引擎，则帮助用户筛选出更有价值的内容。

Facebook不但是很好的社交工具，也成为了分享网络内容的平台，以及开放平台上日益繁多的网络应用和信息服务的入口。

Twitter虽然显示了强大的新闻传播能力，但是140个字的信息长度，限制了用户传播的内容，甚至容纳不下复杂的网络链接地址。不过，像TinyURL（tinyurl.com）这样的网站却足以解决这个障碍，网站会提供一个简单的服务，就是将用户提交的网络链接地址缩短。采用这种方式，用户不用再担心过长的链接会占用Twitter有限的信息容量。结合缩短的链接地址，Twitter的消息得以延伸到更广阔的网络空间。

如果缺少这种开放，那么任何单一平台的价值都会大打折扣。Flickr、YouTube的内容会失去广阔的发布渠道和浏览用户，Digg会变得苍白无力，Facebook和Twitter也只能变成干瘪的空间。网站和网站之间的配合，解决了内容的创造、筛选、传播途径、媒体受众等问题，形成了一个完整的传播体系。

Web 2.0网站为用户提供的分享模式，为优质信息内容的传播提供了便捷的渠道。在人人参与的网络时代，用户拥有了更大的控制权，完全把握着网络的信息传播。

这种分享和传播，更不局限于单个网站之内，RSS、XML 之类的数据格式和规范，让网站之间的信息分享和传输变得轻而易举。

Facebook、Flickr、YouTube 上的分享方式，比 BBS 里的复制、转贴更为简单，只需点击按钮，便可以将优质的信息内容推荐给好友。

更多的网站内容甚至可以作为外链提交到其他网站。众多的新闻类网站和博客，就设置了 Digg 按钮。只需点击按钮，用户就可以把所在页面的内容，用自己的账号提交到 Digg 上，省去了用户复制粘贴网页地址的麻烦。

与之类似，除了 Digg 按钮之外，还出现了很多分享按钮，支持把网页内容提交分享到 Facebook、Twitter、LinkedIn 等社交网站，或者其他支持内容分享的站点，如 RSS 阅读器等。

博客页面上的各种分享按钮

社交网站便捷的信息分享功能，加上用户相互影响的强大网络关系，成为了消息传播的一个巨大平台和空间，对用户的社会生活产生着巨大的作用和影响。正是依赖着这种人际关系所形成的巨大传播能力，社交网站才得到了如此迅猛的发展。

Web 2.0 和 SNS 所引导的社会化网络，借助各种技术，设计出了更加开放的信息服务模式，让优质的内容能在互联网上更快速、畅通地传播。

互联网也以开放的姿态，创造了自己新的产业形态。

第6章 开放的力量

互联网是碾平世界的力量，不仅对社会生活产生了重要的影响，也对企业的组织模式产生了重要的影响。

开放与协作的模式，让互联网不断壮大，打造了完整的产业链。网站的开放平台，在为用户带来多元化应用的同时，也为自身的发展创造了更广阔的空间。

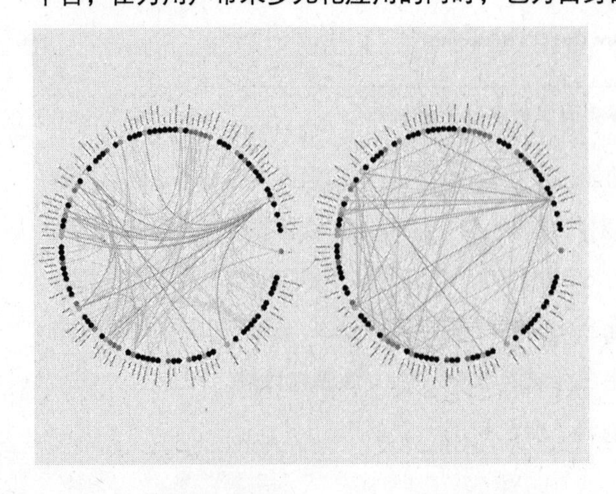

协作新趋势

互联网形成的广阔信息平台，不仅仅是搭建了新的新闻传播媒体和生活社交平台，对于原有的社会生产组织，也造成了巨大的影响。

托马斯•弗里德曼曾在他的著作《世界是平的：21 世纪简史》当中，描述了互联网对世界经济合作所带来的变革。

21 世纪初的互联网股市泡沫带来了大量投资，完成了世界各地广阔的计算机网络通信的基础建设。随后，泡沫破灭，拥有这些基础设施的公司破产，这些基础资源被廉价拍卖，降低了后来者的使用成本，因此，计算机软件技术和互联网得到了广泛普及。

网络的普及又提高了人们沟通的效率，使得各个国家和地区利用自身的资源优势完成了不同的社会分工，这样的发展无疑是促成经济全球化的重要因素。网络的力量让人们联系得更加紧密，世界变得平了。

身处于互联网之中的个人，无论是通过论坛、博客，还是通过社交网站，一方面可以利用网络获得更多的娱乐资源和信息，另一方面通过对信息内容的贡献与线上行为的参与，成为了网络社区中的一员。在生活之外，通过网络参与生产和协作也成为了一种可能。

维基百科，这个现在世界上最大的线上电子百科全书，就是民众协作的最成功的案例。

维基百科

吉米•威尔士（Jimmy Wales）是一个富有的商人，在他小学的时候，非常喜欢读一本叫“World Book”的百科全书。在事业有成之后，威尔士希望能够在互联网上编撰一本可以供所有人免费阅读的电子百科全书。2000 年 3 月，他推出了自己的线上电子百科全书计划，建立一个叫 Nupedia 的网站，并聘请拉里•桑格（Larry Sanger）作为这本线上百科全书的主编。

Nupedia 邀请了不同领域的专家、学者撰写给普通民众看的知识文章，在相互审阅、评定之后再进行发布。邀请专家、学者来撰写文章，并通过相互审阅、评定，是为了保证文章内容的专业性和权威性，以达到专业百科全书的水平，但是由于专家、学者所投入的精力相当有限，评审的流程又过于繁琐、冗长，所以

Nupedia 的发展一直非常缓慢，令桑格和威尔士非常懊恼。

后来，桑格在一次聊天中，发现了一款名叫 Wiki 的软件。Wiki 是由一位名叫沃德•坎宁安（Ward Cunningham）的程序员开发的超文本系统，是一种包含文本格式、图像、超级链接等，用以提供某一个主题或关键词相关内容的页面系统，可用作多人协作的写作工具。Wiki 来源于夏威夷语的"wee kee wee kee"，原意是"快点快点"。

在利用 Wiki 搭建的网站上，用户可以轻松地创建一个网页（Wiki 上叫词条），并在上面编辑内容、撰写相应的文章。这和博客有些类似。在 Wiki 生成的网页上，都会有一个编辑按钮，只要点击这个按钮，其他用户也可以对文章进行编辑、修改。为了避免用户冲突，以及可能产生的误操作或者恶意修改，针对每个网页，Wiki 还提供了一系列相对完善的辅助功能，帮助用户之间进行针对网页的讨论和实现内容、版本管理。

在页面主题内容之外，Wiki 会提供一个讨论的子页面，让不同的用户针对编辑的内容进行协商。

当对页面进行编辑的时候，Wiki 会让你填写相应的改动描述，以便于其他人了解页面内容改动的情况，以及改动的理由和依据。

任何用户的任何一次编辑、改动，Wiki 都会记录下来。这样，一旦出现问题，管理员或者其他用户就可以很方便地从记录中恢复出较好的页面版本。对于记录中的两个不同版本，Wiki 还可以进行比较，自动显示出它们的差别。

如果某些页面的内容已经相对完整，并已具有了一定的权威性，管理员也可以对这个页面进行锁定，不让其他人再对它进行编辑。

由于之前邀请专家、学者，并通过冗长的评审流程来建设线上电子百科全书的方法并不奏效，因此，威尔士和桑格一直在讨论怎么来制定一个更加开放、轻松，能让更多人参与的建设方案，以解决 Nupedia 进展缓慢的问题。

在发现 Wiki 之后，桑格向威尔士建议，使用 Wiki 来号召用户提供词条文章，作为 Nupedia 的补充。不过由于参与 Nupedia 的专家、学者觉得让业余用户一同参与这样的电子百科全书的建设，是对他们专业性、权威性的质疑和侮辱，因此遭到了他们的强烈反对。

威尔士和桑格于是在 2001 年 1 月创建了另一独立版本"Wikipedia"，维基百科就此诞生。

维基百科诞生之后，吸引了不少用户。许多用户出于兴趣，开始自愿在维基百科上撰写文章。在当时计算机技术和互联网的发展状况下，想要编写一个词条文章，相关的内容来源的获取已经不是那么困难了，一个月之后，维基百科上就有了 1 000 个词条页面。在创建后的第一年，有超过 20 000 条词条被创建，平均每月 1 500 条。之后，维基百科在众多用户的参与下，一直快速地发展，词条网页所包含的知识内容也在不断扩充。

2001 年 5 月，维基百科开始了不同语言版本的建设工作，阿拉伯语、中文、荷兰语、德语、世界语、法语、希伯来文、意大利语、日语、葡萄牙语、俄语、西班牙语和瑞典语等 13 种语言的维基百科版本开始编辑。各版本之间相对独立，并且不要求对应的翻译，内容之间也允许有差别。这使得非英语国家的用户也开始为维基百科贡献更多的内容。

2003 年 1 月，英文维基百科达到了 10 万个词条。几天之后，当时第二大的德语维基百科，词条也达到了 1 万。

维基百科的发展势头，大大超出了威尔士的预料。在 2003 年 9 月，威尔士决定停掉进展缓慢的 Nupedia 项目。从 2000 年 3 月到 2003 年 9 月，在 Nupedia 进行的 3 年多时间里，只完成 24 个词条的评阅过程（其中有 3 条拥有两种不同长度的版本），还留下了 74 个词条在审定过程中。

截至 2009 年 7 月，维基百科词条数第一的英语维基百科已有约 290 万条词条，而全球所有 266 种语言的版本共突破了 1 300 万条词条，总登记用户超过 1 800 万人，而总编辑次数更是超过 7 亿次。

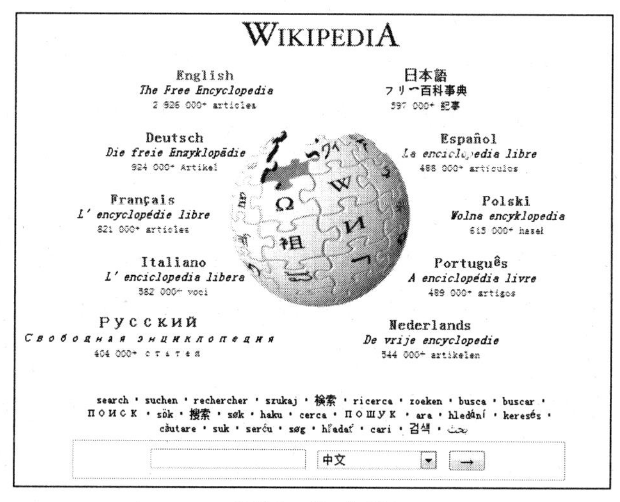

Wikipedia 首页

对比《大英百科全书》(又称《不列颠百科全书》，Encyclop dia Britannica)，这部由私人机构大英百科全书出版社所出版的英语百科全书，被认为是当今世界上最知名、最具权威的百科全书。《大英百科全书》的词条是由大约 100 名全职编辑及超过 4 000 名专家为受过教育的成年读者所编写而成的。所有的内容到现在，基本维持在 4 000 万字、50 万个词条左右，而且以英文版为主，其他语言的版本都是在其基础之上翻译而来的。

毫无疑问，尽管维基百科只有很少的全职编辑，但由于有大量用户参与编辑，使得维基百科的内容，比由大量全职编辑和专家所编撰成的大英百科全书要丰富得多。

维基百科似乎也可以看作是 UGC 模式的网站，因为维基百科上的所有内容，并不是由网站雇佣或邀请专家制作出来的，都是普通用户贡献出来的。很多人会质疑，这些依靠业余爱好者编写出来的百科全书，怎么能保证词条的专业性和权威性呢?

维基百科上知识内容的正确性，并不是靠单个用户的专业性和权威性来保证的。即便是一个在某些领域有很深造诣的专家或学者，也很难保证自己的文章、内容无一缺漏。

维基百科是依靠集体的智慧，依靠群体的权威，来保证内容的正确性。

维基百科的大部分词条，都不是单靠一个人编辑完成的，任何人如果发现维基百科词条中存在错误，都可以即时进行编辑、修正。由于维基百科上参与词条编辑的用户包含了各行各业的人士，因此，他们所具有的专业都能在一定程度上，从不同方向上，保证相关词条的权威。

越是热门的词条，就会有越多的人参与编写，也就越能保证其内容的公正性，而不至于因为某一个人的观点而发生偏颇。

维基百科能对最近更新的词条进行显示。由于绝大部分参与编辑的用户都是正义的，因此，即便有人出于一些不可告人的目的，对维基百科上的一些词条进行恶意地篡改，也马上会有更多的用户站出来进行恢复和修正。

2005 年，世界上最权威的科学杂志《自然》，曾对维基百科和《大英百科全书》做过对比测试。他们对两部百科全书中 41 篇科学内容的文章进行了比较，认为维基百科中有 162 个错误，而大英百科全书有 123 个错误。但是不要忘了，维基百科全书的内容比《大英百科全书》可是要多上数十倍。

维基百科实际上是构建了一个以编撰线上百科全书为核心任务的网络社区。

现在的维基百科网站，并不是一个最终完成版的电子百科全书，而是由众多用户在不断编辑、改进的在建版。这些参与编撰的用户，利用 Wiki 这个软件工具所提供的功能，针对各个词条进行讨论，并且在线上进行合作，形成了一个庞大的协作团队，通过维基百科的页面进行着悄无声息的交流，共同从事同一活动，构成了在线电子百科全书编撰的网络社区。

维基百科，以及其他利用 Wiki 系统所架设的 Wiki 类网站，同样是 Web 2.0 的代表。Wiki 提供了一个便捷的平台，只要点击编辑，修改几个字符，对原有的内容做那么一点改进，就为建设线上百科全书这样一项巨大的工程作出了贡献。如果你想创建一个词条，那么即便你无法保证自己能够撰写出一篇完整、高质量的文章也没关系，在你创建词条之后，哪怕你只写了一点东西，也会引发后人不断地添加、修改，直到把它补充完整。单个用户哪怕都只是有限的投入，提供有限的贡献，大量用户不断汇聚他们在各自领域所具有的专业知识，也就铸成了现在的维基百科这样一部内容丰富的线上辞典。

众包模式

新的行业分工和全球化协作，催生了“外包”的概念。通过外包，企业可以把自己需要的服务，或是公司业务当中不擅长的一部分，交由其他公司完成，从而降低自身的成本，提高生产效率。一项主要的业务，通过这样的分工形式，将形成一条由多家公司组成的业务链甚至是产业链。《世界是平的》一书就讲述了在全球化浪潮下，这种生产组织形式所造成的影响。

类似地，通过社会化的网络，网络社区聚集民众的智慧以及参与的力量，就能够更好地完成一些特殊的工作任务，甚至是一些传统模式无法完成的工作任务。

于是美国《连线》杂志的记者杰夫•豪（Jeff Howe）提出了“众包”的概念。杰夫•豪在维基百科上给众包下了一个定义：众包指的是一个公司或机构把过去由员工执行的工作任务，以自由自愿的形式外包给非特定的，而且通常是数量广泛的，大众网络的做法。众包的任务通常是由个人来承担，但如果涉及需要多人协作完成的任务，也有可能以开源的个体生产形式出现。

罗纳德•科斯（Ronald Coase）曾在《企业的本质》中解释了有关等级制企业组织的价值。科斯认为，一个完全开放的劳动市场，其表现会差于企业组织，因为员工向企业出卖劳动力，在达成和执行协议的时候，都会有不小的交易成本。对于一个给定的任务，参与的人越多，其交易成本就越高。企业的固定化组织形式，通过长期的雇佣关系，依靠层级式的组织管理，省去了这样的交易成本，而与之相对的，开放的劳动市场则要付出组织管理人员的成本。然而，当企业组织越来越庞大时，又不得不利用更多的层级来维护其组织管理，不断增加组织管理成本，同时也会使得企业的生产效率降低。这一现象，被称为"科斯天花板"。如果超出这一组织管理成本界限，企业组织相对于自由市场就会毫无优势可言。因此，企业一直注重对自己组织管理效率的改善，以保证自身的发展。

互联网这个高效沟通的工具，一方面在帮助企业提高沟通管理效率上，提供了很大帮助；另一方面，也使得出售劳动力的自由市场之中，交易的成本不断降低，甚至威胁到企业组织在组织生产劳动上的优势。外包的盛行，就体现了企业组织之间进行生产力自由交易、协作分工的趋势。当互联网提供的工具，降低了原有的交易选择成本时，更多的个人用户就可以提供自由的劳动力，协同进行复杂、庞大的工作。

毫无疑问，维基百科就是一个典型的众包案例。一个内容完全开放的平台，正是藉由大量用户的自愿参与，才编撰成了世界上所包含内容最多的百科全书。

众包的成功需要尽可能细致地划分任务，尽可能降低用户的参与成本，这样才能调动更多的人参与。维基百科的成功编写，正是因为它对每个用户的参与没有设立门槛，新建一个空词条，或者对内容进行几个字的修改，都是一定形式的参与。Nupedia 的失败，则是由于对参与者提出了较高的参与门槛，使任务变得庞大而让人望而却步。尽管 Nupedia 的参与者都是领域专家，但寄希望于参与者花费较大的精力去完成业余的工作，是不大现实的。

大量用户的参与，使得可以通过比较和筛选，获得局部最优，以组成全局最优的结果。每个维基百科的词条都是这样，词条的每一部分解释都有人进行审视和修改，不同的词条，可以由在不同专业领域有所擅长的人来进行贡献和把握，确保内容的权威性和正确性。

从大量用户提供的内容，如 Flickr 上的图片或 YouTube 上的视频中，总能挑选出相对高质量的成果。

美国两个高中辍学的学生杰克•尼克尔（Jake Nickell）和雅各布•德哈特（Jacob DeHart）创办的 Threadless.com，就是让用户提交 T 恤的设计，然后根据用户投票选出最佳样式，再生产出来进行销售。来源于用户，又经过民主投票筛选出的设计，大受市场欢迎，公司因此发展迅速。

TopCoder 就是一个利用众包模式建立起来的新型企业的典范。它利用网站组织基础的程序设计、算法编程竞赛，并提供丰厚的奖金吸引世界各地的大量程序员，组织成一个庞大的用户群体。每个用户都有自己在竞赛上的档案记录，在竞赛中成绩较好的用户能够获得特殊的标识。这样的竞争方式，让很多优秀的程序员都乐于参与，以体现出自身的技术水平。TopCoder 也因此真正成为聚集最顶尖程序员（Top Coder 的中文意思）的地方。

利用软件工程的规划化，TopCoder 基于从企业获得的软件产品需求，将整个开发流程分解成系统合计、代码编写、界面设计、模块测试等不同阶段的许多子任务，开放给社区聚集的大量技术人员，并且利用奖金来刺激他们的参与。程序员可以利用他们的业余时间来完成这些子任务，提交他们的成果。TopCoder 为每一个子任务都设定有奖金，在多个程序员提交的成果当中，会选出相应评估指标最高、质量最好的给予奖励。

TopCoder 本身只有很少的雇员，却利用软件工程规范的流程进行细致的分工和组织，恰当地利用众多的程序员，从而完成大型的软件产品开发。聚集了优秀技术人员的网络，提供了最优秀的人力资源，每个子任务都可以从多个方案选出最好的，这样就保证了最后的软件产品，比依赖单一员工的成果的传统软件产品，具有更高的质量。

开放式的做法无疑会增加外部人员参与带来的混乱和浪费，很多程序员劳动的结果最后可能不会被采用，TopCoder 降低了公司运营的固定人力成本，利用地区间的差异（美国的程序员工资要远高于中国和印度等国家），获得了相对更廉价而又优质的成果。

正是因为互联网降低了大范围和远距离的沟通和协作的成本，并构建了由众多技术人员组成网络社区，TopCoder 这样的模式才能获得成功。

博客、YouTube、Flickr、Wiki 等都是在这些尝试当中发展壮大起来的，通过大量用户的参与和贡献，才得到更广泛和充实的信息内容平台。这些信息内容平台为民众提供的服务，改变了他们原有的生活、学习、娱乐甚至工作的方式，乃至形成了新的组织模式和商业模式。众包就是 Web 2.0 创造的新商业模式。这种开放的组织形式又最早被应用于 IT 行业自身。

开源社区

现代数量众多的互联网网站，包括 Facebook 这样大型的社交网站，都是采用的 LAMP 架构。所谓的 LAMP 架构，指网站服务器所采用的核心软件技术，是由 Linux（操作系统）+Apache（Web 服务器信息发布软件）+MySQL（数据库软件）+ Perl/PHP/Python（网页程序的动态脚本语言）搭建而成，LAMP 就是取自这 4 个单词的首字母。

LAMP 架构所包含的软件，都不是商业公司开发的软件产品或技术，而是由互联网上一类特殊的网络社区——开源社区（在现在的 IT 行业，尤其是软件产业的发展中，起着非常重要的作用）所推出、维护的软件产品和技术。

在早期，互联网上的服务器大多采用的是 UNIX 操作系统。UNIX 是在 1971 年，由肯•汤普逊（Kenneth Thompson）、丹尼斯•里奇（Dennis Ritchie）等人在 AT&T（美国电话电报公司）的贝尔实验室开发的一个功能简洁、却拥有高效性能的操作系统。在最初的 10 年，AT&T 将 UNIX 的源代码和软件本身都免费提供给高校和研究机构使用。后来，AT&T 出于对 UNIX 的商业价值的考虑停止了免费授权，而将 UNIX 进行商业销售，并不再提供产品的源代码。

1983 年，理查•斯托曼（Richard Stallman）创立了 GNU 计划（GNU Project），致力于开发一个自由并且完整的、类似 UNIX 的操作系统，包括软件开发工具和各种应用程序。

林纳斯•托瓦兹（Linus Torvalds）在赫尔辛基大学上学时，学校里教学用的是一个叫 Minix 的操作系统，只能在有限的计算机硬件系统上运行。1991 年，林纳斯出于个人兴趣，编写了一个操作系统内核，称之为 Linux。当时的 Linux 仅有 10 000 行代码，并在 comp.os.minix 上发布了一则信息，号召其他人利用业余时间和他一起来改进这个操作系统。他的号召得到了很多人的响应。

在 1991 年 Linux 内核发布的时候，GNU 已经几乎完成了除了系统内核之外的各种必备软件的开发。在 Linus Torvalds 和其他开发人员的努力下，GNU 组件成功运行于 Linux 内核之上。整个内核是基于 GNU GPL[1]（GNU General Public License，GNU 通用公共许可证）。GNU GPL 的软件产品都开放源代码，并且免

1 GNU 的软件许可证，早期有很多不同的版本，许可范围也不尽相同，后来才逐渐统一为 GPL。GPL 也经历从 Version 1 到 Version 3 的版本发展。

费提供给任何人使用。任何人都可以对采用 GNU GPL 的软件进行修改，但要公布他们修改之后的软件源代码，并且改进后的软件产品仍属于 GNU GPL。

于是，大量的技术开发人员出于兴趣、自身需要或其他目的，参与了对 Linux 的改进，他们修补系统当中的漏洞，弥补其不足。一些核心的技术人员则充当起组织者的角色，决定是否采纳其他人的改进，并在适当的时候发布较为正式、稳定的版本。

其他基于 GNU/Linux 平台的软件也采用类似的形式组织世界各地的技术人员进行开发。像这样开放源代码的软件，被称为开源软件。

技术人员所聚集的网站和论坛，最初只是作为交流技术知识的社区，渐渐的，这里成为了他们改进开源软件、进行协作的开发平台，成为了软件的开源社区。

开源社区和维基百科所形成的社区有些类似。在维基百科上，众多的用户可以查看所有词条网页，并对其进行补充、修改。在开源社区里，技术人员可以查看开源软件的所有代码，从而能够更好地查找漏洞，对其进行改进，或增加新的功能，不断完善开源软件产品。

开源软件的性质，让各个领域的技术工程师可以参与对它的改进。在开源社区里，没有商业公司提供支持，没有技术人员是受到雇佣而参与，但开源软件产品，却依然能够得到不断的完善和改进。于是越来越多的应用软件在开源社区中产生，或者利用开源软件的模式得以发展。

LAMP 架构所包括的信息服务发布软件 Apache，源自美国伊利诺斯大学超级计算机应用程序国家中心（National Center for Supercomputing Applications，简称为 NCSA）开发的 HTTPd 软件。由于最初的开发者对这个软件失去了兴趣，并将工作重心转移到了其他地方，便停止了对这个软件的技术支持。因为这个服务器的功能非常强大，而且对外开放了源代码，可以让用户自由下载、修改与发布，所以这个软件的一些爱好者与用户自发地组织起来，互相交流并分发自己修正后的软件版本，并不断添加新的功能，改进其存在的缺陷。

Apache 的名字，取自北美印第安人一个以军事素质高超而著名的部落的名称，也是“a patchy server”（一个打补丁的服务器）的谐音。

利用开源社区的模式，维护了 Apache 的发展。借助众多开发人员对 Apache 所做的自发改进，Apache 成为了世界上使用最多的 Web 服务器信息发布软件，在 2008 年的市场占有率达 60%左右。

由于开源软件遵循 GNU GPL 或类似的许可证，对所有使用它的人来说都是免费的（就他们本身而言，因为是属于社区集体的成果，也很难归于哪个个人或组织），因而，使用开源软件，就大大减少了相关软件系统的成本。

随着 Apache 的发展，包括像 IBM 和 Sun Microsystem 这样的国际 IT 公司，也看到了开源社区的商业价值，它们不仅为 Apache 的开发团体和社区提供支持，还成立了非营利性组织 Apache 软件基金会（也就是 Apache Software Foundation，简称为 ASF）。

像 IBM、Sun 这样的商业软件公司，也会组织公司内部的技术人员参与开源软件的开发。他们虽然不能将开源软件当作自己的产品获得销售利润，却可以通过完善开源软件，提升自己产品的系统方案，降低自身的开发成本。由于并非所有技术人员都熟悉和了解通过开源社区所开发出的软件产品，业余参与开源软件开发的技术人员，也无法为企业用户或者个人针对开源软件提供即时的技术支持和服务，因此商业软件公司，通过向用户提供技术支持和服务的形式，也能够赚取不菲的服务费。

权威市场调研机构国际数据公司（IDC）在其发表的报告中显示，2007 年，Linux 的市场规模，包括客户在硬件、软件和相关服务方面的开支，就已经达到 210 亿美元，预计到 2011 年，这一数字将突破 500 亿美元大关。

对于志愿参与开源项目的个人而言，出于兴趣爱好的初衷而从事的开发工作，虽然并不能获得直接的利益回报，但一方面，自己也能够获得更实用、在功能上也更为完备的软件，另一方面，也可以使自身的技术水平得到提升和认可，获得更多其他的机会。例如，为应用这些软件的公司提供技术咨询，或者受到其他技术公司的青睐等。

最为重要的是，这些开源社区为互联网提供了更为丰富的软件基础和技术。新的互联网网站能够利用免费的开源软件，降低建设成本，这就促进了网络的繁荣，并且打造了更新、更庞大的商业市场和经济系统。

Google 作为一个互联网公司，网站所采用的基础软件产品和技术，也大量来自开源社区。Google 服务器全部采用 Linux 操作系统，这就省去了数亿美元的采购成本。而采用开源软件的技术，Google 自己也可以更好、更快地对软件进行修改，以满足自身的要求，改善其网络应用。

曾任 Google 全球副总裁兼中国区总裁的李开复博士，在参加某次开源论坛时就曾表示，“没有开源，就没有 Google 的今天。”

正因为如此，Google 一直为开源社区提供大量的资金支持。每年的暑期，Google 都会组织 Google Summer Code（代码之夏），提供数百万美元的资金，支持一些开源组织招募、指导学生来完成一些开源软件产品和组件的开发工作，一方面为开源软件的开发提供了帮助，另一方面也培养了更多的人才加入开源社区的开发活动。

Google 将自身的很多产品都进行了开源，并且建设了开源网站 Google Code（http://code.google.com/）来提供很多 Google 产品的源代码。

就这样，计算机爱好者和从业人员，通过互联网所形成的技术协作的众包模式“开源社区”，成为了新的力量，反过来又推动了计算机软件和互联网的发展。

共兴的产业

维基百科和开源社区，都是以开放式的形态，使其能够融合更多人的力量参与项目的建设，并因此创造出更为丰富、强大的产品。

其实这样的开放形态和协作形式，是 IT 行业的基础模式，并推动着产业更为快速地发展。谁能够聚合到更多的合作者，谁就能够使自己变得更为强大。

现在 PC 市场上占据主流的，是 IBM 所创造的 PC 机体系，也就是人们常说的“Win+tel”联盟（即 Windows 操作系统和 Intel 的芯片）。其实，在更早的时候，和 IBM PC 机竞争的，还有鼎鼎大名的 Apple（苹果）电脑。

计算机最早只是科研机构和企业使用的大型机器，直到 1976 年，苹果电脑最先推出 PC（Personal Computer，个人计算机），并取得了极大的成功，直接打击到了 IBM 的计算机销售。

Apple 已经抢占了先机，IBM 如果要依靠自身的力量去追赶 Apple 开发 PC 产品的话，在时间上无疑要滞后很多。按照这样的形势发展，IBM 就会始终处于追赶的地位。

当时 Apple 的 PC 的全部软件、硬件系统都是自己设计的。为了更快推出 PC 产品，IBM 采取了开放的策略，不是自己设计、生产所有的软、硬件部分，而是和其他厂商合作，CPU 从当时规模还很小的 Intel 采购，操作系统采用微软的 Windows。IBM 自己设计了硬件的总线系统总体规范和电气标准，并免费对其他厂商开放了这些标准，这样不同的厂商都可以为 IBM PC 机生产硬件板卡，不仅丰富了 IBM 的 PC 机产品组成，也使得这些厂商会花更多的力气进行推广。相比之下，Apple 的 PC，软硬件都受制于 Apple 公司封闭的限制和影响，无疑显得有些形单影只，在市场竞争中便败下阵来。

到 2007 年，Apple 也开始转向使用 Intel 的 CPU，这意味着它放弃了自己独立的硬件系统，而采用在 IBM PC 基础上发展出来的硬件系统。

微软 Windows 操作系统的发展壮大也是依靠相对开放的政策，战胜了 Apple 的操作系统 Mac OS。

Apple 比微软更早推出图形界面的操作系统，而且 Mac OS 的性能表现比 Windows 更好。Mac OS 也是相对封闭的操作系统，其他软件开发商很难了解它的技术规范，而 Windows 则为其他软件开发商提供了更为丰富的 API（Application Programming Interface，应用编程接口）和技术支持。操作系统的 API，是留给应用程序的一个调用接口，应用程序通过调用操作系统的 API 使操作系统和计算机的硬件系统进行数据交互，执行应用程序。

第三方的软件厂商可以利用微软提供的 API，针对 Windows 开发各类应用程序给 Windows 的用户使用。因此，Windows 上的应用程序远远要比 Mac OS 上的丰富。对个人而言，使用计算机的关键在于应用程序的功能，因此，Windows 上丰富的应用程序，就比 Apple 电脑上的 Mac OS 更具优势。Windows 和在它之上的各类应用软件，为 PC 带来了更多功能应用，促成了 PC 的普及使用，在这一点上，微软功不可没。

API 不仅仅是操作系统所提供的编程接口，随着计算机技术的发展更趋于规范和标准化，不同硬件系统、软件系统都有自己定义的 API，允许其他人继续开发相关的应用程序，从而留下了更大的功能拓展的空间。

Apple 公司在它风靡全球的手机产品 iPhone 上，就采取了开放的平台政策，不仅提供了很多基于 iPhone 操作系统的 API 让开发商可以开发各类应用程序，还提供了 SDK 开发工具包。

截至 2009 年 7 月，在 Apple 为 iPhone 建立的网络应用程序商店 App Store 上，提供给 iPhone 用户下载的程序数量超过 65 000 种，有超过 10 万名开发者

（iPhone Developer Program，iPhone 开发者项目）为 iPhone 开发应用程序。

在现在的计算机应用当中，互联网以及各类网站，成为了最新的软件形态。各种 Web 2.0 技术的发展，使得各类计算机应用，也可以通过 Web 的形式来实现。以 Google 为代表的互联网大型网站，就开发了很多 Web 形式的应用程序。

Flickr 这样的网络相册，就像网络版的图片管理软件。Picnik.com 为用户提供了最基本、简单的网上图片编辑的功能，YouTube 上用户不用下载视频文件，在网页上就可以直接播放、观看，Google Docs 则把类似微软办公软件 Office 的简化版本放到网上供用户免费试用，并且还支持网络的共享和协同编辑。

对于用户而言，他们不用再在自己的计算机上安装这些应用程序，而只需要通过浏览器登录相应的网站，就可以使用网站上提供的应用程序。

计算机应用的形式随着互联网的发展发生了巨大的改变，从过去操作系统之上应用程序，变成了浏览器中的网站页面。

很多大型的网站，也在自己的网站系统之上提供丰富的 API 接口，供开发者开发、制作更为丰富的网站应用。对网站来说，能够利用 API 进行相关应用开发的程序开发人员数量远远超过网站本身所拥有的技术团队的人数。

Google Map 是 Google 推出的功能强大的电子地图。用户可以在 Google Map 上进行各类地址搜索、线路查询。在这个应用系统的基础之上，Google Map 提供了非常丰富的 API 接口，让第三方可以在 Google Map 的基础之上提供更独特的功能。

TripAdvisor 是美国一个提供旅游指南的网站（http://www.tripadvisor.com/），这个网站拥有大量旅馆、航班、餐厅的信息，以及用户的评价，但是这个网站本身并没有详细的电子地图。于是他们利用 Google Map 提供的 API，制作了标有美国各大城市旅馆和餐厅信息的电子地图，并且嵌入了自己的网站，方便用户在地图上查看这些旅馆和餐厅的位置，查看详细的介绍，以及其他用户的评价。

Google Map 本身并没有丰富的旅馆、餐厅介绍和评价信息，通过开放 API，使第三方能利用自身独有的信息，制作成新的旅游指南应用，丰富 Google Map 所能提供的服务内容的形式。

美国旅游指南网站 TripAdvisor 嵌入的 Google Map

在 Google 的开源网站 Google Code（http://code.google.com/）上，更是提供了 Google 的各个软件产品的 API 和详细说明，供开发者使用。

Twitter 的发展也得益于第三方应用。Twitter 提供的服务本身很简单，但是 Twitter 开放 API 之后，基于 Twitter 的第三方应用提供了各式各样的功能。

2008 年底，美国金融危机来临，大量金融机构的员工被裁，很多人面临失业的问题，于是找工作成了用户最关注的话题之一。在 Twitter 上，也有公司职员发布的招聘信息，于是英国一家叫 Workhound 公司开发了利用 Twitter 找工作的应用“Twitter Job Search”。

这个应用充分利用了 Twitter 的即时性，用户输入关键字，通过自然语义搜索，就可以把在 Twitter 上发布的招聘信息罗列出来，并通过链接找出详细信息。结合 Google Map，更可以在地图上按照地点罗列出招聘信息。

Twitter 用户所进行的讨论和交流，很多实际上也是通过第三方软件、网站或其他工具进行的。Twitterfox 就是 Twitter 在 Firefox 上的插件，用户可以在浏览器的插件输入框里发布信息，而不用登录网站。

除了常规的 PC 机外，大量用户是通过智能手机上的应用程序访问 Twitter。iPhone 上有客户端 Terrific，黑莓（BlackBerry）手机上有 twiBBle。

借助智能手机的拍照功能、GPS（Global Positioning System，全球定位系统）的地图功能，基于 Twitter 的应用程序更是五花八门。

Twitter 的联合创始人兼 CEO 埃文•威廉姆斯（Ev Williams）在 2009 年 7 月通过 Twitter 发布信息称，目前正在开发和已经完成的 Twitter 应用已经达到约 1.1 万个。

网络开放平台

Facebook 在 2007 年 5 月推出了自己的开放平台 Facebook Platform，提供了一系列的 API 给第三方，使得任何个人和组织都可以利用 Facebook 上的数据信息在 Facebook 的网站上创建页面和功能应用。

开放平台的推出，一直被业界认为是 Facebook 超越 MySpace 成为第一大社交网站的重要原因之一。Facebook 从此开始了从一个社交网站向社交应用平台的转变。

第三方开发商可以充分挖掘用户的需求，根据自身的资源优势，开发独特的应用以提供更丰富的功能，这样也就能吸引到更多的用户来到 Facebook 这个平台。第三方应用开发商也能从 Facebook 巨大的用户基数和良好的传播机制当中，快速地积累自己的用户。

独立技术开发者李大维(David Li)就在 Facebook 上开发了一款 Growing Gifts（送花）应用。用户在这个应用上，可以送给好友一颗虚拟的种子，几天之后，在花盆中就会生出一束奇怪的花朵来，令人惊喜。就是这么一款简单的应用，在 Facebook 上轻而易举就获得了过百万的用户。

还有一款名为“Friend quiz”的应用，以测试的形式，来检验用户的好友当中谁和自己更兴趣相投。

在社交网站的应用当中，开发者可以设计很多环节，让用户邀请好友安装，在应用中和好友进行各种互动的环节。这种互动，不仅能让用户享受到更多的乐趣，也帮助了应用在用户之间的传播。

许多刚开始发展的网站，即便拥有独特的功能和技术，但仅依靠自身的资源进行宣传和推广，仍然很难获得用户的青睐。在 Facebook 的平台上进行开发，将自身的服务开发成应用，就能够在 Facebook 无法比拟的庞大用户中间，利用特殊的传播特点，迅速地积累用户。

还记得前面介绍过的整合 Google Map 服务的网站 TripAdvisor 吗？

他们将自己的网站服务，开发成了一个叫“Cities I've Visited”的应用投放在 Facebook 上，让用户标记自己去过的城市，与朋友分享。

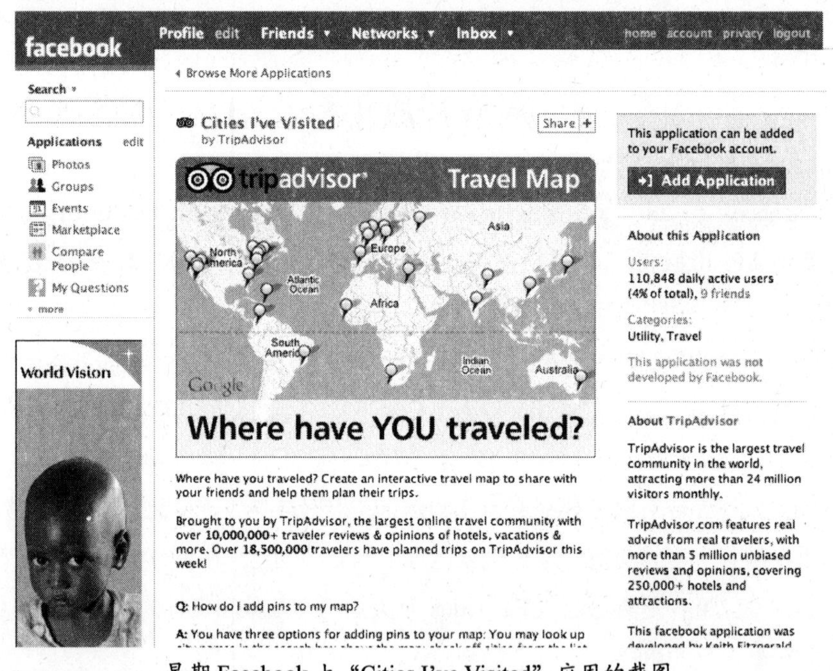

早期 Facebook 上“Cities I've Visited”应用的截图

开放平台孕育的企业

沈佳是一位华裔的技术工程师，抱着创业的梦想，他和一位日本伙伴创立了提供照片与幻灯影片分享服务的独立网站 RockYou.com。公司有限的资源，使得这个独立的网站并未取得很好的成绩。

当时 MySpace 正值发展高峰，也开放了 API，于是 RockYou 转而向 MySpace 提供应用插件，开发了一款为 MySpace 用户提供照片和幻灯片功能的应用插件。借助 MySpace 庞大的用户数量，RockYou 的应用也很快获得了百万级的用户数量。

但在 MySpace 上，第三方开发商只能在 MySpace 用户页上展露一个相对较小的照片框或视频框，既不能拥有独立页面，也不能加载任何广告。因此，即便MySpace为RockYou带来了巨大的用户数量，但是由于无法获得任何收入，公司的发展依然举步维艰。

Facebook的开放平台则完全不一样。Facebook不仅通过开放程序接口把自己网站的架构、数据和用户提供给应用开发商，还采取完全开放的策略，给予应用开发商更多的自由，以帮助他们利用各种资源获得收入，从而更好地发展。

在Facebook上，应用可以拥有自己独立的页面，这就给了应用开发商更大的施展空间，可以为用户提供更丰富的信息和功能。Facebook还允许第三方应用开发商在应用当中投放广告，使得应用开发商能获得收入，从而支持其进一步的发展。

因此，当RockYou把自己的应用投放到Facebook上之后，公司的情况就得到了迅速改善。

RockYou在Facebook上投放的Super Wall（供用户之间分享图片和留言的应用）、Speedracing（疯狂赛车，用户可以自定义赛车并互联比赛的游戏），赢得了每月超过1.3亿的用户使用。

包括可口可乐、微软、雅虎、索尼等在内的各大品牌广告客户都在RockYou的应用页面上投放了广告，RockYou在拥有大量用户之后，也获得了丰厚的广告收入。现在，RockYou已成为Facebook上最大的应用提供商之一。

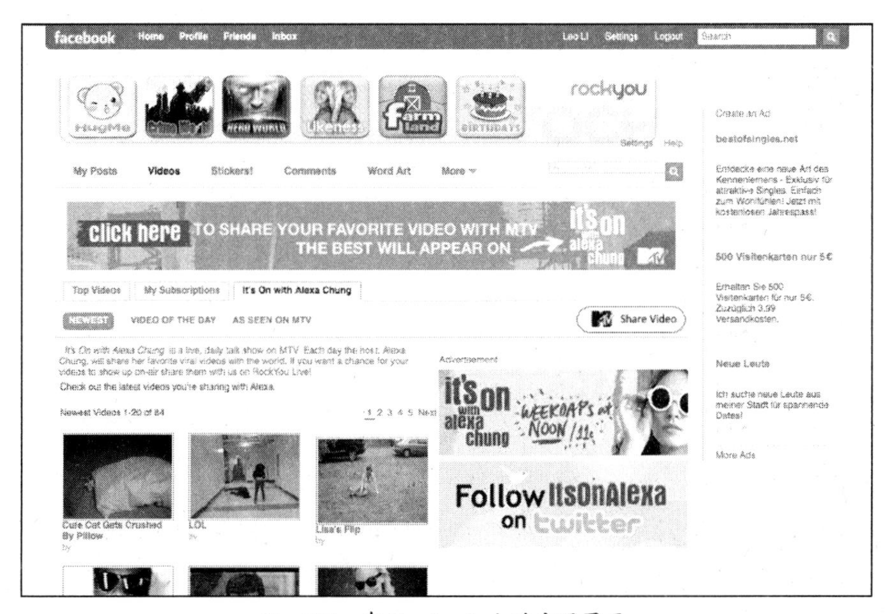

RockYou在Facebook上的应用界面

Facebook 里的音乐网站

音乐是互联网上最特殊的可分享内容，网络用户之间传播的音频文件大部分都是没有获得版权许可的歌曲。照片有 Flickr、视频有 YouTube，可世界上却从来没有出现过一个能树立起权威的音乐分享网站。

Last.fm 是一个比较流行的音乐分享网站。它会记录下用户电脑上经常播放的歌曲，根据所有使用者的数据，来为用户寻找口味相近的朋友，并根据这个数据作出推荐。这种采用数据挖掘的办法来进行的音乐推荐，相对比较人性化。

MySpace 就是利用音乐吸引了大批青少年用户的青睐，也因此成为娱乐圈明星吸引歌迷的舞台。不过在 MySpace 上，只有一小部分乐队或歌手能够分享自己制作的音乐，大多数人仍然没有能力制作自己的音乐作品，因此，现阶段的音乐分享服务，仍然只能停留在听过的歌单和喜欢的歌手上。你贡献得越多，网站能给你的推荐也就越准确。

尽管 Facebook 最初只是向用户提供生活化的信息，但是音乐分享始终都是用户热衷的互联网应用之一，因此，在 Facebook 推出开放平台后，有一大批第三方应用开发商，制作了音乐相关的应用，供 Facebook 的用户使用。

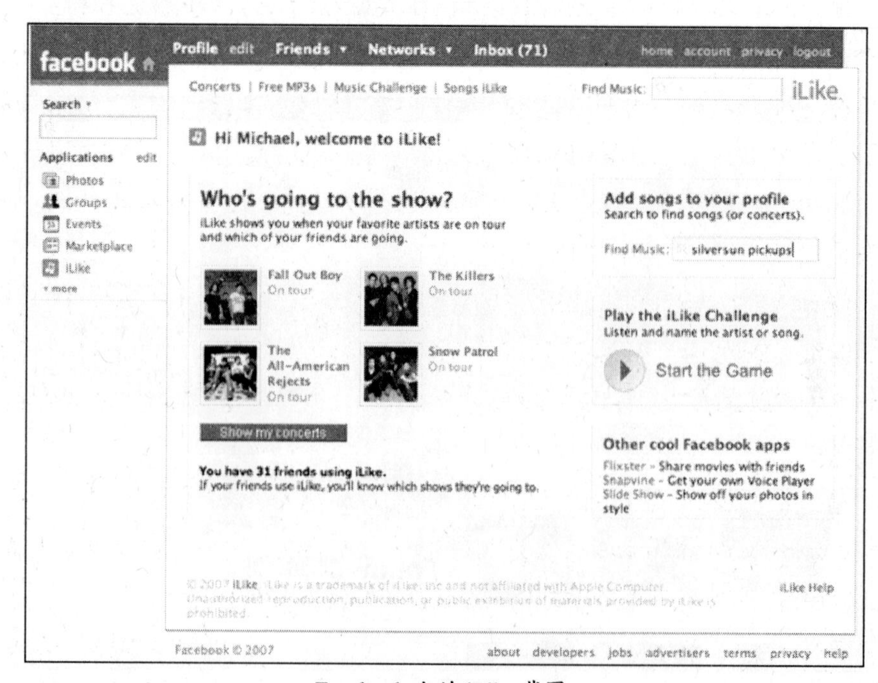

Facebook 上的 iLike 截图

iLike 就是在 Facebook 上流行起来的音乐分享应用。和其他音乐服务网站一样，iLike 能够提供新发布音乐的推荐。用户在 Facebook 上使用这个应用后，可以将自己听歌的记录上传到服务器上，并形成自己的音乐档案。iLike 还提供了很多免费的地下音乐供用户试听和下载。它的功能和 iTunes 的模式有些相近，但是作为注重分享精神的互联网应用，借助社交网站，iLike 有更多的社交功能特性。

iLike 开始运营后，率先入围 Facebook 的 F8 开放平台，以应用的形式投放到了社交网站上，并在音乐类应用中保持了领先的位置，获得了迅猛的增长。iLike 网站上的大部分活动都来自 Facebook，约有 3 100 万的 Facebook 用户安装了 iLike 音乐应用。

2009 年 8 月，Facebook 的竞争对手之一，以音乐分享著称的 MySpace，竟然以 2 000 万美元收购了 iLike。这样一来，MySpace 就成为了 Facebook 上第 14 大的第三方应用开发商，让社交网站之间的竞争更加充满戏剧性。

共赢的开放体系

Facebook 的开放，吸引了大批应用开发商的进入，并带动了他们自身的发展。同时，大量的应用也丰富了 Facebook 的功能和内容，用户所喜爱的音乐下载、地理位置、旅游信息服务等应用层出不穷。用户之间在应用上的互动，也让 Facebook 吸引了更多的用户，使得 Facebook 能一直保持高速的增长。

Hulu，是由美国许多著名电视台以及电影公司达成协议，通过授权向用户提供高清电视节目在线播放的视频网站，它就制作推出了一个叫做“现在观看（Watch Now）”的 Facebook 应用。用户可以在一起观看首映节目，在网上相互讨论。例如，在世界杯、奥运会期间，人们就会在网上聚到一起，一边观看，一边评头论足。在这个应用上，用户可以通过 Facebook 的消息和档案更新、分享视频，还可以在节目播放时返回到收藏的节目中。

这个应用还组织了相应的线上活动，让节目爱好者可以参加在线上镜。不同的节目会以 Facebook 活动的形式列出，用户可以把自己添加为嘉宾，然后就会收到上镜通知，以视频聊天的形式参与到节目里。

包括 Digg、Amazon（美国最大的网上购物网站）在内的很多网站，都在 Facebook 上开发了相应的应用为用户提供信息服务。除 iLike 外，Last.fm 也将自己的应用加入到 Facebook 的开放平台，丰富了 Facebook 的音乐分享功能。

Hulu 在 Facebook 上的应用

大量的公司或者个人开发者，在 Facebook 上开发各种应用。截至 2009 年 6 月，Facebook 上的应用程序数目已经超过 5 万。

相比之下，最初头名的社交网站 MySpace，则始终像是一个封闭的花园。在用户对原有的内容和功能产生厌倦，再难以找到新鲜的应用维持他们的兴趣之后，Facebook 依靠开放平台得到持续不断的发展，渐渐超过了 MySpace。

在 Facebook 推出开放平台一年以后，2008 年 5 月，根据美国互联网流量监测机构 ComScore 的统计，Facebook 在 5 月的独立访问用户数达到了约 1.239 亿，页面浏览量达到 500 多亿；而 MySpace 的独立访问量为约 1.146 亿次，页面浏览量为 450 多亿。Facebook 超过 MySpace 成为全球第一大社交网站。但那时，在美国，MySpace 仍然领先于 Facebook。到了 2009 年 5 月，Facebook 在美国的独立访问用户达到 7 028 万多，而 MySpace 为 7 025 万多，Facebook 全面超过了 MySpace。

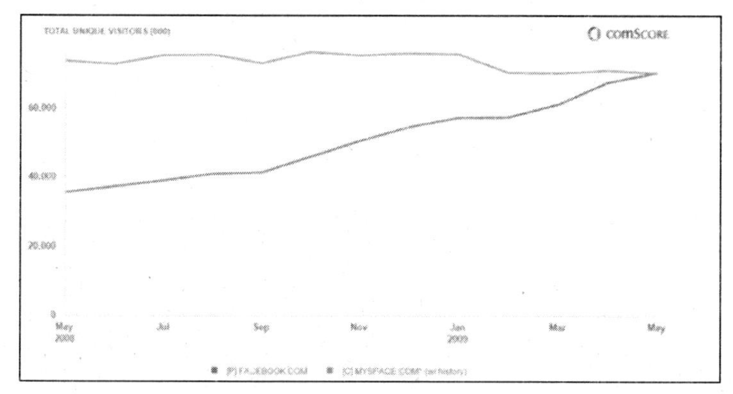

2009年5月ComScore检测的Facebook和MySpace独立访问用户数

网络上的“云计算”

在互联网成为世界上最重要的信息平台的同时，互联网也在向着更多的功能应用发展。不仅是Facebook渐渐成为一个融合了丰富的第三方应用的大型网站系统，各种Web 2.0网站和传统IT企业，也都在利用网络互联提供更为多样化的软件服务，甚至连原有PC软件的产品模式和个人的应用方式开始受到影响。由此产生了一个新的概念“云计算”。

云计算指的是通过集中的、容易扩展和升级的大量服务器资源，按照用户的实际需求，通过网络提供信息咨询、内容存储、功能软件等服务。

这些“云”是一些可以维护和管理的虚拟计算资源，通常为一些大型服务器集群，包括计算服务器、存储服务器以及其对应拥有的网络宽带资源等。

在计算机诞生之初，所有的计算都只是在单机上运行。后来，出现了个人计算机，各种软件程序也都是在单台计算机上运行。用户希望拥有什么样的功能应用，就需要自己安装相应的软件程序；如果软件程序更新、升级，用户也要安装新的版本，才能享用到新的功能，及获得效率的提升。软件程序运行的效率，在很大程序上也取决于计算机的性能。

在个人计算机时代，运行程序所需要的数据，以及用户所有的信息资料，也都存储在自己的计算机上，如果需要转移，则需要通过有硬件接口的移动存储介质进行拷贝。最早是磁盘，到现在是U盘、移动硬盘。这样的拷贝可能会存在版本问题。比如，用户的一份文档在办公室和家里都有拷贝，如果他在办公室的计算机上做了修改，却忘了拷贝带回家的话，那么想要在家里继续修改的话，就只能从头再来。不同的用户如果都对同一份文件做了修改，相互之间的修订也是个问题，到最后难以形成统一的版本。

互联网出现后，信息资料的共享模式发生了改变。

最初，人们是利用网络在计算机之间相互传送文件资料。后来，有的计算机被用来专门进行信息资料的共享和发布，存放公共的文件资料，变成了我们现在所说的服务器。这些服务器因为需要服务较多的用户和存储较多的信息资料，所以具有比个人计算机更强大的性能和更多的存储空间。这样一来，用户就可以通过服务器来转移文件资料，省去了使用硬件接口的移动存储设备带来的麻烦。通过相对唯一的服务器，也可以较好地解决文件资料的版本统一问题。

在网络普及之后，软件也出现了 C/S 系统的模式。所谓的 C/S 系统，就是"Client（客户端）+Server（服务器端）"的软件系统模式。软件程序的服务器端运行在服务器上，主要数据也都存储在服务器上，同时也依靠服务器来完成大部分的计算任务。用户则通过个人计算机上的客户端软件来完成程序的交互，以及使用相应的功能。客户端的计算机仅存储较少量的数据或不存储任何数据，同时只完成少量的计算任务。

通过 C/S 的系统，用户可以在不同的计算机上通过客户端使用同一个软件，并且不会出现数据不一致或丢失的问题。

很多的应用服务，都是通过这样的系统模式来提供的。例如，在中国很火的炒股软件，多是采用 C/S 系统的模式提供相应的网络炒股服务。

QQ 则是最典型的基于互联网的 C/S 系统应用。用户通过 QQ 的客户端软件来发送和接受聊天信息，QQ 服务器负责将相应的信息发送给对应的好友。在本地计算机上，可以存储用户的聊天记录等信息，但是更多的账号信息、个人资料、好友关系等信息都存储在 QQ 服务器上，因此，用户无论在哪台计算机上使用 QQ 的客户端软件聊天，都能用自己的账号登录，看到好友的信息。

但是，C/S 系统如果出现重大升级和更新，用户常常也需要重新安装相应的客户端软件，否则可能无法使用。

Web 应用技术的发展使得软件又出现了更新的 B/S 系统模式。所谓的 B/S 系统，就是"Browser（浏览器）+Server（服务器端）"的软件系统模式。不同于 C/S

系统，B/S 系统不再需要安装客户端软件，而是用浏览器这个大多数计算机上都已安装的软件来代替。软件程序全部安装、部署在服务器上，用户通过浏览器访问 Web 页面，使用、操作应用程序。

到现在，B/S 系统就成了我们常提到的 Web 系统。社交网站开放平台上的网络应用，也是 Web 系统的软件程序。

Web 系统的软件升级，完全在服务器端进行，在用户的计算机上不需要进行任何软件的升级安装，减少了维护的麻烦。

到了 Web 2.0 时代，Web 技术的发展进一步使得各个网站利用 Web 系统的模式，向更丰富的网络应用服务方向发展。用户如果要查看 YouTube 上的视频，并不需要下载视频文件，也不需要安装视频播放软件，所有的视频文件都存储在 YouTube 网站的服务器集群上，用户可以通过浏览器打开网页直接观看。

Google Docs 使得用户不用再安装类似 Office 的办公软件，打开网页就可以直接使用它的文档编辑功能。更重要的是，在 Google Docs 上编辑的文档可以直接存储在 Google 的服务器上，这样，用户只要通过网络打开 Google Docs，就可以访问自己编辑的文档，而不用担心计算机上没有相应的拷贝。而且，通过链接地址，还可以直接分享给其他用户查看，或者协同编辑存储在 Google 服务器上的文档。针对协同编辑（指同时在线对同一个文档进行编辑）容易出现问题，Google 也提供了较好的冲突解决机制和类似 Wiki 的版本管理功能，使用户不用担心版本的问题。

原本需要安装客户端才能使用的 QQ，也开发出了 Web 版本。用户只要打开网页，就可以用账号登录，与好友聊天。

通过网站为用户提供软件程序功能服务的模式，被称为 SAAS（Software as a Service，软件即服务）。用户需要的软件功能和信息服务，不再是通过在自己的计算机或应用系统上安装应用程序来实现，而是直接通过访问网站服务来完成。

早在 1999 年，美国就成立一家名叫 Salesforce 的公司（salesforce.com），通过网站向企业提供所需的应用程序。

以前企业进行产品资源、销售、市场营销、客户服务管理的系统，如果要部署安装到公司内部的办公环境之中，除了要购买服务器、安装服务软件之外，还需要为每台机器安装相应的应用程序或者客户端软件。传统的 IT 公司，包括 IBM、

SAP、Oracle 等，都是通过向企业销售软件应用系统来获取利润。

Salesforce 却创造了一种新模式。它并不是将企业需要的软件系统卖给他们，并安装在企业用户的计算机上，而是在自己的服务器集群上部署了丰富的应用程序，企业只要交纳相应的注册服务费，就可以开设相对独立的数据库。Salesforce 还会为企业提供对应的使用账号，这样在企业里，员工就可以通过办公环境里的计算机使用相应的系统软件。

这样的业务模式，把软件从一种销售的产品变成了一项服务。企业不需要再为自己的应用系统耗费资源和精力。

Salcesforce 利用集中的服务器集群，既能更有效地管理、利用计算机和存储资源，又能同时为很多家企业提供软件服务。

各个 IT 企业巨头以及大型网站，都构建了以庞大数量的服务器集群所构建的数据中心。Google 云计算已经拥有 100 多万台服务器，IBM、微软、雅虎等的云计算均拥有几十万台服务器，Facebook 的服务器数量也超过 5 万台。

正是这些服务器集群，以及在其上所运行的 Web 系统，为用户提供了更加丰富的软件应用和信息服务，成为了一片片的“云”。云计算就是集中了这些服务器和信息资源的服务模式。

在现代生活之中，用户的用电需求并不是通过在自家安装发电机发电来满足，而是通过并入电网来实现的。云计算也是在构建一个集中资源服务中心，使用户可以通过互联网，通过 Web 系统构建的网站，来享用各种软件应用和信息服务。

云计算的服务模式，使用户不必了解服务系统的细节，也不必操心软件程序的升级和维护。云计算所能提供的服务，就像自来水一样通过互联网轻松到达需要服务的用户。

对于个人用户而言，云计算无疑会带来很多便利。以往用户使用计算机，总是要安装数量非常多的应用软件，并且不可避免地产生不少垃圾文件，还可能引发各种系统故障，甚至导致系统崩溃。有一些文件也需要使用专门的软件才能打开，在一台没有安装所需软件的计算机上，根本无法访问。云计算则让用户打开浏览器，就可以直接使用各种应用程序，不需要在本地计算机上进行任何安装。大量的数据文件也可以直接存储在云计算的服务器上，既节省了本地计算机的存储空间，也便于在不同计算机上进行共享。

用户的数据信息如果仅存储在单台计算机上，一旦出现硬盘故障，或者出现计算机病毒、重装系统，则有可能丢失掉所有资料。用户如果将数据信息存储在“云”上，则可以获得更安全的保障。云计算的存储系统会通过磁盘阵列进行数据冗余存储，用户数据在“云”上不只有一个拷贝，即使存有用户数据的一块硬盘或者一台服务器垮掉，还能从其他地方恢复过来。用户不用考虑数据的存储空间和安全性问题，也不用在自己计算机上安装应用程序，只要打开网页就可以使用。

Facebook 和开放平台上的第三方应用，无疑就是一种为个人用户提供的云计算服务。Facebook 上大量的第三方应用所需要的硬件资源，不再是由各自的服务器系统来承担，而是使用集中的云计算资源服务，节省了硬件成本，避免了维护上的麻烦。Facebook 上的很多应用开发商，都没有自己的服务器，其中约 25%的应用，都是使用一个名叫 Joyent 的公司所提供的云计算服务资源。Joyent 拥有大量的服务器，并利用自己的软件架构搭建了一个云计算平台，第三方应用开发商可以租用这些资源，按照实际使用量来付费。

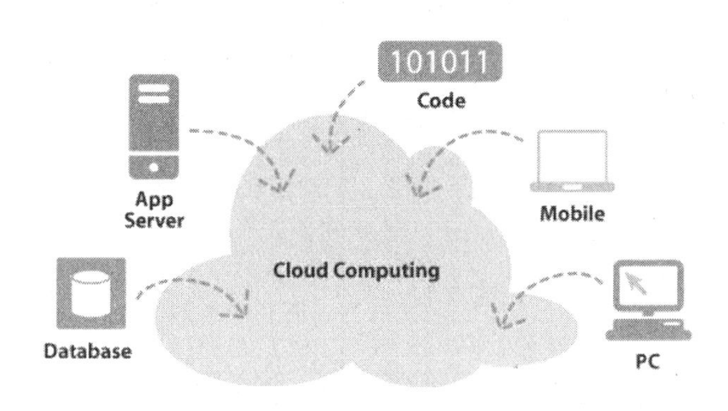

云计算概念图

云端下的信息服务

Google 最初并不掌握任何信息内容，只是依靠搜索引擎将互联网上的信息资源进行整理，建立起庞大的索引库，然后根据用户的搜索需求，对内容进行筛选，再对用户重新组织呈现。为了提供强大、高效的搜索引擎服务，Google 拥有由 100 多万台服务器组成的云计算资源。

除了可以搜索网页、图片、视频、博客内容、新闻等外，Google 更是推出了各式各样针对个人用户的信息服务。

Google 针对个人用户的主要信息服务列表

名　称	网络地址	简　介
Gmail	http://mail.google.com/	邮件系统
Google Calendar	http://calendar.google.com/	日历及提醒服务
Google Docs	http://docs.google.com/	在线文档格服务
Google Earth	http://earth.google.com/	三维地理信息服务
Google Groups	http://groups.google.com/	Google 的论坛群组
Google Maps	http://maps.google.com/	地图信息搜索服务
Google Reader	http://reader.google.com/	在线 RSS 阅读器
Google Alerts	http://alerts.google.com/	Google 快讯，可以订制最新的消息发送到用户邮箱
Google Talk	http://talk.google.com/	Google 的 IM
Blogger	http://www.blogger.com	Google 收购的免费博客服务
Picasa	http://webpicasa.google.com/	Google 收购的图片管理软件，和基于软件提供的网络相册
YouTube	http://www.YouTube.com/	Google 收购的在线视频网站

通过 Gmail 的邮件账号，Google 将用户的账号系统也统一了起来，提供个人日历、在线文档、信息提醒、RSS 阅读器等信息服务。通过对 Blogger、Picasa、YouTube 的收购，Google 还拥有了博客、图片和视频的分享等业务，已经可以为用户提供一整套的互联网信息服务。用户通过浏览器，可以在任何一台电脑上使用同样的个人服务，访问相同的内容。

Google 提供的应用服务，已经为用户提供了一大片“云”，可以囊括大量的用户的个人生活信息；Gmail 的邮件列表、Gtalk 上的联系人也包含了许多社会关系信息。但是，尽管 Google 在 2007 年就推出了 Google Profile——基于 Google 账号的个人信息展示页面，Google 却并没有像社交网站那样提供完善的社交功能。Google 创立的社交网站 Orkut 也未能获得更好的发展。

Google 一直没有将旗下的所有服务打造成一种以用户为中心的信息呈现模式。虽然提供了 iGoogle 这样的个性化主页服务，让用户可以将服务信息进行组合展示，但其形式依然不如其他社交网站那样，具有更多的个人存在于群体之中的色彩，用户也无法与其他用户形成互动，并且也未能成为所有 Google 应用的接入平台。

像 BBS 一样，Google 的核心应用搜索引擎，是以信息为中心的应用工具，因此 Google 的应用服务，不是像社交网站那样的以用户个人为中心的信息服务。

因为隐私保护的原因，Facebook 上用户贡献的大量内容，Google 的搜索引擎一直无法获取。直到 Facebook 开始成为社会热点，获得大量投资，并且其用户数目和访问量不断攀升之后，Google 才意识到威胁，不仅推出了 Friend Connect 等服务，还不断整合其服务。Google Reader 的 RSS 阅读器中还增加了新功能，让用户可以相互添加 Profile 链接。Google 开始了应用服务的社会化进程。

Facebook 的开放平台，以及开放平台之上所具有的丰富应用，已经有发展成为个人用户享用云计算的平台的征兆，也许将成为今后个人网络化的信息服务中心。

让自己成为了用户上网的起点。就像 Google 已经被很多人设成浏览器主页一样，Facebook 已经不再单纯是一个社交网站，也开始抢占网络入口的地位。用户只要一开电脑就会登录进 Facebook，和朋友联系，查看朋友推荐的信息内容，或者使用 Facebook 上的第三方应用。拥有接近 3 亿用户的 Facebook 已经成为用户使用互联网的起点和入口。

尽管 Facebook 没有 Google 那样丰富的功能，但是联合开放平台上的众多第三方开放商，Facebook 却更有希望成为用户未来的 Web 应用程序中心。

微软亚洲研究院院长沈向洋，在访问过 Facebook 后就曾感慨“未来也许我们不再需要发 E-mail，因为所有的交流都可以在 Facebook 上完成。”如果所有的互联网用户都上 Facebook 的话，他们的确没有再使用电子邮件的理由，Facebook 的站内信箱和留言板，以及其他的信息分享工具，已经足以取代其他的通信方式。

其实，Facebook 当中也已经出现了可以向任何人发送邮件的应用“E-mail”（http://apps.facebook.com/webmail/）[1]，只要设定好邮箱账户，用户就可以在 Facebook 上发送邮件。E-mail 会通过用户的电子邮箱地址发送，接收者如果直接通过发送的链接回复，回复信息也会传到 Facebook 的这个应用当中。

类似于 Google Docs 提供的网络版的 Office 办公软件，一个叫 Zoho Online Office（http://apps.facebook.com/zohoapp）的 Facebook 应用，也提供了电子文档、表格、幻灯片演示和数据库的编辑处理功能，成为了 Facebook 上的办公软件。

Facebook 在 2008 年 9 月对网站进行了一次改版。去掉 Facebook 左侧的导航

1 在 Facebook 上登录后，可以直接通过链接安装、使用相应的应用。

条，留给各个页面和应用更多的显示空间。应用列表从顶部转移到页面右下侧，正好是 Windows 系统中起始菜单弹出的位置。另外，和 Windows 一样，弹出提示窗口也出现在了右下侧。Facebook 网站本身提供的基础功能，包括日志、留言板、相册等，用户都可以选择删除，而选用第三方的应用。

这种平台的概念和意义，使得 Facebook 已经超越了一个互联网网站的范畴，成为一个用户访问互联网的操作系统，是像 Windows 一样划时代的产品。这也就不难解释为什么微软要花 2.4 亿美元巨额投资 Facebook 了。

社交网站提供了一个以用户为中心的信息平台，通过好友的引用推荐，用户可以获得不尽的网络信息资源。

办公软件、游戏，都成了不用安装就可以在 Facebook 上直接使用的应用。越来越多应用的出现，足以替代原本需要安装在计算机上的应用程序。今后，在社交网站的开放平台上，在更强大的云计算资源下，用户可以享受到无尽的应用程序和信息服务。

第 7 章

SNS 经济

社交网站的迅速发展和崛起，在为用户提供丰富服务和价值的同时，也使其具备了巨大的商业潜力。

互联网对社会的影响，以及与传统业务的结合，已经创造了许多新兴的商业模式。而在社交网站基础上建立的开放平台，以及正在形成的相关产业链，又成为了一个新的市场空间。

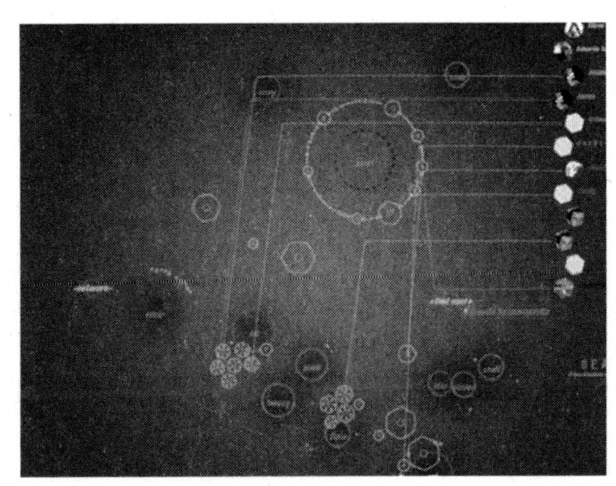

网络经济和商业模式

1993年，克林顿政府开始实施“信息高速公路”计划，带动了美国经济的持续高速发展，信息经济的理念风行全球。计算机成为高效的生产工具以后，互联网使信息交流变得更为迅速、便捷，人们看到了互联网将对贸易和商业合作带来的影响。在这个大环境之下，电子商务、网上销售、网上教育、网络信息等概念都被热炒，互联网展现出一种无所不能的发展前景，改变着所有的经济活动，预示着人类将进入一个新的时代——网络经济时代。

此后一直到2000年，是互联网发展最为高速的时期之一。网景公司(Netscape)、美国在线（AOL)、亚马逊（Amazon.com)、雅虎等都是当时的明星企业。

那个时候，在美国高科技创业的乐园硅谷，只要有与互联网相关的商业计划，哪怕只是一些简单的概念，都能够获得风险投资商的青睐。包括中国的新浪、搜狐等在内的很多企业，也是依靠着这股热潮，获得了国外资本的投资。

许多新型公司，仅仅依靠着一点互联网相关的概念，就会被包装成高科技公司，在股市上受到民众的追捧，股票价格不断上涨，让公司获得充裕的资金进行技术研发或硬件投资。

但是在当时，这些获得投资的所谓高科技公司，开办出来的网站都没有明确的盈利模式，在把投资人的钱花完之后，就只能关门大吉。到了2000年，基于人们的投机心理，单纯依靠互联网新概念而炒起来的股市泡沫，突然破灭，一大批互联网公司相继破产，并引起了短期的经济危机。

技术的发展需要有经济基础提供支持。曾经的投资热潮和股票泡沫使互联网获取了大量的资金，奠定了发展的基础。为建设网络而铺设的光缆、使用的交换机设备，随着投资公司的倒闭，廉价出售，使得新公司以低成本获得了资源，并能提供价格更低的网络接入服务，让更多的用户得以接入互联网享受信息服务。当O’Reilly公司副总裁戴尔•多尔蒂（Dale Dougherty）提出Web 2.0的概念后，这些利用网络热吸引的资源创造了新技术、新模式的互联网企业，在经历了网络泡沫破灭的大浪淘沙般的筛选之后，也需要证明自己的商业价值，找到合适的盈利模式，才能保证持久的运行和不断的革新，为用户提供更好的服务。

微软成功塑造了“软件”这一产品概念。在计算机厂商还在忙着靠卖硬件赚钱的时候，通过收取每台机器上的软件授权使用费这一盈利模式，微软成为世界上最大的IT公司之一。

经历泡沫之后的互联网企业，也开始寻找适合自己的商业模式。那些在互联网泡沫时期被热炒的概念，在泡沫破灭之后，尽管热度骤减，但是许多存活下来的互联网公司还是在其中继续摸索实践着技术创新和商业革命的道路。

要在激烈的行业竞争、产业竞争中拔得头筹，新兴的互联网公司就需要借助自身的技术优势，构建出新颖、高效的业务模式，这样才可能打败那些依靠传统模式运作、已取得优势、在行业当中占有统治地位的公司。

发挥互联网的信息优势，把互联网和原有的业务流程相结合，是最早实现的利用互联网盈利的办法。网络销售，就是把原有的提供商品销售信息的渠道，从实体店面或商品手册转移到网站上,让用户通过网络下订单购买商品的业务模式。

戴尔电脑（Dell）的成功，就在于利用互联网成功建造了自身独特的业务模式。不同于其他计算机硬件公司，戴尔不是在商店里销售计算机产品，而是在自己的网站上销售计算机产品；用户可以在网上直接订购。戴尔利用网络信息系统打造了一条与之配套的生产、制造流程。用户的订单直接送到供货商，然后物流直接送到用户手上。这就省去了自己仓储的费用；跳过经销商的环节，也降低了销售的成本，使得戴尔更具竞争力。

亚马逊公司则是依靠网络来卖书，打造了一个品种齐全的网上书店，再扩展到其他领域，成为一家销售额足以匹敌实体零售商的互联网公司。

此外，还有那些提供机票、酒店预定等服务的旅游网站。

互联网通过网络销售实现了自身在部分社会生活领域的商业价值。

还有一部分互联网企业，通过提供增值信息服务的方式来为自己获取收入。只要网站能够提供通过其他渠道无法获得的有独特价值的内容，或是能够为用户创造更大收益的信息，用户同样会心甘情愿地为之付费。中国的阿里巴巴在电子商务的信息增值服务上，就做出了辉煌的业绩。

Google作为一个最纯粹的互联网公司所取得的成功，让人们看到了互联网企业所能拥有的巨大能力。这家成立才不过十来年的公司，每年都在以惊人的速度增长，到现在每年已拥有数百亿的营收。Google的成功依靠的也是其新型的商业模式。

商业上的成功，反过来为这些技术型公司提供了更多的资源，使他们能开发出更先进的产品，提供给用户更为完善的服务，为用户带来更多的收益。

互联网之所以能够创造出新的商业模式，与它对人们的社会生活所造成的影响密不可分。当互联网成为人们获取信息的首选媒介时，互联网自然而然就能够按照媒体的商业模式来赚取广告费；而利用信息技术的特点，又能获得其他方面的优势。各类网络社区的形成，让用户习惯于生活在网上，利用网络获取信息，解决各类问题。包括网络销售、电子商务在内的很多模式，开始用户都是在慢慢地尝试并接受，然后才渐渐取代了原有的购物、交易模式，到后来更是成为了一种倾向。

互联网作为高效的交流工具，为大范围的自由沟通、协作创造了条件，产生了众包的生产模式，改善了自身的组织体系，形成了开放合作的产业模式。社会化网络所引起的市场趋势的变化，同样为互联网公司自身的发展创造了机遇。

社交网站及其他 Web 2.0 网站，把互联网进一步推向社会化，形成了深入的以个人为中心的提供信息服务的方式和理念，让个人的生活与互联网有了紧密不可分的联系。社交网站上的开放平台，则为应用拓展，全面侵入人们的社会生活，提供了广阔的前景。Facebook 能否打败 Google，成为下一个互联网霸主，便取决于其能否把握社会化网络的市场趋势，结合自身的特点找到合适的商业模式，打造自己的产业帝国。

商务社交的 LinkedIn

2008 年 8 月，美国著名投资银行雷曼兄弟的破产，引发了世界级的金融危机。此后，众多投资银行、大型企业纷纷破产。在这场危机之中，一个叫 LinkedIn 的商务社交网站，却因祸得福，访问量迅速增长，从 2008 年 2 月到 2009 年 2 月，独立访问用户数从约 330 万增长到约 690 万，增长了一倍多，用户人数也激增到约 3 500 万。

LinkedIn 的创始人雷德•霍夫曼（Reid Hoffman）在 2009 年 1 月出席了达沃斯世界经济论坛，他在论坛上表示，过去两年间，LinkedIn 一直处于盈利状态。LinkedIn 的估价在 10 亿美元左右，现已完成了近 1 亿美元的融资。

LinkedIn 似乎比 Facebook 更早找到了一种适合自己的商业模式。中国的天际网、若邻网，就是参照 LinkedIn 模式发展起来的商务社交网站。

对于好的公司而言，求职者的数量总是远远大于职位的数量。众多招聘网站的出现，使得求职者拥有更多的机会发送求职信，企业的人力资源部门总能收到大量的求职简历。也因此，仅靠求职信和简历，往往很难得到求职单位的青睐。

人际关系的应用，不仅表现在生活的娱乐交流上；在职场之上，通过熟人的介绍，也是获得工作的一个重要途径。有企业员工或是原来同事的推荐，就能在求职应聘上比其他应聘者取得更大的优势，从而有更大机会获得相应的职位。

尤其是一些企业的高端职位，应聘者群体本身就被限定在一个较小的行业范围之内流动，因此，就会更多地依赖于朋友或商业伙伴的推荐和介绍。

社交网站的特点，使得它具备了进行商务社交的价值，LinkedIn 正是充分挖掘了社交网站在商务社交上的应用功能，成为了一个通过熟人关系找工作的职业介绍所和商务社交会馆。

对于希玛•库玛尔（Seema Kumar）来说，这个网络的确让他受益匪浅。31 岁的库玛尔，还在软件公司 VMWare 担任产品经理时，便已经开始在 Linkedln 这个平台上找工作了。通过 LinkedIn，库玛尔与本已不再来往的同事重新取得了联系。库玛尔原本只是在 Craigslist 寻找职位，而 Linkedln 上有各种不同级别的服务和职位，通过这个平台，她获得了更多的就业机会。后来，她在 Linkedln 上找到了一份新工作。现在，库玛尔已经成为社交应用软件开发网站 Slide 的产品经理。

雇主也开始越来越多地依靠 LinkedIn 来招聘员工和审核其潜在的雇员。2008 年，Kayak.com 营销部副总裁德鲁•帕特森（Drew Patterson）共招募了 5 名新雇员，其中有两人就是通过 LinkedIn 这个平台，帕特森刊登 60 天招聘广告的费用为 195 美元。除了他哈佛大学的校友以及哥伦比亚商学院的同学外，帕特森将 LinkedIn 视为其最得力的招聘平台之一。他说："LinkedIn 是一个非常有用的工具，因为你能够了解某个人所在的位置以及他/她是否适合你提供的职位。"

风险投资公司 Infobase Venture 的合伙人保尔•艾伦（Paul Allen）就对来向他寻求投资的人说过："如果你没能在 LinkedIn 上认识 10 个以上的人，并且没有得到两个人以上的推荐，就不要来找我。"

LinkedIn 之所以能成为流行的职业招聘途径，正是因为它是一个定位于白领人士的商务社交网站。

不同于其他社交网站注重好友之间的生活交流和娱乐互动，LinkedIn 在网站和产品服务的设计上似乎更为单调，主要帮助用户进行人脉的拓展和商务交流，尽量减少不必要的干扰。

由于商务活动习惯于通过固有的关系拓展人脉，因此，不同于一般社交网站上仅有的好友和陌生人两类关系的区别。根据六度分隔理论，LinkedIn 对用户之间的联系按层次进行区别。在社会活动中，本来互不相识的人，多半依靠中间人介绍和相应的信任传递，来建立起新的关系。关系密切的伙伴给你推荐、介绍的人，会让你更加有信任感，成为朋友的可能性更大。LinkedIn 依靠用户的关系网络，根据用户之间建立联系所需要依赖的中间人的多寡，设定不同的信息显示级别。

如果两个用户 A 和 B 之间直接加为好友，则他们两人就构成了一层用户关系。若 A 认识 B，B 认识 C，C 又认识 D，这 4 个人就构成了三层关系，A 和 D 之间就是三级联系人。尽管 A 不认识 C 或者 D，但是他可以通过 LinkedIn 查到这两个人的经历和联系方式，随时与 C 和 D 直接联系。

为了保护用户隐私，LinkedIn 只对每位用户开放三层以内的联系人资料。A 无法找到在三层以外的人，比如，虽然 D 又认识 E，但 LinkedIn 不会对 A 开放 E 以及更外层用户的资料。这样一方面可以帮助用户结识、发现新的关系，另一方面又能避免过多陌生人的窥探。

LinkedIn 针对商务社交的功能设计，为其盈利创造了基础。LinkedIn 为用户提供的商务联络服务大部分是免费，但它会通过各种增值服务对用户进行收费。

因为 LinkedIn 只对每位用户开放三层以内的联系人资料，然而有些用户希望自己的资料被所有人知道，Personal Plus 就是 LinkedIn 为这些人所设计的增值服务。每月支付 60 美元，LinkedIn 就可以把该用户的个人资料对所有注册用户开放，即使是很多层关系之外的人，也可以直接找到该人的联系方式。

这项服务只是 LinkedIn 的盈利方式之一，此外，LinkedIn 还推出了商务账户服务。

在 LinkedIn 网站上，获取三层以内的联系人的资料是免费的，如果用户想联系三层关系以外的联系人，就需要使用商务账户。例如，如果 A 想联系第六层的 G，他就得申请商务账户，通过 LinkedIn 内部的 Inmail 发送邮件给 G；A 也可以联系其他人，请求他们向 G 介绍自己。尽管使用 Inmail 并不能保证 G 一定会回复，但是通过 Inmail 发送的邮件，收到回复的可能性更大，再加上其他人的介绍，因此，虽然 G 没有和 A 有过任何接触，但是会觉得 A 比较可信。

LinkedIn 最基本的商务账户收费为每月 15 美元，可以发送 3 封 Inmail，最多可以一次性申请 15 个人的介绍。此外，LinkedIn 还设置有每月收费 50 美元的 Plus 账户以及每月收费 200 美元的 Pro 账户，Plus 账户和 Pro 账户分别允许用户发送 10 封和 50 封 Inmail，可以一次性申请的介绍人分别是 25 个和 40 个。针对那些不想申请商务账户的用户，LinkedIn 设置了 10 美元的一次性 Inmail 使用费。

用户可以通过 LinkedIn 的服务获得更多商业机会，产生更多实际的经济收益，自然不会在付费服务上吝啬。

为了保证关系网的良性发展，LinkedIn 设计了 Inmail 反馈得分体制。用户每次通过 Inmail 发送邮件，都将被记入数据库，是否得到回复也会被记录，Inmail 反馈得分则是得到回复的邮件数量与发送的邮件总量之比。Inmail 的接收者可以直接看到发送者的得分。

这样的分数设计是为了防止用户随意发送邮件，鼓励发送者认真考虑每一封邮件。对于那些收到邮件的人来说，他们也会更愿意给反馈得分比较高的人回邮件，这样就会形成一个良性循环。

除了通过商务账户的增值服务获得收入之外，LinkedIn 在招聘广告市场上也收获不少。

企业用户在缴纳一定费用后，可以在 LinkedIn 上张贴招聘广告；LinkedIn 还会与公司客户签订年度招聘广告合同。Google 就与 LinkedIn 签订了协议，每月在 LinkedIn 上发布 100 条左右的招聘广告。

LinkedIn 还把业务继续扩展到了职业服务的信息目录领域。用户可以通过 LinkedIn 寻找高技能的或专业领域的职业个人服务者，如形象设计师、心理医生、律师等。

除了招聘之外，LinkedIn 还成为进行商业销售活动的场所。销售人员可以通过 LinkedIn 找到客户公司中的相应负责人，进行产品和服务的推销。LinkedIn 还帮助商业会议、聚会的主办者进行活动推广，召集具有相同兴趣或者是指定行业的人士参与，从中收取服务费。

LinkedIn 的聪明之处在于找准了自身的定位，找到了能使社交关系产生经济效益的联系，并为此精心构建了一个商务化的社交网站。通过对商务社交价值的挖掘，LinkedIn 创造了自己的盈利模式。

买卖的关系网络

阿里巴巴是中国最大的互联网公司之一，这家公司由马云在 1999 年创立，2007 年在中国香港挂牌上市。到 2008 年，阿里巴巴已经拥有约 3 000 万名注册用户。阿里巴巴 2008 年全年的收入达到约 30 亿元人民币，纯利润达约 12 亿元。

阿里巴巴可以看作是另类的 SNS，只不过阿里巴巴不是提供个人的社交服务，而是以企业为服务对象，为他们提供商务交流的信息服务，帮助企业建立进出口的贸易关系，成为了企业的社交网站，从而实现了自己的社会商业价值。

在世界经济的产业分工当中，中国凭借丰富的廉价劳动力，成为最大的生产制造基地，拥有数量庞大的从事制造加工业的外贸出口企业。

商务信息的交流常伴随商务社交，对于国内大多数中小型企业来说，与国外采购商进行信息交流是个问题，因为他们既缺乏懂外语、能够和国外采购商直接进行交流的业务人才，也没有足够的费用让业务人员到处飞来飞去揽业务。

阿里巴巴通过互联网为企业建立了一个更好的信息交换平台。企业可以在网站上建立自己的企业信息档案，并提供产品服务的供需信息；网站还会帮助企业进行文字翻译，来完成商务信息交流，促成业务订单。对企业而言，把握及时有效的商业信息，就能够获得更多的商业机会；争取到订单，就能创造收入。

在 2003 年国内“非典”流行的时候，很多企业的业务人员不敢外出，阿里巴巴的网上业务拓展模式，则趁势火热发展起来。

阿里巴巴通过对企业提供的付费服务，也获得了巨大的盈利。

阿里巴巴公司旗下的淘宝网是在企业的商务交流之外，为个人用户和中小商户打造的交易平台，是一个让用户建立个人买卖关系的社会化网络。

淘宝网于 2003 年 5 月投资 4.5 亿元人民币创立，现在已经成为亚洲最大的购物网站。淘宝网 2008 年全年的交易额达到近 1 000 亿，占据了国内网络购物 70% 左右的市场份额。

不同于美国的亚马逊，淘宝网自己并不向用户销售任何产品。用户在通过个人的身份信息认证或银行资产认证之后，就可以到网站上来开设网店，销售、拍卖自己的商品。

淘宝网的模式效仿自美国一家从事网上交易服务的网站 eBay（Ebay.com）。

eBay 自己并不销售任何商品，却允许用户在自己的网站上拍卖商品，进行销售活动。eBay 会向每笔拍卖收取刊登费，成交以后再收取一笔成交费，从而获得利润。

为帮助商家进行网上的现金转账、支付，eBay 在 2002 年收购了 PayPal。PayPal 是美国的网上支付工具，淘宝效仿 PayPal 开发了支付宝。

eBay 曾在 2003 年 9 月收购了中国最早从事网络购物的公司易趣（eachnet.com），但在中国市场却被淘宝网超越。

和 eBay 不一样的是，为了让淘宝网能够更快速地积累用户，阿里巴巴的创始人马云曾承诺"三年内绝不向商家收取任何费用"，因此淘宝并不收取任何交易的中介费用，这就降低了用户在网上开店的成本。

利用淘宝的网络平台，很多用户以在淘宝上开店的方式，开始了自己的创业故事。

唐琦是生活在武汉的一位爱美的姑娘。她天生脚比较大，即便是在武汉这样一座省会城市，依然很难找到适合的大码女鞋。2007 年 10 月，唐琦无意中发现一家做外贸的大码鞋店，那里不仅有符合她尺码的鞋，而且款式很多也很漂亮。唐琦突然想到，在武汉这样一座大城市，都很难买到令自己称心如意的大码鞋，那么在全国范围内，肯定还有很多和她一样很难买到大码鞋的女人。

于是唐琦找到外贸店的老板，成为了他们的销售代理。之后，唐琦在淘宝网上注册一家店铺，开始销售大码鞋。

唐琦将外贸店的所有产品信息配图之后，放到淘宝网上销售，众多和她有同样苦恼的人成为了她的客户。对于一般商店而言，这样的商品市场需求太小，但是通过互联网，将这些小众需求集合到了一块，也就成了利润可观的生意。

为了保证用户对网上店铺经营的信赖程度，淘宝网提供了一套信用等级的评价系统。在交易完成后，交易双方需要互相做出评价。完成的交易越多，得到的好评越多，用户的信用等级就越高。

随着唐琦业绩的提升，唐琦店铺的信誉度也越来越高，生意越来越好，销售盈利迅速增长，超出唐琦原来在公司工作工资的数倍。

像唐琦这样在淘宝网上开店的用户非常多。不仅是特色商品，其他各类商品也都能在淘宝网上找到卖家。借助网络平台进行销售，能节省经营成本；日益发达、完善的物流行业，解决了商品配送的问题。在越来越多成功故事的带动下，在淘宝网上开店成了最流行的创业方式。

由于经营成本较低，在淘宝网上销售的商品的价格，比店面要低很多，而利用网络购物又能节省时间，因此用户趋之若鹜。

尽管网上购物尚存在不少问题，比如，有的用户买到的商品和图片不一致，还有的卖家甚至会存在欺诈行为，但淘宝网的信用评级，为用户提供了很好的参考。代表高信用级别的钻石、皇冠，成了用户购物商品的信心保证，对商品的销售也起到了很重要的作用。淘宝网通过这样的办法，为在网站上从事交易的用户建立起了诚信档案。

为了帮助买家、卖家进行交流联系，淘宝网还开发了类似 QQ 的 IM 淘宝旺旺。

淘宝网构建了一个以买卖关系形成的社区。通过身份认证、信用等级评价制度，通过买家和卖家档案，建立起了网络销售环境里用户的商业信用。

受到 Facebook 的影响，中国的社交网站日益火热，淘宝网在原有用户个人信息管理的基础上，也开发了社交功能，命名为“淘江湖”，使淘宝网成为名副其实的做买卖的 SNS。

淘宝网没有像美国的 eBay 那样，依靠收取交易中介费来获取盈利，却提供了丰富的商铺功能，让大量卖家驻扎；并通过完备的诚信体系，为买家建设了良好的环境。越来越多的买家和卖家在淘宝网上聚集。到 2009 年 6 月，淘宝的注册用户已超过 1.3 亿人，网上的商店数量达到约 200 万家，成为中国用户最喜欢的在网上淘宝的地方。

这种群聚的规模效应，让淘宝网掌握了巨大的市场。商品广告别无旁贷地成为淘宝网的收入来源。一些著名的品牌商家，干脆和淘宝网合作，在网站上开设品牌直营店，成为营销宣传和销售的双重渠道。

借助自己在企业商务信息和网络商品销售上的优势，阿里巴巴还推出了自己的商务社交网站“人脉通”，来帮助商务人士进行社交活动。

免费，新的商业模式

互联网是建立在信息的免费共享之上的，这种免费逐渐发展成为一种新的商业模式。

网站提供的免费服务是一种获取大量用户的办法；当一项服务拥有大量用户之后，必然能从用户的需求当中找到盈利的方法。正如Google的信条，“以用户为中心，一切都会纷至沓来”。

零售商们在推出新产品之前，通过市场活动对消费者提供的免费赠品；一些服务型机构，如美容健身、培训课程，为潜在客户提供的免费体验服务……这些就是最早实践免费商业模式的方法。

Flickr 的网络相册，对所有用户都提供免费服务。免费账户每个月只能上传100MB的照片，而且每张照片最大为10MB。而且免费账户的相册里，只显示最新存放的200张图片，其他的则会被隐藏起来。

如果用户每月付2美元或者一年付24.95美元的话，就能升级成为高级的付费账户。付费账户的照片显示和上传容量没有限制，每张照片的大小限制也放宽到了20MB。

一般网站除了提供有限的免费服务外，都会同时为用户提供更多的增值服务，让付费用户可以享受到比普通用户更好的信息服务。很多专业性较强的网站，除了对普通用户提供免费的基础信息服务之外，会将那些深层次的、专业性强的信息作为收费服务的内容。

对于歌手而言，在网络上发布他们的音乐、歌曲也许会影响用户去购买CD唱片，但实际上，众多歌手却乐于把新歌传到MySpace上，甚至在Youtube上提供免费的MV给用户。这些零成本的传播成了他们最好的宣传方式。对于需要通过关注度和知名度来赚钱的明星而言，这样反而可以提高演唱会门票、正版CD唱片、商业活动出场费以及其他收入。

利用网络免费的信息服务来凝聚资源，吸引到足够多的忠实用户，不但可以扩大潜在的收费服务对象，也能够提高网站的价值和商业空间，帮助网站从其他途径获得盈利来源。

开源社区是利用互联网结成的强大生产组织，其产生出的开源软件，尽管只能成为免费的产品，让其他用户和企业任意使用，但由此派生出的技术支持以及拓展开发等服务，为与之相关的技术公司提供可盈利的业务基础。像IBM、Sun这样讲究投资收益的公司，之所以会投入资源支持这些开源社区的发展，就是因为开源社区创造的开源软件虽然并不能成为自己软件产品获得销售利润，但是却可以为自己带来在系统集成和技术服务上的收益。

对于LinkedIn而言，对大量免费用户提供商务社交功能，形成庞大的商务社区，是其产生价值的基础。只有当LinkedIn上集聚了大量商务人士后，每月花15美元使用商务账户来获得开放的联系人资料，才体现出了其价值；也只有在拥有过量联系信息后，通过收费的Inmail联系功能帮助用户获得竞争优势，才能体现出让用户接受的价值。

阿里巴巴也是依靠企业会员费获得了足够的收入，才得以投入大量资金，带动淘宝网的发展。淘宝网的免费策略让它迅速成为国内最大的网络交易平台，在此之上针对店铺的各类增值服务和广告，则可以带来不菲的收入。阿里巴巴为淘宝网络交易提供的支付工具支付宝，同样是一个免费使用的工具。但是当大量用户用支付宝来存储资金以备网络支付时，它就成为一个掌握着数亿资金的网上银行，足以带来巨大的金融利润。

这种直接面向用户收费的盈利模式，可以称为“前向付费”。

免费是获取用户最有效的方法。在大量用户的基础之上，针对用户需求的增值服务，才能得到更多的收益，以补贴免费服务消耗的资源。

与之相对，“后向付费”则是不向服务的对象收费，从合作的第三方赚取利润的模式，大部分是通过投放广告的形式来实现。这样就可以巧妙地将用户免费使用的网络服务的成本转嫁到广告主身上。

后向付费的商业模式，最早就是我们所熟悉的传统媒体行业所实践的。观众观看电视台播放的大量电视娱乐节目时，并不需要向电视台缴纳任何费用，这是一种免费的服务。电视台的这种免费服务吸引了数量众多的用户，进而通过商业宣传广告来赚取费用，以支持各类电视节目的运营和播出。读者购买报纸、杂志时所付出的几块钱，其实也并不足以承担报纸、杂志制造、发行的成本，同样需要通过广告来确保收支平衡。

作为一个信息传播平台，互联网上以美国的雅虎、中国的新浪为代表的新闻门户网站，就已经具备了主流媒体的特性。Web 2.0时代，博客、视频等网站的发展，让更多用户融入互联网的信息市场当中，使得网络信息的丰富程度远远超过了传统媒体所能涵盖的范围。影响力的剧增，所拥有用户数量的巨大，使得互联网成为了一种新兴的媒体，广告投放自然也就成为互联网的商业活动之一，并成为其重要的营收来源。

长尾，聚合的网络市场

互联网依靠自身的形态特点产生了许多新的商业模式，也创造了新的市场空间。互联网最大的优势，便是能够跨越地域的限制将用户联系到一起。这种强大的组织能力，使一些以往难以形成规模的需求，也聚合成强大的经济效益。克里斯•安德森（Chris Anderson）曾在他的著作《长尾理论》中，阐述了因为互联网而产生出来的新的经济现象，以及它们向社会经济生活全面扩散的影响过程。这与网络的社会化、用户的广泛参与、信息的丰富和 Web 2.0 去中心化的内容组织形式有着密切的关系，由此也产生了新的市场空间和商业模式。

由于成本和效率的因素，过去人们只能关注重要的人或重要的事，如果用正态分布曲线来描绘这些人或事，把出现的频率、关注的次数进行排序，以排名为横轴，频率、次数为纵轴的话，就可以得到一个头部很大、尾部很长的曲线，长尾理论也因此得名。

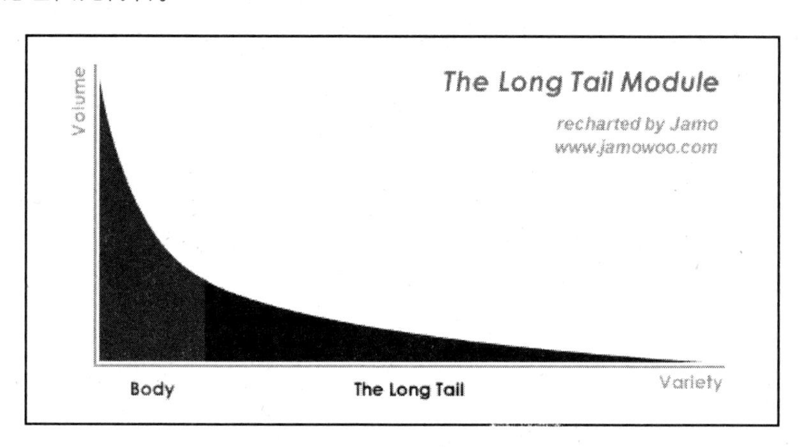

长尾理论模型

在过去的经济活动中，人们只能关注曲线的头部，而将处于曲线尾部、需要花费更多的精力和成本才能关注到的大多数人或事忽略。这就是传统经济法则“二八定律”。

二八定律是 1897 年意大利经济学家帕累托归纳出的一个统计结论，即 20%的人口享有 80%的财富。当然，这并不是一个准确的比例数字，但却表现了一种不平衡关系，即少数主流的人或事物可以造成主要的、重大的影响。在市场营销中，为了提高效率，厂商们习惯于把精力放在那些有80%客户会去购买的20%主流商品上，并着力维护购买其80%商品的20%主流客户。

二八定律所表明的经济现象，是受传统社会有限的信息资源和组织能力的影响。例如，在报纸、杂志、电视、广播等传统媒体上，版面、时段资源非常有限，这就限制经济活动的范围。以往人们所能够接触到的信息，相对于全世界所产生的内容来说，是少之又少。

传统的营销活动，也会受到有限的销售场所和地理范围的影响。超市和商店的货柜总是有限的，而摆在货柜前面的商品自然最容易卖出去。人们能够接触到的超市和商店数量，也受限于日常的活动范围。

在电影院中，因为电影播放的时段很少，所以电影院仅会播放那些经过报纸、杂志、电视、广播反复宣传的大片。民众受到媒体的影响，自然也会更倾向于选择这些电影。即便民众希望观看其他影片，去电影院之后也别无选择。

沃尔玛里销量最高的产品，也许并非因为产品质量的绝对上乘，可能只是因为被摆到了货架第一层最显眼的位置。

有限的资源和渠道过滤掉了处在长尾的产品，形成了由二八定律决定的传统生产和销售模式。

早期网站的门户结构形式，对于用户消费内容的影响，也符合二八定律。那些在首页推荐的，或者是处于比较显著位置的内容，获得了绝大部分用户的浏览点击。

Web 2.0 模式的去中心化，逐渐改变了由传统的二八定律所控制的市场，让那些原本在热门市场中得不到展示空间的产品，也能够获得足够的关注，从而使得市场产品销量曲线的尾巴更粗更厚。

网络促生的长尾

信息爆炸给人们带来一个知识、文化更加富饶的世界。在丰富的信息基础上，互联网网站提供的个性化服务让用户接收到的信息的差异性越来越大，形成了各自不同的信息空间，由此产生的需求偏好也有更大的不同。

互联网的发展，尤其是 Web 2.0 模式的发展，改变了生产消费过程当中生产、传播、选择这 3 个环节。

- 首先，计算机及数码设备的普及，让更多人拥有了强大的生产工具。

不再只有记者或者摄影艺术家才能拥有专业的照相器材，越来越多的摄影爱好者利用数码相机或者更专业的数码单反相机也能拍摄出优良的新闻图片或艺术作品。

计算机本身，作为强大的信息处理工具，借助各类软件，使得原本需要专业设备和专业知识才能进行的工作,用户仅需经过简单的训练都能在计算机上完成。

Word 这样的文档编辑器和排版工具，让文档的撰写和编辑更简单且节省精力。借助 Wiki 这样的软件，用户可以通过集体的创作进行知识的共享，建立更完善的知识库。

DV 和计算机编辑软件，让影视爱好者也可以拍摄视频短片，并且进行合成录制。

因此，Flickr、YouTube、Facebook 这样的网站，才能获得大量由用户提供的、可供消费的信息内容。

除了纯粹的信息娱乐之外，众包模式的发展，也让用户能够参与到更多的生产活动当中，从而带来了产品的多样性。

- **其次，互联网拓宽了传播的渠道，使得传播成本大大降低，并扩大了用户的选择范围。**

信息的传播不再局限于报纸、杂志、电视、广播等传统媒体有限的版面和渠道，Web 2.0 的网站，给用户生产出的内容提供了一个更广阔的展示平台。

摩尔定律[1]的发展,使得计算机设备的价格不断降低;在网站上存储文字信息、视频、照片的成本，也变得相当低廉。各类网站和博客上的文章，YouTube 上的视频，相比于原有的报刊杂志、固定节目表的广播电视等，无疑更加丰富，并且具有更好的可选择性。网站上的产品目录信息，也比任何卖场和商店里的产品数量要多。

原本需要较高成本介质（如纸张、CD 盘片等）才能进行传播发行的商品，经过数字化以后，可以在互联网上零成本地传递发送。用户不需要购买音乐 CD，只要付费给唱片公司，获得授权的 MP3 文件，需求就能得到满足。用户所能接触到的产品，都以数字化的形式展现，不再受到有限的物理空间的限制。

互联网在更大区域内的商业往来也促成了物流业的发展。高效的信息机制和

1 摩尔定律：由英特尔（Intel）名誉董事长戈登·摩尔（Gordon Moore）经过长期观察得出。具体是指芯片上可容纳的晶体管数目，每隔约 18 个月便会增加一倍，性能也将提升一倍，而价格下降一半。

集中化的运作管理，使得商家向用户投递物品的成本越来越低，耗费的时间也越来越短，反过来也帮助互联网完成了与用户现实的连接这个最后的业务环节。

- **最后，互联网提供的筛选工具，让丰富的供给和用户的需求能更好地结合，降低了选择成本。**

在产品极度丰富时，往往会产生选择成本提高的副作用。由于用户难以获得丰富的信息，因此在对产品的比较和选择上往往需要花费过高的成本。

互联网为用户提供了更丰富的信息和更多的选择机会。完善的分类机制以及查找、标签等工具又可以帮助用户根据自己的偏好来选择合适的内容，而不是局限于网站首页或是其他显著位置上提供的编辑推荐。网站的自动化推荐系统，也会通过数据分析挖掘用户的兴趣偏好，从而提供差异化的内容。信息的多样性和丰富性，放大了长尾。

一方面，互联网增加了用户的选择范围，另一方面，用户可以得到许多原本很难获取的各类市场和产品信息，用户选择的能力得到了提升。

用户对权威的信赖，对品牌的忠诚，都是建立在信息相对匮乏的时代。

你很难想象，用户会为了购买一台电视机，去图书馆搜寻各类电视显像原理，去搜集产业资料以了解其所采用的器件来源，或是在自己的小区做市场调查，以挑选出拥有更好显示效果的机型。

因此，在某些领域掌握有更丰富信息的权威，以及依靠企业实力所建立起来的品牌信誉，成为了用户的心理依赖，用户以此来避免由选择所带来的在信息搜集和甄别上的投入。

但现在，用户只要利用搜索引擎或者登录 Wiki 类的知识社区，就可以找到各类专业名词的解释。很多的行业信息都会通过网站来发布，不管是生产制造领域，还是市场营销领域，对于用户而言，不再像原来那些只在小众范围内发行的行业杂志那样遥不可及。

这三大因素，使得用户有更多的信息空间和选择，由此发展起来的偏好差异性也越来越大。市场需求曲线的尾部越来越长，而且越来越粗。

如果能把握好长尾市场，就能够为企业带来更丰厚的收益。

互联网为聚合长尾市场的需求，提供了更好的平台。以往分散在不同地域的少数用户的需求，可以通过互联网聚合成为数量可观的、更加有利可图的业务，足以和热门市场相匹敌。

长尾市场

美国网上音乐商店 iTunes 的成功，是长尾理论一个典型成功案例。

Apple 在推出风靡全球的数字随身听 iPod 以后，在 2003 年推出了 iTunes 音乐网络商店。Apple 和全球四大唱片商签订了版权协议，允许他们提供付费音乐下载。每个用户只要付 99 美分，就可以下载一首歌曲。

传统的唱片店都是卖最流行的唱片，对于那些不畅销的唱片，唱片店少有兴趣进货，以至于有人想买也买不到。因为销售那些冷门唱片所获得的利润，难以抵消它所占据的货架空间的租金成本。

但 iTunes 却没有这些限制。不管歌曲是否流行，iTunes 都会将其存储在网站上提供下载。对于 iTune 音乐网络商店而言，一首歌不过需要 3～4MB 的存储空间，相对于目前廉价的硬盘所能带来的巨大存储空间来说，添加一首歌曲的边际成本可以忽略不计。

苹果在线音乐商店的产品目录中，苹果提供的歌曲超过 800 万首，电视节目 20 000 多个，电影 2 000 多部，其中高清晰格式电影 300 多部。iTunes 的销售记录显示，所有的歌曲都至少被卖过一次。那些冷门唱片和歌曲以前被局限的购买潜力，在 iTunes 得到实现。

截至 2008 年 6 月，在线音乐商店 iTunes 已经销售了超过 50 亿首歌曲，超过沃尔玛成为排名第一的音乐零售商。

亚马逊（amazon.com）是世界上销售量最大的网上书店。公司成立于 1995 年，由杰夫•贝佐斯（Jeff Bezos）创立，最开始叫 Cadabra.com，后来以地球上孕育最多生物物种的亚马逊河重新取名为 amazon.com，以表示这家网上书店能够容纳比实体书店更多的品种和内容。

一般的实体书店，即便是大型的图书超市，在有限的空间之下，也只能提供 10 万本书左右的图书，最多也不超过 20 万本。而亚马逊通过网络建立起的图书目录，则多达 300 多万册，是全球任何一家书店存书量的 15 倍以上。

在书店里，要在数万册图书当中进行挑选，即便是书柜有很好的分类，用户也常常会找不到想要的书。但是在网站上，通过书名、作者等进行查找，或者分类筛选想要的书籍，则变得简单很多。

很多书籍，因为销量不高，并不会出现在实体书店当中。而在亚马逊网站上，一本书的销售只占据网站很小的存储空间，其边际成本可以忽略不计。借助发达的物流系统，亚马逊甚至不需要专门的仓库来存储大量的书籍，用户在网上购买后，亚马逊只要将书从出版社或印刷厂运来集中后，再送到客户手上即可。

亚马逊还推出了电子书阅读器Kindle。这种设备的屏幕不同于普通的液晶屏，而是拥有和纸质书籍一样的阅读效果。利用 Kindle，用户可以直接从网上下载书籍来阅读，连以往的纸质媒介都省去了，无须送货，更可以无限量、零成本地供应。

因此，亚马逊可以提供更多的书籍给用户选择。即便每种书籍只能卖出几册，但对亚马逊而言仍然有利可图。而因为拥有庞大的品种数量，由此带来的利润则更为可观。

一个前亚马逊公司员工精辟地概述了公司的长尾本质：现在我们所卖的那些过去根本卖不动的书，比我们现在所卖的那些过去可以卖得动的书多得多。

凭借互联网铸造的长尾市场，亚马逊公司2008年的营业额超过了180亿美元。

现在亚马逊公司的业务范围已经扩展得相当广，包括 DVD、音乐光碟、电脑、软件、电视游戏、电子产品、衣服、家具等。

2004 年，亚马逊收购了在中国同样从事电子商务的卓越网（joyo.com），使其成为了新的卓越亚马逊（amazon.cn）。

社交网站的海量用户和开放平台，同样构成了广阔的长尾市场。每个用户独立的空间和不同的关系网络，用户对于信息内容的不同偏好和取向，都变得更加多元化。开放平台上的第三方应用，让社交网站可以向各个方向延伸，也有着多元化的商业前景。

网络广告和SNS

在现代商业社会，只要是能够吸引人们眼球的地方就会有广告存在。互联网很早就开始通过广告的方式获得营收。

早期的互联网广告都是照搬传统媒体的广告形式，销售自己的展示空间或时间，在页面上切割出一块块的广告位，如同大街上的广告牌和报纸、杂志上的广告栏一样，提供给广告商以换取广告费。

用户在互联网上对于信息的需求，和广告信息其实是紧密联系在一起的。

BBS 最早就是交换信息的公告板，上面的信息也算是一种广告，只是在概念上不同于现在的品牌性的营销广告。

美国名叫 Craigslist 的网站，就是一个没有图片，只有密密麻麻的文字，标着各种生活信息的网站；是个巨大的网上分类广告加 BBS 的组合。虽然看上去似乎颇为乏味，可是 Craigslist 却是美国人最喜欢的网站之一。有趣的是，这个网站的广告都是免费在网站上发放的。Craigslist 对绝大多数用户发送的广告，都不收取费用。每月数百万的访问用户，使得 Craigslist 仅依靠对部分招聘和房地产广告的收费，就拥有数千万的收入。

用户之所以喜欢它，是因为它提供了对现代社会生活的分类广告服务。有人在这里卖掉了自己的旧车，有人在这里租到了中意的房子，有人在这里找到了家政服务，有人在这里找到了帮自己修电脑的人，还有人在这里找到了女朋友……

分类广告最早是出现在报纸上，Craigslist 为各类供需的结合找到了一个新平台，从而体现了互联网的社会化意义。

英国广告控股公司实力传播曾发布《2009 年广告额预测报告》。该报告指出，预计 2009 的网络广告额可达 567.97 亿美元，比 2008 年增长 10.1%，而电视和报纸等其他媒体的广告额则都将低于上年。网络广告的比重将进一步增加。

这份报告还指出，2009 年全球广告额约为 4564.79 亿美元，比 2008 年减少 8.5%。其中，网络广告所占的比重为 12.6%，比 2008 年增加 2.1 个百分点。在 7 大类媒体广告中，除网络广告外，其他媒体类别的广告都会下跌。其中，电视广告额约 1736.25 亿美元，减少 7.1%；报纸广告额约 1055.33 亿美元，减少 14.7%。

提供良好信息服务以吸引到足够多的用户，然后通过广告赚取营收，也成为众多网站主要的盈利模式。不断成长的巨大市场，也为互联网行业的发展带来了更多的资源。

各类具有影响力的博客网站，都能以发布广告的形式来获取一定的收入。国内的视频网站如优酷网、土豆网等，也如同电视媒体一样，开始通过在视频片段的前后插入广告来盈利。YouTube 在 2009 年，有约 9%的视频也插入了广告；其 2008 年的广告营收，根据美国华尔街分析师的估计在 1 亿美元左右。一些聪明的广告主编排、制作出一些富有趣味的短片广告，在获得用户喜爱的同时，借助用户的分享在网络社区里进行传播，从而达到更广的影响力。

网络广告的成长，一方面归功于互联网用户的增多，网络对用户吸引力的增大，另一方面也得益于互联网广告形式的丰富。

随着技术的发展，Web 页面形式能容纳的信息更加多样化，使得网络广告能够呈现比单一平面广告或电视广告更加丰富的信息。通过 Web 页面程序，还能实现更吸引用户的交互效果，从而设计出各种创意新颖的广告样式。

2009 年 6 月在雅虎日本上发布的一个关于《变形金刚 2》的创意广告就引起了很多关注。雅虎日本的首页被拆解，然后如同变形金刚一样变形成为一个全新的黑色版面，画面不仅生动，而且颇有变形金刚影片中特有的金属力量感。这大胆而富有想象力的创意将雅虎日本和变形金刚影片非常完美地结合在一起。

植入式广告是互联网广告当中更独特的形式。在开心网火热的“抢车位”游戏当中，就巧妙地植入了宝马汽车广告，让用户在互动过程当中自然地接受到广告信息。展位式的广告很容易被用户回避掉，尤其在用户熟悉的页面空间上，用户根本不会去仔细阅读接受广告信息。而植入式广告不仅难以回避，而且给用户的印象也更为深刻。

互联网网站，相对于传统媒体而言，对广告的投放有更好的技术统计手段。网站用户的访问量，用户的页面浏览次数，用户在网站上的操作记录，以及用户在不同网站间的跳转关系（从一个网站的链接跳到另一个网站）等都可以一一记录下来。

互联网广告的可测量、可统计，以及按实际效果付费的优势，是传统媒体难以达到的。

对于广告投放而言，受众目标的选取，是非常重要的问题。

广告主通常是希望借助广告，将信息传达给他们产品或服务的目标客户群体。为了达到这个目标，广告主会根据目标客户群体，选择拥有相似受众群体的媒体。但不论是传统媒体还是网站，都很难确切获知自身受众的身份，因此很难做到精确覆盖。传统的报纸、杂志或广播、电视，只能通过自身的内容定位来吸引目标客户群体，并通过市场调查、统计的办法来确认受众的身份。由于传统的受众群体相对比较庞杂，广告主不得不用巨额花销为所有受众买单，其中一部分也许浪费在了本身不会对产品或服务感兴趣的用户人群上。

19 世纪的美国著名商人华纳•梅克（John Wanamaker）曾发牢骚：“我知道我的广告费用有一半浪费掉了，但我不知道是哪一半。”这一直被广告界引为笑谈。

Google 的成功之处，在于将用户对信息的搜索和广告的显示巧妙地桥接起来，根据不同的搜索关键字显示相应的文字广告，因此聚合了庞大的长尾市场。

社会化的网络，把用户的现实生活都映射到了互联网上，聪明的推荐系统，早就能够获知用户的偏好。基于不同类型的网站而形成的网络社区，还有五花八门的群组，围绕着各自不同的主题，同样聚集了不同层次的人群，成为广告主针对市场进行精准营销推广的最佳场所。讨论登山、攀岩运动的论坛，所吸引的都是对这项活动感兴趣的用户，他们对于户外用品会有着直接的需求。那些聚集着年轻妈妈讨论育儿经的群组，自然也是婴儿用户厂商打广告的好地方。

因此，社交网站上大量的用户和页面访问，都和 Google 一样，成为可以挖掘、聚合的长尾市场。

品牌广告和精准广告已经成为 Facebook 最重要的收入来源。与 Google 的竞争能否胜出，关键在于 Facebook 是否能够利用其平台的特点，超越 Google 的盈利模式，挖掘到更多资金来源以支撑其持续的发展壮大。

Google 的印钞机

Google 提供了强大的搜索引擎服务，并在此基础上推出了更多的个人信息服务。搜索引擎已经成为互联网用户不可缺少的工具，成为用户访问互联网信息的入口。但 Google 的强大，主要还是由于在长尾市场当中，找到了契合自身服务的盈利模式，通过貌似不起眼的关键字广告，为自身的发展提供了源源不断的动力。

用户每天都要通过 Google 进行数亿次搜索。用户在每次搜索时，只用不到 1 秒就能得到丰富和相对准确的结果。能够如此迅速地完成搜索任务，是由 Google 超过 100 万台的服务器所提供的强大运算资源来保证的，但由此也给 Google 带来了巨大的运营成本。如此巨大的运营成本，如果没有相应的经济收益来提供支持，自然难以为继。

所幸的是，Google 通过搜索引擎服务，却能够获得巨额的收入和较高的利润。普通用户可能会感到奇怪，Google 的搜索服务对用户来说是完全免费，Google 怎么能赚到钱呢?

Google 的盈利模式，就是关键字搜索和与其关联的关键字广告。Google 称之为 AdWord，就是 Ad（广告）+Word（单词）的意思。

用户在进行信息搜索的时候，往往代表着生活的实际需求，甚至和商业需求有较大的联系。

例如，用户如果搜索“Canon 450D”（佳能公司的一款数码单反相机型号），表示用户对这款相机可能很感兴趣，希望了解相关信息。用户的这个搜索行为，包含着用户最近可能想购买一款数码单反相机的想法，而 Canon 450D 则成为了用户很有可能会购买的型号。

Google 的搜索结果，只根据网页信息的重要程度进行排序，能够提供给用户商业信息的内容也许淹没在了众多的搜索结果当中。这样就给广告留下的巨大的空间。

Google 就是将用户的信息搜索行为，以及隐藏的商业需求，与广告巧妙地结合在了一起。

对于用户搜索的每一个关键词，Google 除了会在页面最主要的区域上呈现机器算法得出的搜索结果外，还会在右侧显示商家的广告。

比如，用户搜索“苹果电脑”，右侧的广告就会出现“惠普笔记本”、“索尼笔记本”、“IBM 笔记本报价”、“京东商城”等文字链接，并提供一小段文字介绍和对应的网站网址。

和传统的报纸、杂志不一样的是，如果仅是在页面上呈现广告，Google 并不会收取商家费用；但是如果用户点击了右侧的广告链接，Google 就会对每次点击收取相应的费用。

如果搜索结果一样，排名越靠前的广告，越容易吸引用户点击。Google 为了保证搜索结果的显示效果，对出现的商家广告的数量也有一定的限制。那么对于比较热门的、用户搜索量较大的、能给商家带来更多收益的关键字广告，该如何取舍呢？

Google 采用关键字竞价的方式来决定投放哪些商家的广告。

对于每个关键字，商家都可以进行竞价，给出他们愿意为每次点击付的广告费用，Google 会选取其中出价较高的进行展示。

如果仅仅是出价高，广告本身对用户没有吸引力，用户不愿点击的话，也无法为 Google 带来广告费用。在网络广告业内，有个术语叫点击率，指的是广告点击次数和显示次数之比。Google 推出了一项很有创意的广告政策，点击率越高的广告，相对排名可以更靠前。这样，那些受欢迎的广告，即使付出的钱较少，也能获得较好的排名。这样，一方面给广告客户带来了实惠，另一方面也为用户提供了更有效的信息。

尽管每次关键字广告的点击能让 Google 赚得的费用很少，但 Google 巨大的访问量使得这不起眼的关键字广告费用，累积成了巨大的数字。在 2008 年，Google 的收入超过 200 亿美元，其中关键字广告 AdWord 是最主要的收入来源。

2008 年 Google 的收入明细和结构

		2008Q1	2008Q2	2008Q3	2008Q4
营收（亿美元）		51.9	53.7	55.4	57
年增长率		42%	39%	31%	18%
营收主要明细	AdWords 收入	34	35.3	36.7	38.1
	AdWords 年增长率	49%	42%	34%	22%
	AdSense 收入	16.9	16.6	16.8	16.9
	AdSense 年增长率	25%	22%	15%	4%
营收结构	AdWords	66%	66%	67%	67%
	AdSense	33%	31%	30%	30%
	许可及其他	1%	3%	3%	3%
海外收入明细	海外收入	26.5	28	28.5	28.6
	海外收入比率	51%	52%	51%	50%
流量购买成本		14.9	14.7	15	14.8
净利润		12.1	12.5	13.5	12.9

Google 通过这一商业模式，获得了大量营业收入，用以维护强大的搜索引擎，同时也得以拓展推出电子邮件（Gmail）、地图（Google Map）、线上文档（Google Docs）、网络相册（Web picasa）等更多的服务。

在获得了大量的关键字广告业务之后，Google 又推出了名为 AdSense 的互联网广告联盟服务，让与内容关键字相关的广告业务，可以投放到互联网中更多的中小网站之上。

AdSense 也是个合成词，是 Ad（广告）+Sense（感知）的意思。网站可以嵌入 Google 的 AdSense 广告程序，并在网站页面上留出一定大小的空间。Google 会通过程序来分析这个网站页面的内容，并且投放与网站内容相关的广告。

如果访问 AdSense 的网站是一个专门介绍各地旅游信息的站点，那么在 Adsense 上出现的广告，可能多半是旅行社导游服务、机票的信息。如果页面内容是游客在某个旅游胜地的旅游经历，那么出现的广告则可能是关于这个地方的宾馆，或是游客在文章中提到的购物场所、当地特产。

Google 的 AdWord 和 AdSense 使得新型的广告模式得以推广。以前的很多广告商，主要靠从传统媒体学来的办法，在网站页面上，通过大幅的广告、高频率的出现，来刺激用户的眼球，吸引用户的注意力，而不管广告内容对用户是不是真的有价值，用户会不会感兴趣。但是 AdWord 和 AdSense 通过对用户搜索信息和网页内容的分析，提供一些和用户感兴趣的内容相关的广告。这种做法，使得广告也成为了有价值的信息的一部分，而不是给用户的过多的信息干扰和噪声。

Google 在 AdWord 和 AdSense 上的成功，也归功于其在长尾市场的成功。

在 Google 上投放 AdWord 关键字广告的客户，大多是中小企业，这些企业难以承担报纸、杂志或电视、媒体昂贵的广告费，属于广告市场当中的长尾。

Google 的 AdWord 按用户点击广告的次数收费，投放广告的费用基数很小。并且，点击广告的用户都是对广告信息感兴趣的用户，成为这些企业客户的几率较大，使得广告能够获得较好的效果，转换成实际的收益。Google 的 AdWord 广告系统，还可以让用户自行设定广告支出的预算额度；如果用户点击广告的次数过多，使得商家的广告支出超过了预算，系统能自动停止广告的投放。这样的优势让更多的中小企业和厂商可以利用 Google 的 AdWord 来自主地进行广告投放，节省了 Google 和广告主服务的人力成本。

每天巨大的搜索量，让 Google 可以对各种不同的关键字进行广告销售，因此，数量庞大的中小企业和厂商都能成为 Google 的广告客户，从而使 Google 得到巨额的广告营收。Google 的收入增长，依靠的是用户的点击和支持客户自主设置的广告投放系统，Google 并不需要像传统媒体的广告运作那样，投入相应的人力成本，因此能够获得更高的利润。这些都使得 Google 得以成为 Web 2.0 时代最赚钱的公司之一。

Facebook 的精准广告

Facebook 的产品服务模式，以及其开发平台所表明的发展方向，顺应了网络社会化的趋势，并因此获得了快速成长，形成了庞大用户数量。而 Facebook 能得到的巨额投资，也暗示着它所具有的潜力被资本市场所看好。Facebook 也在进行积极的尝试，寻找自己的商业模式，以支撑其在互联网新时代的远景发展。

借助长尾理论，Google依靠精准定位的关键字广告和节省人力成本的自动化系统，使得自己的搜索引擎成为了一台自动化的印钞机。Facebook作为社交网站的领头者，借助所拥有的用户信息，帮助企业进行精准的广告营销，是其一直努力挖掘的商业市场。

Facebook在2007年10月推出了自己的精准广告投放系统Flyers Pro，这个广告系统和Google的广告系统一样，可以让广告主进行自主的投放操作。广告主可以根据目标受众群体的不同，在Facebook上设定要让哪些用户看到他们的广告。

这套广告投放系统不仅可以让广告主在Facebook用户量最大的30多个国家中进行选择，在美国、加拿大和英国甚至还可以选择具体的投放城市。对于投放对象的选择，可以具体到用户的性别、年龄、政治倾向、婚姻状况、教育状况、工作单位和语言等。更特别的是，广告主可以指定关键词，在Facebook用户的自我信息描述当中筛选关键字，来达到精准匹配广告受众的目的。

在广告投放页面，改变任何一个广告投放标准，Facebook都会实时给出当前符合所有投放标准的用户数量。

2. Targeting
Location: United States
Everywhere
By State/Province
By City
Age: Any - Any
Sex: Male Female
Keywords: Enter a keyword
Education: All
College Grad
In College
In High School
Workplaces: Enter a company, organization or other workplace
Relationship: Single In a Relationship Engaged Married
Interested In: Men Women
Languages: Spanish
Approximate reach: 1,081,820
I want to reach people in the United States who speak Spanish.

Facebook的广告投放界面

在广告注册表格中，选择某个特定语言后，在表格底部马上会显示出接收人数。如上图所示，现在美国讲西班牙语的 Facebook 用户，广告接收人数在 100 万左右。

对于那些服务于社区顾客的小店来说，在媒体网站上做广告是一件不太划算的事情。但在美国、英国和加拿大，Facebook 提供了对用户地址进行定位，根据地理区域进行广告投放的营销方案。广告商可将投放地点限制到特定地点周边多少英里之内，可选范围为 10、25 和 50 英里。这些地区性的商店不用为自己服务区域之外的客户浏览广告买单。

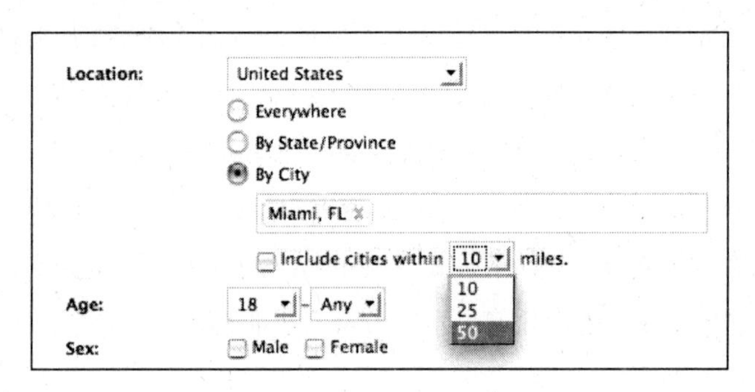

Facebook 广告投放的区域选择

对于中小企业来说，Facebook 无疑为他们提供了一个精确并且简单的营销渠道。在 Facebook 的引导下，只需要几个简单的步骤，广告主就可以创建一个自己的广告。和 Google 的 AdWord 一样，广告主还可以选择每天投放广告的预算，比如愿意为每次点击付多少钱，或是为每天的所有广告投放费用设定上限。Facebook 广告打出的口号是：找到您准确的客户群并联系您现实世界中的客户群。

Facebook 网络广告系统的客户数量，在 2008 年 6 月到 2009 年 6 月的一年间，增长了逾 2 倍，越来越多的中小企业开始利用 Facebook 开展营销活动。Facebook 创收产品营销主管蒂姆•肯德尔（Tim Kendall）表示，这类广告主要面向那些想去发廊理发、想要聘请婚礼摄影师和想要购买其他产品的用户，广告客户可以根据用户档案中的资料有针对性地发送广告，是值得努力挖掘的长尾市场。

从对长尾市场的把握、挖掘上来说，Facebook 的精准广告系统，与 Google 的关键字广告有着异曲同工之妙。不同的是，作为一个充满用户交流活动的网络社区和一个拥有各类应用的开放平台，Facebook 在广告营销上，比 Google 有着更多元化的施展空间。

虚拟经济

虚拟货币和虚拟道具，一直是网站提供增值服务非常重要的一种盈利方式。社交网站作为人际互动的社会化平台，也在一直做着积极的尝试，以建立自己的虚拟经济。

虚拟道具，最早出现在电子游戏当中，被赋予各种相应的用途，以增添游戏的乐趣。这些道具都是用户在游戏当中可以免费获得的。在网络游戏盛行后，运营商为了获得收入，将一些在游戏当中很难得到的、却拥有较强作用的道具进行销售。虚拟道具往往能够节省用户的游戏时间，并且让用户获得更多的乐趣。用户如果不使用道具，要完成同样的游戏目标通常需要花费更多的时间。

于是虚拟道具渐渐成为了网络增值服务的一种形式。

为了方便虚拟道具的购买和交易，虚拟货币应运而生。用户可以用现金充值的办法获得虚拟货币，然后再用虚拟货币购买虚拟道具。

以网络游戏为主营业务的盛大公司所经营的网络游戏，有些是需要用户付费来购买游戏时间的。同时，销售游戏中一些虚拟道具，也成为它的一种盈利来源。

Q 币是腾讯推出的虚拟货币，用户获得 Q 币后可以用来购买各种高级会员服务。

QQ 秀是腾讯推出的与账号对应的虚拟个人形象，通过 Q 币，用户可以购买各种服饰、道具，打扮自己账户的个人形象。腾讯的其他一些应用服务，诸如 QQ 宠物、QQ 空间、QQ 游戏等，也都有相应的各种虚拟道具可以使用。

这些虚拟道具还可以作为虚拟礼物在 QQ 的好友之间相互转送。这样的社交作用很好地拉动了虚拟道具的消费。

尽管这些虚拟道具的实际价格都不高，大多只有一两块，但是依靠庞大的用户人数，腾讯还是获得了巨大的收入。

2008 年，腾讯发布的财政报告显示，通过互联网增值服务、手机增值服务、广告业务的收入，腾讯的营业额达到 71.545 亿元人民币（10.468 亿美元），净利润为 27.846 亿元。其中将近 70%的收入，都来自于与虚拟货币相关的增值服务和消费。

借鉴腾讯 QQ 的盈利模式，校内网推出了自己的“校内豆”。使用校内豆，用户可以升级为高级账户或购买虚拟礼物等。例如，“开心农场”的道具就是通过校内豆来进行购买。

借助开放平台，第三方应用开发商可以提供各式各样的娱乐游戏。通过销售虚拟道具，应用开发商自然也可以获得相应的盈利来源，打造虚拟经济。

正因如此，Facebook 在 2009 年 7 月也推出了自己的支付系统，并且采用虚拟货币 Facebook Credits（信用币）的形式。中国的互联网公司，少有地让自己创造的模式成为了美国互联网企业跟随的对象。

开心农场

中国的社交网站，一直在紧跟 Facebook 的发展策略。

2008 年 7 月，校内网推出了自己的开放平台（Open Platform），提供了包括 API 在内的一整套的开发标准和实现方法，让第三方开发者可以开发出能很好结合用户公开信息的、互动性强的应用。之后不到一年的时间内，第三方开发者就提交了超过 1 万个应用。

千橡集团副总裁、校内网负责人许朝军就曾表示，要把校内网发展成为一个技术公司，成为一个像家乐福式超市一样的平台，而各类应用就是这个超市提供的货品，用户可以根据自己的喜好任意选用。

2008 年 8 月，51.com 正式推出自己的开放平台。到 2008 年 5 月，共发布第三方开发的应用 180 多个，用户的安装总数达到近 6 400 万次。

开心农场，是校内网开放平台上运营的一款休闲娱乐游戏。

在该游戏中，用户可以开设农场，种植包括萝卜在内的各种经济作物，给它们浇水、施肥。在作物成熟以后，可以将其收割、卖掉，赚取游戏当中的货币。

这款应用是由专门为开放平台提供第三方应用的开发团队“五分钟”，花费了 3 个月的时间精心制作。这款游戏一经发布，其安装量在校内网的开放平台上就迅速上升到了前 10 名，成为众多第三方应用当中的黑马。数月之后，更是成为校内网用户数量排名第一的应用。

这款应用游戏的成功之处，在于它在好友之间的互动性设计。和开心网上同类社交游戏相似，用户除了可以经营自己的农场之外，还可以在游戏当中同校内网上的好友之间进行互动。用户可以给好友帮忙或者捣乱；如果好友农场里的作物已经成熟，但还没来得及收割，用户可以将其“偷走”。

一时之间，在开心农场上“偷菜”成了流行。用户被好友偷菜之后，出于报复，也会处心积虑地去对方的农场偷菜。由于开心农场上很多作物常常是在夜里成熟，很多用户甚至会设好闹钟，在半夜去好友的农场里偷菜。

很多同在校内网上的朋友、同事见面之后，第一句问候语不再是“你吃了吗”，而是“你昨晚偷到菜了吗？”

很多上班族在出差的时候，也不忘打电话叫同事、朋友帮忙收菜。

开心农场在用户之间的相互影响、推荐之下，得到了病毒式的传播，用户数量在很短的时间内得到了迅速的增长。

开心农场的截图

某公司白领王晓西，刚毕业不久，一直是校内网的用户，而她也经常玩开心农场。她发现在开心农场中可以使用校内豆来换取游戏中的各种道具，利用这些道具可以加快农作物的生长，防止好友偷走，降低自己的经济损失。为了扩大游戏中的农田产量，王晓西花了近200元人民币购买校内豆。

“玩游戏是为了开心，花点钱也没什么。”王晓西说，“和朋友们在一起玩，挺有意思的。”

就是通过这种方式，开心农场把人气转化成了实际的收入。

根据校内网的统计，开心农场在校内网上推出后，一个月时间内，已经有超过80万用户安装，日活跃用户超过12万人，并且日活跃度达到了41%。购买校内豆以换取道具的用户也占了不小的比例。

依靠众多购买校内豆以换取游戏道具的用户，开心农场在校内网投放后一周就获得了10万元人民币左右的收入。

到2009年6月，校内网上开心农场的用户数量更是超过了350万。

根据校内网开放平台的协议，在除去两成的渠道成本后，第三方应用的营业收入，校内网占60%，第三方应用开发商则分到40%。

开心农场在校内网的开放平台上获得成功以后，各大社交网站平台都推出了开心农场的翻版，甚至连开心网也推出了自己的开心农场，在买房子的应用当中加入了菜园和牧场等，掀起一片农场热。开心农场的应用开放商“五分钟”，也将产品放到了腾讯的QQ游戏甚至Facebook等平台上，掀起一股全球的农场热。应用开发商 Zynga推出的FarmVille一度成为Facebook上排名第一的应用；Facebook上以农场为主题的应用超过了10个。

Facebook的产业链

互联网促成了长尾市场，聚合的空间存在无数差异化的需求，这为众多提供不同服务的企业公司提供了新的生存空间。任何偏门的需求，通过互联网的聚合，都可能找到数目可观的用户，放大形成有利可图的市场。对于互联网企业来说，利用自身的基础优势，利用开放平台，就能创建一个有庞大系统的产业链。各个不同的企业可以运用自身的特长，互为补充，提供丰富、完整的服务内容，让用户各取所需。

那些提供基础平台的公司，依靠产业链建立起牢固的价值体系，从而获取到更可观的商业利益。

Apple利用iPhone的手机平台，吸引了大量开发商开发应用程序，同时还建立了网上应用程序商店App Store。在这个应用商店上，应用开发商可以对自己的应用程序定价，让iPhone的用户付费下载，而所获得的收入，Apple和应用开发商分别占30%和70%。

仅一年时间，就有超过10万名开发者为iPhone开发了超过65 000种应用程序，在App Store的下载次数超过15亿。这个长尾市场，为平台的建立者Apple带来了数亿美元的收入。

阿里巴巴帮助企业用户达成业务合同的能力，提升了自身服务的价值，并通过企业会员的增值服务，创造了经典的电子商务模式。

淘宝网虽然按照承诺，没有向在网站上开设网店的商家收取服务费，但是却形成了庞大的市场，使得自己作为平台具有不可替代的价值。

随着淘宝网上店铺数量的增多，淘宝所提供的宣传、推广服务对于网上店铺的盈利将起到至关重要的作用。为了获得在淘宝网上的竞争优势，获取更多的用户，销售出更多的商品，很多商家都心甘情愿地购买淘宝网的付费服务。在淘宝上甚至还出现了一些特殊的店铺，专门向其他淘宝店铺提供页面美工和视觉优化的服务。

作为第三方应用所依赖的基础，Facebook 所提供的平台服务，也具有巨大的商业潜力。

如果说社交网站是在构建一个网络社区，那么针对数量庞大的居民社区，第三方应用可以成为小区的商店、餐厅、医院等，向居民提供各类需要的社区服务。

Facebook 数亿的用户，同样构成了一个巨大的长尾市场。开放平台，为第三方的应用开发商提供了广阔的空间；开放的政策，允许第三方应用开发商在 Facebook 上提供各种不同的应用服务。第三方应用开发商可以开发网上商店，向用户销售商品；可以开发像 eBay 一样的交易平台；可以开发旅行信息服务，提供酒店、机票的预订；可以开发提供网上交友、婚介服务的应用；可以开发网络招聘的应用……社交网站的开放平台，实际上是开放了一个更广大的需求市场。

这些应用成为 Facebook 这个社交网站中的小网站，这些小网站在 Facebook 上努力提供更多内容和服务的同时，也丰富了它们自己的商业内容和价值。

在 Facebook 上开发广告应用的 Buddy Media，2009 年的收入预期将达到数千万美元。休闲游戏开发商 Zynga，通过在 Facebook 和其他网站上销售虚拟道具，2009 年有望获得上亿美元的收入。如此巨大的盈利能力，使得 Facebook 的应用开发商也吸引到了大量的投资。

2005 年 11 月创立的 RockYou，在 Facebook 上获得成功以后，已分别吸引了来自红杉创投、光速创投、PartechInternational、门罗公园创投 DCM 和软银的三轮投资。加上 2008 年 11 月软银与韩国创投 SK Telecom Ventrues 最新注资的 1 700 万美金，RockYou 总融资金额达到 6 700 万美金。

包括 Draper Fisher Jurvestson 在内的风险投资机构已经向多家社交游戏开发商注入了累计 2 100 万美元，获得投资的公司包括 OMGPOP、SuperSecret、

RotoHog、Blade Games World。

除了应用开发商和软件服务提供商之外，围绕开放平台的应用体系，还出现了像 AdKnowledge 和 Social Media 这样，为企业提供专业化的应用数据服务和社交网络广告投放咨询服务的机构。

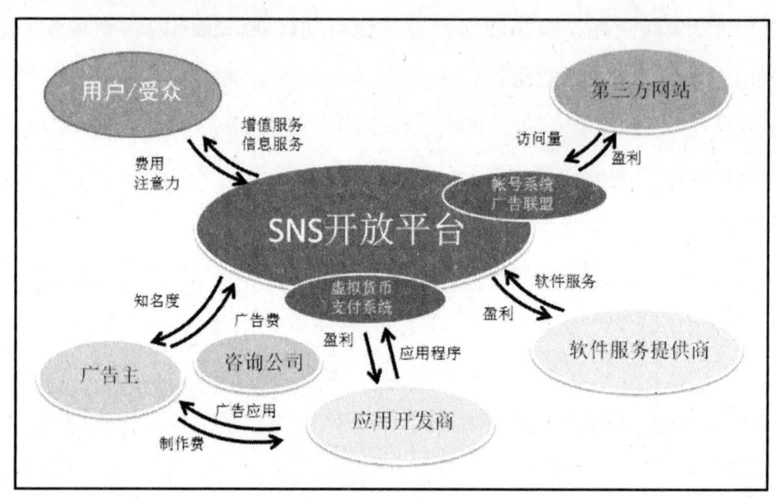

SNS 产业链

基于开放平台的应用，完全可以面向上亿的用户开展网络销售业务。

美国著名的鲜花礼品分销商，就在 Facebook 上开设了“1-800-鲜花店”的应用，通过它直接向 Facebook 的用户销售礼品。制作该应用程序的开发商 Alvenda CEO 韦德•哥腾（Wade Gerten）透露，在他们推出 1-800-鲜花店之前，就已收到 8 家网络服务商的订单，要求 Alvenda 为他们开发网上商店的应用，用于超大型日用商店零售和超大型电子产品零售。

Apple 的 App Store 以及阿里巴巴的淘宝网，之所以能够成就一个利益丰厚的经济体系，是因为在它的开放平台之上提供的一些基础服务，帮助第三方获取了收益，创造了更大的价值空间。App Store 为第三方的应用建立了一个可以让 iPhone 手机用户接入的网上销售市场，不仅为第三方应用解决了销售渠道的问题，还帮助这些应用建立起收费渠道。淘宝网的支付宝，以及其他一些店铺的服务，同样使那些小商家在网上开店赚钱变得轻而易举。

2008 年 11 月，Facebook 推出了 Facebook Connect 服务，把自身平台的开放性，延伸到更广的范围。这项服务允许其他网站引用 Facebook 上的账户信息。比如，用户在 Facebook 的身份、好友列表及隐私设定等。这些网站使用 Facebook

Connect 后，用户就可以用 Facebook 上的账号登录这些网站，享受相关的信息服务，并自动将他们在这些网站上的活动数据发送给他们的 Facebook 好友。通过使用 Facebook Connect，普通的网站也可以具有社交功能，并且获得了更详尽、更真实的用户信息。

CNN 制作的奥巴马总统就职典礼的网上直播，就是使用 Facebook Connect 这一服务让用户进行交流评论的。

到 2009 年 7 月，包括 YouTube、Hulu、Digg 等在内的 1 万多个网站，都开始接受 Facebook Connect 的账号服务。

借助 Facebook Connect 的账号系统，Facebook 也可以把广告投放到 Facebook 以外的站点，如果 Google AdSense 式的广告联盟那样，形成强大的社交广告联盟，把握更多的长尾市场。不同于 Google 的是，Facebook 所拥有的用户信息，使得它能够与这些网站结成更加紧密的个人信息服务体系。只要掌握了其中的核心价值和基础架构，Facebook 就有实力挑战 Google，争夺未来的互联网霸主。

2009 年 7 月，Facebook 推出了自己的网上支付平台，这个支付系统，不单单成为它建立虚拟经济、销售虚拟道具的手段，更是完备了它在开放平台服务上的一个重要环节。

这个支付平台采取的是虚拟支付的形式。用户通过支付系统，用现金或信用卡购买 Facebook Credits（信用币），1 美元可购买 100 个信用币；再用信用币购买 Facebook 平台上运行的第三方应用的其他服务或商品。Facebook 会从每笔虚拟交易中收取一定比例的佣金。

SNS 创业空间

IT 行业一直是创业者的乐园。利用信息技术改变了原有的生产方式、业务流程，并创造出新的商业模式，使一大批企业成功地迅速崛起，也给创业者们带来了巨大财富。前面所谈到过的那些互联网公司，无不是其中的典范。

互联网创造的长尾，制造了无数的细分市场；而借助网络平台，又能将这些小众的需求聚合成有利可图的大业务。

社交网络和开放平台，又是一个新的可开拓空间，会孕育出新的业务模式。

在社交网站兴起之前，BBS 形态的网络社区早就证明了自己的价值。维基百科和开源社区显示了网络社区在生产协作上的价值，众包的商业模式也被逐渐应用到其他业务当中。通过细分，吸引特定的用户群体，许多社区变身为企业进行市场营销、开展电子商务的重要场所。

一位叫韩华的白领女性，辞去了外企项目经理的职务，创建了 55BBS 社区。非常有特点的是，这个社区的主题，是让年轻女性分享各类购物心得和打折信息等。在几年的时间里，论坛拢聚了大量的用户，同时也显示出了网络社区的力量，依靠用户的分享，成为了拥有最多商家活动、优惠信息的论坛。许多商家也和论坛进行合作，投放优惠券，进行商业促销，使得论坛盈利颇丰。2008 年，这家拥有约 80 万女性用户的论坛，被网络媒体集团 CNET 中国公司以千万元收购。

在中国，提到网络社区，就不得不提到康盛创想。这家公司提供的软件产品 Discuz！软件，可以帮助用户轻松建立 BBS 社区。并非技术出身的 55BBS 的创建者韩华，就是利用它建起的网络论坛。

在网络社区开始向社交网站的形式转变后，康盛创想又发布了 U-Center Home 的社区软件。利用这样的软件，用户可以发布自己的社交网站。在 Facebook、校内网这些大型的社交网站已经成为热门的公共网络社区平台之后，在小众群体中建立社交网站，创造新兴的网络社区或沟通平台，也成为挖掘细分市场，创造新的盈利空间的一条创业途径。

和 Facebook 一样，社交网站上提供的开放平台，在打造一条 SNS 产业链的同时，也开放了一个广阔的商业空间。

淘宝网作为一个购物平台，拢聚了大量消费者的需求，让不同的商家可以销售不同的商品，以满足各不相同的需求。

社交网站数量庞大的用户所构成的市场，也有着同样的商业空间，第三方应用也已经找到了可行的盈利模式。

首先是网络广告，主要指在应用中嵌入商业广告，来获得广告收入的模式。在美国、欧洲最主要的方式是嵌入 Google Adsense 广告，但由于在中国 Adsense 的价格较低，因此目前应用广告收入的规模比较有限。在美国甚至出现了很多专门服务于 SNS 平台应用的广告联盟，使开发者能够获得比嵌入 Adsense 更多的收入。

其次是虚拟货币收入，这是在中国的社交网站平台上较为成熟的一种第三方应用盈利模式。由于中国的社交网站平台娱乐化的特点更加突出，社交游戏类应用更加流行，第三方应用开发商也能借此更快获得收入。开心网的崛起就印证了这一点。校内网和51也先后推出了基于自身货币体系的支付平台，使用户付费购买虚拟货币的流程更加通畅。

最后是应用定制的盈利模式，是指专业的开发团队根据平台的需求来定制特定的应用。这种盈利模式和正在兴起的社交网络营销、植入式广告紧密结合在一起。

付宁是百度公司的一名技术工程师，在51.com推出开放平台之初，他利用自己的业余时间开发了一个叫“卡卡跑丁车”的游戏，放到51.com上，吸引了近10万的活跃用户。在10天之内，这个应用就通过广告，帮付宁赚到了约2 000美元的收入。应用开发商“五分钟”在开心农场上的成功，激起了在校内网开放平台上开发游戏娱乐应用的浪潮。在Facebook的开放平台上，各种应用所提供的服务，在音乐分享、社交、地理信息、网络购物等诸多方面，都能找到细分的用户群体，并建立起自己的业务模式。像Rockyou、Buddy Media、Zynga这样的应用开发商，就是在社交网站开发平台上发展起来的。

目前在中国社交网站的开放平台之上，社交游戏占据了绝大部分。随着开放平台的发展，以及用户在社交网站上对于应用需求的多元化发展，也会带动其他网络应用工具向社交网站的开发平台上迁移。

参看中国的各类经济开发区模式，通常都是先利用政府的投资铺设好厂区公路、水电等完备的基础设备，这样在投资建厂之后，就能够迅速组织生产，因此通常能够快速地得到收益。

社交网站推出的支付系统，如Facebook，以及已经日渐完善的网络支付平台，如美国的Paypal或国内的支付宝，为平台提供了至关重要的基础功能。

社交网站提供的庞大的用户市场，依赖用户关系建立起了快速而广泛的推广渠道。

因此，应用开发商可以更好地结合自己的应用，设计出完整的业务模式，获得快速、直接的经济效益。

尤其是与社交关系较为密切的生活信息服务以及各类电子商务服务应用，在社交网站上具有强大的市场空间。在美国，用户利用网络购物的比例超过三分之二。由于中国的网络环境发展相对迟缓，网络用户对网络的信赖程度大大低于美国，因此这个比例目前在中国仅为三分之一。不过凭借社会化网络向生活化、真实化方向发展的东风，伴随着中国网络购物的日益普及，社交网络上的电子商务服务、购物服务也定然会成为增长最快的商业市场。

社交网站利用开放平台，建立起庞大的产业链，为创业者提供了更多的细分空间，自身无疑也将成为新的创业园和开发区。

第8章 把握社会化网络

如今，社交网络已经成为新的媒体平台和传播空间，如何利用社交网络的媒体价值和平台特性，来建立品牌价值以及获取社会信息，成为企业在市场竞争中获得成功的关键。

互联网为企业提供了新的协作平台，为企业的沟通提供了更完善的平台和机制。而网络开放的合作模式，为企业更好地组织创新提供了借鉴。

如何把握社交网络，为企业创造更大价值呢?

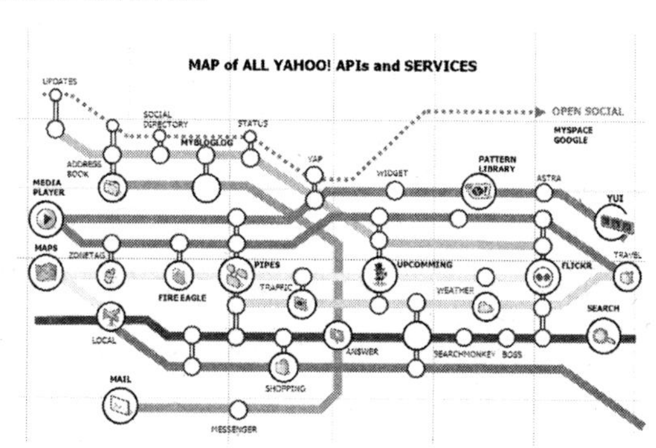

社交媒体

互联网成为新的媒体已经是不争的事实，各新闻门户网站的受众数量，已经不落后于新闻报纸。而以Facebook和Twitter为代表的社交网站，又成为了互联网当中新闻传播的新势力。它们在信息传播上所表现出的强大能量，使得新闻传播领域产生了一个新的名词，社交媒体（Social Media，又叫社会性媒体）。

社交媒体的产生，源于Facebook、Twitter等社交网站广泛的信息传播能力和影响力，以及其信息传播基于社会关系的特点。从更广泛的范围来说，社交媒体又包括博客、视频网站等一系列有大量用户参与，用户既贡献内容，又参与传播，并消费内容的网络社区和平台。

社区营销一度成为市场营销行业的热门。在网络社区当中发布各类软广告，会比在街道社区上发布平面广告产生更好的效果。而广告主在视频网站投放广告时的费用，也远少于在电视上投放广告所需要花费的巨额广告费。用户一直深深痛恨那些在他们喜爱的电视节目当中反复插播的、通过反复宣扬品牌信息来轰炸用户耳朵的广告，但同时，用户一直乐于分享那些制作精美的广告视频。只要这些广告情节富有趣味或富含生活艺术，哪怕它们比电视节目中插播的广告要长得多，用户也不会觉得厌烦。"百度更懂中文"的营销视频就是很好的例子。在社交媒体之上，用户分享、传播的影响力丝毫不弱于电视媒体。

美国一些新闻组织甚至开始设立专门的职位对社交媒体工具进行管理。美国各大新闻学院也开始承认社交媒体的作用，并开设了相应的课程，讲授如何通过社交网络来制作和传播新闻，以达到最佳的效果。

英国伯明翰城市大学甚至计划在2010年开设社交媒体研究生课程班，课程内容是向学生讲授在诸如Facebook、Twitter、Bebo之类的社交网站上，如何开设博客和发布视频，以创造出对用户具有吸引力，并能够通过用户进行主动分享、传播的内容，从而利用这些网络工具进行营销和推广。

在社交网络之中，任何组织或者是个人，都比以往更贴近民众，因为信息的传播不再需要借助传统媒体，而是可以直接将自己的观点和影响力施加到其他人身上。以往那些习惯于依靠传统媒体来控制舆论的企业，不得不更直接地面对消费者在网络上对企业产品或是服务的批评，并及时妥善应对，以避免造成更恶劣的影响。政府也需要面对民众在网络上对其施政行为的质疑。批评和质疑，对这些组织来说也许是相当棘手的，表面上看似乎是社交网络带来的麻烦，但实际上，这样的环境是帮助组织自身改进缺陷的有力办法。企业或政府可以直接听到来自民众的声音，这比以往花费大量资金去做调查、研究来得更为有效；而对问题的处理、解决情况，也可以充分利用社交网络及社交媒体进行传播。企业或政府加强了与民众的沟通，把自身放置于一个透明的环境当中，从而建立起更深的信任关系。

星巴克的“博客门”事件

博客自兴起以来，经常成为个人挑战权威媒体的工具。原本被传统的权威媒体所占据的话语权优势，因为网络时代的信息传播特点而不复存在，普通民众也有了表达自己观点的机会。一些个人的观点，能通过博客及网络的传播产生更深的影响；一篇观点鲜明、独特的博客文章，在激起民众兴趣的同时，往往还会引发各方论战，通过网络社区影响到更多的普通民众，甚至到最后成为传统媒体的重要话题。

在社会化网络发展的最初阶段，企业往往未能及时意识到这种变化带来的挑战，低估了社交媒体的作用。星巴克就曾因在故宫开设的咖啡馆而深陷“博客门”，受到了极大的争议，并对星巴克产生了负面的影响。

芮成钢是中央电视台的一名主播，作为一位有着留学背景，了解西方文化的主持人，芮成钢主持过很多中西方经济文化交流的节目。

2009 年 1 月，他在博客中写了一篇文章，谈到了困扰他多年的一个问题：坐落在北京故宫里的星巴克（Starbucks）咖啡馆。这位 29 岁的电视新闻节目主持人写道，星巴克“开在故宫里面，成为世界对于中国紫禁城记忆感受的一部分，实在太不合适。这不是全球化，只是侵蚀中国文化。”芮成钢说，他喜欢星巴克，但不是位于国家标志性建筑内的星巴克门店。

故宫中的星巴克是 2000 年开业的，当时就吸引了很多人的关注；但在星巴克去掉了门店周围的一些标识后，这个问题就被人们淡忘了。不过芮成钢并未忘记星巴克的这个店面，于是他写了那篇博客，同时他决定给星巴克的首席执行官吉姆•当诺（Jim Donald）写一封电子邮件，并把内容贴到了博客上。他博客上的电子邮件中写道：“吉姆，你好。我们曾谈过星巴克应将其门店从故宫里搬出的原因……我想知道你是否有将其搬出去的计划。”

在不到 10 天的时间里，芮成钢的贴子就被阅读了 50 多万次；他提出的关闭故宫里的星巴克的要求，迅速得到了很多网友的认可，一下子引发了激烈的争论。众多民众出于对中国传统文化的爱护，也积极在各个博客中留言，或是在网络社区上发表评论，要求星巴克搬离故宫。此后，记者们纷纷探访位于紫禁城一个偏僻角落里的星巴克咖啡馆。

几天后，芮成钢称，他收到了当诺的回信，并经过允许，将回信贴到了博客上。这封电子邮件中写道：“我们一直并且会继续表达我们对（紫禁城）当地的历史文化和社会风俗的尊重。我们也为让这家店适应紫禁城的环境作了认真的努力。”

这封回信让芮成钢的博客吸引了更多的读者，回复的评论数量超过了 2 500 条。

芮成钢在博客中表示尽管他是中央电视台的主播，但他也只是一名普通的星巴克顾客，他的目的不是为了引发矛盾。他说，“这之所以成为一个问题，是因为星巴克是西方通俗文化的象征。现在的问题是，我们如何吸收和接受西方世界，同时又不失去我们自己的特点？这是所有人都应该思考的问题，我只是把它写出来了而已。”

芮成钢以普通民众的身份，发表了个人化的观点，因为其话题的特殊性，迅速得到了民众的响应和支持。

许多游客认为，故宫内不应该有任何商业经营场所，更不用说像星巴克这样的外国企业，以保持中国文化景点代表的纯正性。

26 岁的魏姗姗是个导游，经常带领旅游团参观故宫。“星巴克不应该属于这片土地。”她说，“一些外国游客在故宫内看到星巴克都感到很好奇，会问我不少问题。”

最终，在各方的争议当中，星巴克从故宫搬离了出去。

星巴克事件彰显出企业所面临的网络媒体的挑战，网络社区和读者评论的流行能够迅速放大每一位博客作者的声音。

Group PLC 旗下奥美公关（Ogilvy）的中国区总裁斯科特•柯颖德（Scott Kronick）说，中国没有过解决消费者抱怨的先例。如果你对购买的商品不满意，你不会给客户服务部门打电话。网络却能给民众提供一个宣泄情绪的空间。

早在 2005 年初，微软的“首席博客”罗伯特•斯考博（Robert Scoble）就曾在他的博客 Scobleizer.com 上表示，一些世界财富 500 强公司将组建全天候的博客班子，除了进行博客监测、危机预防外，还要组织企业博客积极与受众沟通。这是企业公关的迫切需要。

戴尔的教训

戴尔（Dell）电脑，最早依靠网络直销，迅速成长为世界前列的电脑品牌。戴尔在网络营销方面的实力毋庸置疑，不过却对社交媒体的发展把握不足，也曾因为博客让自己的声誉遭受巨大的损失。

杰夫•贾维斯（Jeff Jarvis）原是美国著名的《旧金山观察者报》（San Francisco Examiner）的专栏作家，在利用博客从事新闻写作和互联网商业评论后，渐渐成为了自由职业者。因为工作需要，在 2005 年 6 月，贾维斯购买了一款戴尔 Dimension4600 型的笔记本计算机，但随后，计算机的各种毛病开始不停地出现。贾维斯本来购买了上门服务，但面对不断出现的问题，戴尔公司的售后服务人员却拒绝上门为其进行维修，反而要求他将电脑送到戴尔公司去维修，而且要耽误 7～10 天的时间。明明花钱购买了上门服务，结果不但享受不到即时维修，反而在很长一段时间里用不了电脑，这令贾维斯大为恼火。

贾维斯拥有自己的博客 BuzzMachine.com，在网络上享有很高的声誉。于是，贾维斯开始和戴尔较劲，他不断在博客中写抱怨戴尔公司的文章。鉴于他的博客本身所具有的强大影响力，他的每一篇檄文都会有几十个回复，都在呼吁让戴尔见鬼去！贾维斯的博客每天有 5 000 多用户访问，戴尔公司显然低估了博客的影响力，也低估了博客之间传播信息的能力。贾维斯的做法引得众多博客争相效仿，对戴尔公司技术支持和客户服务不满的人纷纷跑到贾维斯的博客上回复，表示支持；更多的用户则跑到戴尔的客户论坛上表示抗议，一时情绪激昂，掀起一片反对的浪潮。2005 年 7 月，戴尔的客户论坛曾一度关闭，外界都认为这是为了平息公开暴露有关戴尔产品和售后服务的坏消息。

2005 年 8 月，忍无可忍的贾维斯给公司创始人迈克•戴尔（Machael Dell）和戴尔公司市场部的负责人迈克•乔治（Michael George）写了封公开信。据统计，当天约有 1%的博客，或者链接了这封信，或者发表意见讨论这件事。这封信在国际博客世界成了当天链接排名第三的文章，可谓是当时的一大热点。几天后，戴尔公司退款给贾维斯，并表示今后将采取新的举措来改进服务流程，并会关注来自博客的意见反馈。

这一事件表明，令戴尔公司引以为豪的客户服务模式需要进行全面的改善。

传统的客户服务如果不能即时有效地解决客户的问题，网络则会成为用户宣泄负面情绪的场所，用户会将不良的信息反馈通过博客、论坛以及社交网站等进行传播。企业如果不能很好地把握这些信息，那么这些情绪和信息的蔓延，完全可能成为一场公关灾难，对企业的品牌造成致命的伤害。

在此之后，戴尔开始积极地改善自己的网络沟通和信息反馈机制，推出了自己的企业博客"戴尔直通车"。

在戴尔直通车上，会采取文字、照片、视频等形式，介绍戴尔的产品、服务、员工生活等各种最新信息和幕后信息。用户可以在博客上留言，分享对戴尔的评论、想法和意见；戴尔的客户服务人员则会代表戴尔在博客上回答大家的问题。目前，戴尔有英文、西班牙语、挪威语等多个语种的博客。

在中文版戴尔直通车的自我介绍中，戴尔声明："虽然戴尔的顾客人数呈几何式增长，但我们与顾客直接交流的信念没有改变，而且今天的科技使得交流更加方便与快速。我们不仅会把全球的话题带给广大的中文用户，而且愿意成为一个与广大中文用户交流的园地。"

时隔两年之后，新闻周刊的网站上以头条刊登了贾维斯对戴尔的采访报道，《戴尔学会了聆听》。在文章中，贾维斯回顾了过去一年中戴尔发生的变化，他说："现在，顾客由于博客和社会媒体（Social Media）变得强大，戴尔从最后一跃成为了第一。"

福特公司的数字化沟通经理梅吉•福克斯（Maggie Fox）则分享了关于如何发现社交媒体重要性的故事。

2007 年 9 月，福特公司在西雅图举办了新产品发布会，为 2007 年的新款福克斯及最新的车载电子系统"SYNC"进行介绍、推广。SYNC 是福特和微软联合开发的新一代车载多媒体通信娱乐系统，可以作为手机的外置免提蓝牙耳机，并通过 USB 与绝大多数媒体播放器如 iPod、Zune 等联动。驾驶者上车后，SYNC 会自动作为一个蓝牙耳机连接到手机，而驾驶者可以通过方向盘和声控命令实现号码本查找、自动拨号、电话会议、朗读短信、播放音乐等一系列功能。然而，这项在国际消费电子展（CES）和上海车展上引起轰动的汽车信息娱乐系统技术，在 2007 年 9 月的发布会上并未得到传统汽车行业记者们的关注；大部分的传统汽车媒体记者都对 SYNC 反应平平，认为这不过是一个愚蠢的玩具。

幸运的是，福特还邀请了一些其他新媒体的记者参加，而这些人则一致认为，这样的新产品真是太棒了！当新媒体们急于报道这一汽车信息娱乐系统的重大进展时，却发现他们并没有权限访问福特官方的宣传图片和视频数据库。由于产品在最终发布前有可能会出现规格更改，福特的法务部门为了避免消费者发现宣传素材和实际产品不一致后引发官司，因此要求所有媒体必须通过严格的授权后才能凭密码访问福特的官方宣传素材库。

福特公司意识到，只有在那些以普通消费者身份和视角出发的媒体中树立口碑，才能在市场当中产生巨大的影响。社会化的网络，让企业也能更轻易地对网络用户，同时也是他们的目标客户，产生影响，而不需要通过传统媒体作为中介。因此，福特公司建立了专门的社交媒体新闻发布（Social Media Press Release）机制，通过建立 RSS 源，让美国的《连线》等媒体能自动获取和引用其感兴趣的内容。迄今为止，福特在 YouTube 上的相关视频已经被下载超过 120 万次，Flicker 上的图片下载超过 12 万次。福特还建立了一系列网站，如“福特故事”等，加强与消费者的联系，力图树立在社交媒体领域最具影响力的人性化品牌形象。

百度更懂中文

尽管 Google 在全球搜索领域占据着绝对的“统治”地位，但在国内的市场却还是不敌百度。

作为国内最顶级的互联网公司，百度并没有耗费巨资去传统媒体投放广告。2005 年年底，百度利用视频网站和用户之间的分享、传播，进行了一次病毒式的营销。

百度投入大约 10 万元，拍摄了 3 段视频广告。这些视频并没有通过电视台进行投放，而是被上传到了优酷、土豆等视频网站上，之后又通过百度员工和他们的朋友，以邮件、QQ、BBS 论坛等方式来分享这些幽默的视频。

在《唐伯虎篇》中，百度化身中国古代著名的才子唐伯虎，和一位暗指 Google 的洋人斗嘴。面对一张“我知道你不知道”的公告，洋人只是口称“我知道”，唐伯虎却巧妙地使用不同的分词断句，解出了不同的含义，尽显才气。众多美女都簇拥而上，连洋人身边的女伴也都投入了唐伯虎的怀抱，气得洋人口吐鲜血。视频突出了百度“更懂中文”的概念，让观众印象深刻。

再加上分别对应“中文流量第一”、“快速搜索”的关键概念的《孟姜女篇》、

《名捕篇》，突出了百度在中国市场的优势。

由于视频内容的趣味性，看到视频的观众纷纷通过网站进行分享，并向自己的好友发送链接，帮助了广告的传播。只用了一个月，在网络上就出现了超过 10 万个下载或观赏点，视频的播放次数达到数百万次。后来甚至还有用户在校内网等社交网站上不停分享，在人群中的传播超过 2 000 万人次。

这 3 个视频短片帮助百度成功地超越了 Google，使百度在中国搜索引擎市场上占据的份额从 45%上升到了 62%，成为一个经典的利用视频网站进行病毒营销的案例。凭借这 3 个视频短片，百度还获得了广告界以投放效果为评判标准的权威奖项“艾菲奖”。

这 3 个仅以 10 万元成本拍摄的视频广告，在没有任何投放成本的情况下，通过视频网站，却达到了数千万元的传播效果。

百度副总裁梁冬曾经开玩笑说，这 3 个视频短片的创作是因为“没有广告预算”而想出来的。

事实上，相比于许多著名品牌动辄聘请知名导演或明星，以数千万的费用进行拍摄和投放的广告宣传片，百度的这 3 个短片以员工工作为起始，利用视频网站通过分享的方式进行传播，却达到了同样的影响和效果，成为病毒式营销的经典之作，也体现出新的信息传播方式所带来的影响。

白宫的社交公关

在奥巴马进行总统竞选时，Twitter 也曾是重要的工具之一。

在竞争民主党候选人的时候，奥巴马和希拉里都曾经利用 Twitter 进行宣传、造势，结果奥巴马获得了约 15 万的支持者，而希拉里却只有大概 6 000 人。他们的区别在于，奥巴马的团队及时给每一个支持者进行了回复，即使只有简单的几句话，却让支持者感受到了奥巴马的存在，感受到了尊重，因此获得了更多人的支持；而希拉里却没有给她的支持者任何回复，仅仅把 Twitter 当成了单一的宣传平台。

在奥巴马宣誓就任美国总统后，奥巴马政府博客发布了首篇博文，表示奥巴马政府希望用更加 Web 2.0 的方式来与外界沟通，以“增加与民众的沟通效率”，“增加政府透明度”，并“提高民众参与积极性”。利用网络获得竞选胜利的奥巴马显然懂得让政府利用社交媒体来进行对民众的公关活动。博文当中还宣称，将增加 RSS 和电子邮件的资料更新提示，以让民众随时都能快速关注到奥巴马政府的最新动作。

此后，奥巴马也曾利用其他的网站平台来展示政府的工作，通过开放信息和民众互动，在民众当中建立起信任关系。

在奥巴马上任的第 100 天， 美国白宫在 Flickr 上开设了官方相册“The Official White House Photostream”（白宫官方相片集），将奥巴马的照片向民众公开，让他们了解总统工作和生活的信息。

白宫在 Flickr 上的官方相片集页面

相片集里既包括很多记录式的照片，也包含各式各样的花絮。照片吸引了很多美国网民发表评论。

奥巴马还在 5 月实行的《政府开放令》(Open Government Directive) 中鼓励政府各部门采用 Twitter。

从美国航空航天局（NASA）到总务管理局（GSA），越来越多的政府部门开始采用 Twitter，作为交流信息和与美国市民沟通的网络渠道。

NASA 公布了宇航员 Mike•Massimino（迈克•马希米诺）的 Twitter，跟公众分享其对进行太空航天任务之前最后几周训练的个人看法。在他开通账号为“Astro_Mike”的 Twitter 空间后的 48 小时内，就吸引了超过 14 000 多个加入者。

截至 2009 年 5 月，NASA 的主要 Twitter 链接上已有超过 26 000 位跟随者。

NASA 计划在公众活跃的社交网站上与人们进行互动，而不是要求他们访问 NASA 的主页，即使该网页的每周点击率在 300 万以上。除了使用 Twitter 之外，NASA 也向 Facebook、MySpace、YouTube 和 Flickr 提供内容。

NASA 公共事务办公室的代理助理主任鲍勃•雅各布（Bob Jacobs）说，“我们的目的是要建立起双向沟通。我们在 Twitter 上发布的信息会得到回复和分享，你可以感觉到我们信息传播的极强感染力，这跟在我们网站上发布新闻稿是两码事……Twitter 的成功不能仅仅用跟随者的数量来判断，最重要的是，人们会回复和分享我们发布的信息。”

雅各布说，NASA 会回复其他人发布的有关其太空计划的评论和图片。“我们会尽量回复信息，因为 Twitter 的迷人之处即在于，分享我们看到的有趣、有价值而且很酷的事物。”

雅各布认为，在发生突发事件或是举行活动时，尤其适合用 Twitter 来展开对话。他说，很重要的一点是，工作人员发布的 Twitter 信息应当具有个性化，这样就不会看起来像自动回复。

“如果你使用这些网站只是为了传播信息，那就错了，这只是 Twitter 的一半功能”，雅各布说，“你必须花大量的时间去参与和互动。你必须和花时间来跟随你的人们真正地展开对话。”

如今，很多报纸和电视台已经减少了对科学和太空计划的报道。NASA 很可能会削减其发行的新闻稿和出版物的数量，而更多地利用像 Twitter 这样的工具来跟公众进行直接沟通。

“这意味着文化思维定式的转换”，雅各布说，“过去的情况是，当我们需要说什么时，我们就发布一篇新闻稿。我们必须改变原来的传统媒体结构了。现在我们会制作一小段网络特别报告，然后发布在 Twitter 上，或用视频发布在 YouTube 上，来看看到底有什么反应。”

与此同时，美国食品及药物管理局（FDA）在其名为 FDARecalls 的 Twitter 账户上，向超过 3200 名消费者发布了有关召回花生和阿月浑子树产品的通知。从 2008 年 12 月起，FDA 每天至少会发布 4 或 5 个 Twitter 消息来宣布召回产品。

在奥巴马政府承诺的公开透明的行政政策当中，社交网络扮演着主要环节的角色，成为民众与政府沟通的重要桥梁。

SNS营销

真实的好友关系，以及用户在网站上的交流互动，使得社交网站更有黏性。

社交网站的好友推荐功能，比一般的网络广告更能影响用户的直接购买行为。当用户在网上想要购买某个产品时，社交网站可以将购买信息发送给其网站上的好友，由他们对购买行为发表赞同或反对意见。与传统的电视或网上视频广告相比，消费者通常都更相信出自好友的只言片语。这种建立在口碑营销理论基础之上的营销模式，被认为更能直接影响消费者的购买行为。

美国著名市场调研公司尼尔森，就在其一项研究中表示，社交媒体如Facebook和MySpace等，连同Youtube、博客等，有可能改变广告的性质，使其更具社会性。

新的互动营销平台

用户被黏在社交网站，每天花费大量的时间与朋友分享信息，玩各种各样的游戏，琢磨五花八门的应用；原来写的博客也全转移到了日志里。这些活动所产生的内容，都成为社交网站收集用户信息的有效途径。

利用数据挖掘及各种信息检索、统计的方法，社交网站以及与之合作的企业，可以对这些内容进行分析，以找到对自己的产品或服务感兴趣的潜在客户，进行有针对性的营销宣传。

2007年年底Facebook发布的新广告计划，被称为其创始人扎克伯格商业传奇中的一大亮点。这个新广告计划向广告主展示了一种全新的网络营销理念——互动营销，而苹果、可口可乐等国际著名的品牌公司，都开始通过和Facebook的广告合作，进行新的营销宣传。

如同美国的娱乐明星喜欢在MySpace上进行宣传，拉拢追星族一样，Facebook如今已成为很多品牌公司的重要营销阵地。

可口可乐公司全球互动营销主管麦克•东尼利（Mike Donnelly）说：“许多消费者在Facebook上有规律地分享信息，使Facebook成为一个既可以打发时间又可以分享信息的平台。”

遵循 Facebook 的广告投放流程，只需要简单的 3 个步骤就能在 Facebook 上建立起可口可乐的品牌广告页，消费者可以通过成为其拥护者的方式聚结在一起，分享关于可口可乐的各种反馈。每次在品牌广告页上放上照片、视频和动态，这些拥护者们很快就会发表他们的看法，他们跟好友的讨论也会被反馈到网页上。这就如同有一个庞大的群体在为可口可乐提供市场信息。可口可乐公司尝到了在 Facebook 上做营销的甜头。

现在，可口可乐建在 Facebook 上的品牌页已经聚集了 300 多万来自世界各地的拥护者，他们在这里发布信息，分享各种有趣的照片以及自己制作的各种搞笑视频。

2009 年 7 月，拥护者们在可口可乐专页的讨论区看到，一个名叫 Sean 的人发布了关于可乐瓶子是该使用玻璃瓶还是塑料瓶抑或是易拉罐的询问，并且请拥护者们说明原因。有 20 多位拥护者随即在后面给出了回复。大多数人选择了玻璃瓶，原因各不相同，如环保、喝起来味道更好、玻璃瓶用起来更酷等。拥护者们通过这种方式获得了参与品牌建设的满足感，而毫无疑问的，这些信息也将为可口可乐的决策层在选用新包装时提供参考，免去了花费人力、物力去做市场调研和用户访谈的麻烦。

与原有的网络广告相比，广告主通过社交网站实施的营销是一种全新的模式。利用网站的社区特性，企业可以了解到社交网站上的用户的想法，并据此设计行之有效的营销活动。

可口可乐公司在自建专页之外还另辟蹊径，请了两个可口可乐的铁杆粉丝建立了一个可口可乐的拥护者网页，这被拥护者们认为是保持拥护者社区精神的最好形式。拥护者网页管理团队充分利用社交网站的各种功能来保持对网友的吸引，将他们喜爱的内容推到醒目的位置，让大家通过状态更新来分享与可口可乐相关的经历。在几周的时间里，拥护者网页的加入人数飞速增长，一度成为 Facebook 上最大的品牌网页。“而我们也从中了解到我们从没想到的想法”，安东尼说。

社交网站为商家们提供了一个直接接触目标消费者的途径，这种既像面对面的交流又像营销渠道的方式，使得顾客和商家互相影响，迫使商家开发出顾客真正需要的产品。

在 Apple 公司最新发布的 iPhoto09 中有一个新增加出来的按钮，用户用 iPhoto09 处理完照片后，只需要点击屏幕右下方这个标注着“F”的蓝色按钮，就可以把选定的照片直接发布到自己的 Facebook 主页上。这项新功能受到很多 Apple 用户的青睐。

Apple 公司和校内网（xiaonei.com）很早就开始进行商业合作，在校内网上建立了自己的群组“苹果学院”。用户可以加入这个群组，成为 Apple 的拥护者。

在 Apple 学院里，Apple 公司会定期向参与了这个群组的用户发送最新的产品信息；而在 Apple 学院的页面上，有大量关于 Apple 产品的介绍和使用指南。Apple 的每个产品也如同校内网的个人用户一样，有自己的主页和群组。在各个群组里，Apple 产品的爱好者可以交流自己的使用经验，分享自己利用 Apple 电脑制作的作品，或者表达对某个新品的喜爱之情。

邀请同伴加入 Apple 学院，或是回答其他爱好者提出的问题，都能获得奖励积分；在一定时间内积分靠前的用户，则可以获得 Apple 公司给予的产品大奖。

这使得 Apple 公司轻松地获得了通过校内网向几百万 Apple 拥护者传播信息的途径，并且通过拥护者之间在校内网上的信息交流和共享，进一步帮助 Apple 公司传达了其品牌影响力。

校内网上的苹果学院的截图

社交网站在全球的流行，使得一些企业开始改变组织架构，设立专门的数字营销或是网络营销部门，来管理自己在这类网站的营销行为和品牌形象。

此外，第三方应用也可以被专门设计，用来进行营销活动。

应用开发商可以设计有趣的娱乐游戏，或是提供简单的有奖问答等，在用户玩游戏或者完成问卷时，获得足够的、可用于市场分析的反馈信息。同样的效果，成本却比雇佣咨询公司去进行市场调查要廉价得多。

因此，广告主根据自己的需求，让第三方应用开发商设计应用程序来进行互动的广告宣传，也成为一种行之有效的策略。

网站一般采用的是横幅式广告，常常是简单、枯燥地把广告信息推送到用户面前，如同广播、电视中硬插进广告一样，比较容易引起用户的反感。

社交网站上的广告应用，却能把广告信息比较巧妙地植入到应用当中，利用应用本身的互动娱乐性，加深用户对广告的印象，传递更多的信息。开心网“买房子送花园”的应用组件，就把中粮集团新推出的“悦活”系列果汁的广告融入其中，设计了种水果、榨果汁、送好友抽奖等一系列环节，在游戏中自然传递广告信息，用户的接受效果非常好。

美国纽约的社交广告公司 Buddy Media，就是通过为大型广告主开发 Facebook 上的应用来进行互动营销宣传。该公司曾为运动鞋厂商 New Balance 开发了一款赛跑游戏的广告应用 RUN-Dezvous，用来吸引运动鞋的顾客，让他们和 Facebook 上的好友进行虚拟比赛。在游戏中赢得的分数可以兑换成积分，换取 New Balance 运动鞋。Facebook 上还有一款叫 Launch a Package 的应用，是联邦快递（FedEx）的广告，用户可以利用一个类似网络游戏的端口，在好友之间发送、共享大型文件。

广告主通过这种应用形式，让用户在进行游戏或者使用应用服务的同时，接受到了广告信息，不但不容易引起反感，还能获得更深的印象。

宝洁的营销实验

宝洁公司（P&G）是快速消费品的巨头，他们也非常希望通过社会化媒体（Social Media）来更多地进行市场推广工作。P&G 的数字营销团队负责人之一卢卡斯•沃特森（Lucas Watson）就表示：“我们要增加在社会化传播中的技巧和效率。”

为了增强 P&G 数字营销团队的能力，沃特森在 2009 年 3 月组织了一次非常有趣的实验性活动“P&G Social Media Night”。

活动邀请了 40 余名社会化媒体专家，他们分别来自 MySpace、Facebook、Google 以及各大公关代理公司及 Forrester 这样的市场调研机构，和 P&G 数字营销团队的 100 多名员工一同参与。

所有参加活动的社会化媒体专家在被邀请到位于辛辛那提的P&G总部之前，都只收到了邀请邮件。他们只知道这会是一个关于社交媒体的实验性活动，但不知道具体内容，所以他们没有办法事先准备。他们和宝洁的员工一起，被分成 4 个组，每组约 40 人；每个组会得到一个域名（Tide1.com、Tide2.com、Tide3.com、Tide4.com 等）以及 1 000 美元的资金，在规定的 4 小时内，他们要通过社交媒体进行一场义卖活动，义卖的物品是汰渍（Tide）品牌的 T-Shirt。卖出最多 T-Shirt 的组则获得最后的胜利。所有的收入将捐助给慈善事业。

快速消费品属于典型的传统行业，和戴尔式的网络销售性企业有很大的差别。因此，活动的成果更能反应出社交媒体在市场营销上的能量。

这次活动的时间非常短，只有 4 个小时，正好可以测试社交媒体营销在短期内所能达到的效果。这本身也能体现社交媒体在信息传播上的即时性和有效性，让企业能在短期内看到社交媒体上的营销活动所能产生的效果。

用 T-Shirt 的销量来评比竞赛的结果，使得营销活动最终所能产生的效果有更好的量化标准，可以帮助最终评定社交媒体营销的效果。

活动开始之后，参与者充分使用了包括 Blog、Facebook、YouTube、Digg、Twitter 在内的多种网络工具，并利用各自在社会化媒体方面的技巧和经验来推广这项活动，以使自己的小组取得更好的销量。

活动的结果无疑是非常成功的。4 个小组在 4 小时内共卖出超过 3 000 件 T-shirt，加上 P&G 的捐助，总共筹集了超过 10 万美元的善款。而 4 个小组的启动资金总共才 4 000 美元。社交媒体营销用很小的资金投入就能获得很好的效果，体现了社交媒体在市场营销上较高的投入产出比。

这次实验活动不但为 P&G 的数字营销团队积累了很多社会化媒体营销的经验，活动带来的正面影响也非常成功地推广了 P&G 的品牌。

尽管作为一次慈善性质的义卖活动，和纯粹的商业活动还是有很大区别。虽然邀请来的 40 位社交媒体专家，本身在网络社区中就具有一定的知名度和影响力，但活动所取得的成功还是令人惊异的。

成长的渠道空间

把博客当成宣传阵地，利用博客的影响力进行营销宣传，已经成为企业所熟悉的营销手段。社交网站的成长，在拢聚了巨量的用户的同时，也吞噬了人们更多的时间和注意力，这些也成为企业不可忽视的空间。众多品牌巨头在社交网站上所做的尝试，已经证明了 SNS 在营销上所能起到的重要作用。随着社交网站和与之相对的广告服务模式不断成熟，以及用户接受程度的提高，SNS 营销的价值和意义会更加显著。

在最初，作为用户私密的交流空间所发展起来的社交网站，如果引入过多的商业信息，会招致用户的反感，让广告效果打折扣。不过，随着社交网站慢慢转变成一个私密空间和公共社区相结合的场所，以及植入式广告的悄悄进驻，用户对于社交网站里的广告接受程度也慢慢提升。尤其是在这些营销方式是以用户所喜爱的方式或者是在用户有需要的时候才出现的话。毕竟天下没有永远免费的午餐，用户也明白这个道理。当然，用户的喜好和需求，拥有用户诸多详细信息的社交网站相对更容易获知。

这样扁平化的信息发布渠道和沟通机制，使企业能够更敏锐地获取市场的变化，及时应对用户的反馈。

戴尔公司就利用 Twitter 直接做起了网络推销。2007 年，戴尔在 Twitter 上建立了一个名叫 DellOutlet 的账户，现在已经获得了 60 万左右的追随者。通过这个账户，戴尔不断地发送产品的信息，每周大概更新 6 到 10 次，以吸引用户通过网络链接购买戴尔的产品。

2009 年上半年，戴尔在 Twitter 上的销售额超过 100 万美元。通过 Twitter 的网上服务活动，戴尔累计已获得了超过 300 万美元的收入。

尽管 300 万美元的收入相比整个戴尔的销售额来说显得微不足道，但客户在 DellOutlet 上的留言，对戴尔来说也是非常重要的信息，可以帮助戴尔更好地调整销售策略以迎合用户新的需求。

一家名叫 Ning 的社交网站，是一个可以提供个性化社交网络的平台。用户可以在这个网站上建立一个自定义的社交网络，每个社交网络，看起来都像一个独立的社交网站。

截至 2009 年 6 月，Ning 已拥有超过 2 000 万的用户。单从用户数量上看，似乎并不乐观，不过令人惊讶的是，Ning 拥有约 100 万个社交网络，并且还以平均每天 1 000 个的速度在继续增长。社交网络的数目之所以会增长，是因为很多公司把 Ning 当作了自己进行网络营销的工具。

在 Ning 的社交网络当中，有很多像公开品酒协会这样的小型营销网络；而类似 Myspace 上的粉丝群，也在其中占有相当的数量，如艾伦•德杰尼勒斯[1]（Ellen DeGeneres）个人秀、饶舌歌手 50 Cent's、哈利•波特和电影《暮光之城》（Twilight）的粉丝。在这些社交网络中，广告主和客户、粉丝，以社交沟通的方式加强信息交互，可以增强用户的忠诚度，同时在这些用户的社交网络之中再进行扩散传播。

众多中小企业同样可以在社交网站和微博客上，建立自己企业身份的账号，以一种拟人化的身份同用户进行沟通，更能拉近和潜在用户之间的距离。

不同于传统媒体广告模式的是，利用社交网站进行营销，不能以那种刻板、权威的官方态度出现，而应以一种平实的社交态度、以对话的形式完成。与用户建立好友关系，对企业而言，将带来更多的铁杆粉丝，并使其转化成有忠诚度的客户。这样不仅能为企业带来实际的经济收入，还能为企业带来更多免费的口碑广告和影响，具有更长远的价值。

企业化的社交网络

互联网提供了一个如此广泛的沟通平台。在互联网上，各类信息化的工具，让企业之间跨地域的合作，变得更加高效、无阻；更好地优势互补和分工协作，提升了整体的资源利用率和生产效率。同时，企业内部沟通使用的信息化系统，也都依赖于网络，并越来越多地走向互联网的云计算。

除了可以利用 Facebook、Twitter 等社交网络帮助企业从事公关和市场营销之外，社交网络的新模式，也将成为企业网络平台上构建内部沟通和信息资料共享的新形式。

什么是企业社交网络（ESN，EnterpriseSocial Network）？它是企业利用 Web 2.0 进行信息化改革的一部分。德勤中国科技、传媒和电信行业的负责人周锦昌认

1 艾伦・德杰尼勒斯（Ellen DeGeneres）是美国著名演员、节目主持人。

为，允许用户创建及修改内容的、各种各样的沟通形式，都可以是ESN的一种。它如同光谱，一端是简单的内部沟通的信息工具，另一端可能是一些尖端的微型博客或Twitter等。

德勤在它的报告中指出，2009年将是企业运用社交网络的爆炸年。大型的IT公司正在计划在2009年加大对社交网络应用系统的开发，并建立企业社交网络进行研究。不少大型电信公司内部正在使用社交网络方案，并将其纳入全球服务体系；政府也在内部及附属机构部署了ESN。

德勤本身很早就在使用ESN，如有Deloitte-Wiki和内部博客；同时，德勤的网络社区Deloitte-Street也被广泛应用于美国的办公室。在德勤加拿大办公室使用Facebook、Twitter、YouTube等社交网络工具推广《2010 TMT未来展望》报告后，德勤展望报告的下载率是2008年的8倍。

企业社交网络成为企业2.0市场中最重要的组成部分。企业社交网络的概念也在从狭义的企业内部社交网络向两个方面进行广义的范畴延伸，成为连接企业和商业合作伙伴的协同沟通平台，以及连接企业和消费者的公关媒体平台。

开放的沟通体系

管理大师亨利•明茨伯格（Henry Mintzberg）于1999年提出了企业组织运作图的概念。明茨伯格将组织内部的运作方式划分为集合、链条、中枢、网络4种基本组织形式，这几种形式互相交叉，彼此配合，甚至可以相互嵌套。在现代化的产业体系，特别是知识型、技术型工作者为主导的组织，中枢和网络成为企业管理的中心，信息技术也需要随之变化，以便能更好地适应知识工作者之间的联系和协作。

开放的产业链体系，让企业的组织运作再也不仅仅局限于企业内部，外包早就让企业懂得如何运用行业资源为自身服务，互联网已经铸成跨地域、跨国界、碾平世界的网络沟通体系。

企业组织运作图中的网络信息沟通，则需要与企业外部实体，包括产业链上下游、客户以及其他相关组织紧密地结合在一起。

企业内部组织和外部组织之间的界限变得越来越模糊。

2009年3月，在旧金山由O'rellyMedia、Inc.主办的2009年Web 2.0博览会上，洛克希德•马丁公司通过Web 2.0技术建立ESN，在企业内部协作的案例引起了大量的讨论。

洛克希德•马丁作为全球最大的国防工业承包商，拥有全球最强的信息安全管理体系，当然也不允许全球近 15 万员工上班访问流行的社交网站。然而这家历史悠久的高科技公司却面临着挑战，50%的现有员工将在 10 年内退休，而大量新进入公司的毕业生都是社交网站的忠实用户，他们对传统的沟通方式如会议、电子邮件和 PPT 等不感兴趣。因此，洛克希德•马丁公司花了几年时间建设内部的社交网络 Unity，包括博客、Wiki、个人主页和小组论坛等功能，并采用了一系列的安全手段来保证信息安全，包括 Wiki 审核、敏感信息授权、用户实名访问等。

在 Unity 上，每位员工在公司地址簿上的姓名、工号、电话和电子邮件等枯燥的信息变成了带有个性化标签的鲜活的个人空间展示。公司里的员工如果想咨询某一方面的专家，只需要搜索一下就知道谁有相应的专业背景。内部博客和维基网站，也有大量的技术动态和新闻信息。一些远程的电话会议或沟通，也转变成了网络的群组讨论模式。

Unity 已经对洛克希德•马丁在美国的 5 万多名员工开放。在 Unity 的未来规划里，包括了如何与外部合作伙伴加强联系，将组织内部的网络社区向外延伸，使得外部合作伙伴在企业的平台上协作，成为有活力的开放性组织。

哈佛商学院的亨利教授在其出版的《开放的创新：从技术中创新与赢利的新规则》一书中，表达了他有关传统产品产业如何创新的观点：在今天信息爆炸的环境下，公司应该或者必须借助内部和外部的创意资源，打破只有研发部门才能提供想法的禁锢，利用研发部门以外、甚至是公司以外的丰富的知识基础来做产品开发。

通过社会化的网络，企业甚至可以将一些需要多元化专业知识，或者是丰富创意和灵感的工作和业务，通过互联网众包出去，充分挖掘网络用户的智慧，来补充企业自身的资源。

宝洁的 C&D 创新中心，就是与世界各地最有创意和灵感的聪明人联系起来，以探讨如何开发出具有更高水平和技术含量的产品，或为客户提供更优质的服务。内部和外部人员所有的信息、想法在追求市场发展的过程中互相渗透。

宝洁和大学以及政府实验室进行合作，以获取创新的来源。宝洁围绕不同的专业技术领域建立了 21 个实践子社区，让员工可以围绕技术创新进行更广泛的交流，从而擦出更闪亮的火花。

社交网络的信息组织形态，无疑也为企业的沟通模式带来了更多的借鉴和变革。

新的系统构建

企业社交网络不仅令企业的组织边界得到延伸，而且面对浮现出的很多新的商业机会，IT 行业也在努力为企业提供更多的系统解决方案。

根据美国著名市场调研公司 Forrester Research 的预测，面向企业的 Web 2.0 市场 2013 年将超过 46 亿美元，年复合增长率高达 43%。

面对这座正在兴起的市场，有三类企业值得关注，一是传统 IT 巨头，如微软、IBM、Oracle 和 SAP 等；二是新兴的企业社交网络创业公司，如 SocialCast、CubeTree 等；三是转型中的电信运营商和互联网运营商。

传统的 IT 巨头正在针对企业社交网络发展的趋势，在现有的软件平台上加以改良。微软的 Sharepoint 系列已经包括了 Wiki、博客和 RSS 等协作技术；SAP 商业套件引入了社交网络和 widget 功能；IBM 则通过 LotusConnection 和 LotusMashups 提供了社交网络和混搭工具。IBM 更是对外公开宣称，ESN 会是他们研发中最重要的一项支出。

IBM 在 2007 年初就公布了一系列社交软件工具，将与 MySpace 和 Facebook 等社交网络站点相关的博客、创意共享等活动带到企业社会中。

IBM 的企业办公软件 Lotus Connections 使员工能够建立虚拟世界，与企业内具有相似意向的同事约会并交流想法，从而提高工作效率。IBM 负责社交软件的副总裁杰夫表示，该软件旨在“释放一个组织的潜能”。

Forrester Research 的分析师埃里卡说，微软是 IBM 旗下 Lotus Group 集团强大的竞争对手。

企业的信息系统，顺应网络模式的发展，也在向 SNS 化转变。

Lotus Connections 就在企业环境中整合了各种以 Web 2.0 技术为基础的协作与社交功能，在企业的所有员工之间，搭建了一个可以帮助他们紧密联系和沟通的社交网络。新版还支持微型博客、Wiki 及类似社交网站个人页面的档案分享系统（Profile）。

IBM Lotus Connections 2.5 含有许多新功能，并改善了群组体验。除了前一版所提供的分类标签、内容反馈及论坛功能外，现在还可以在群组当中加入活动、博客、Wikis 及档案分享服务；群组负责人现在则可以定制特定群组的外观，以及改变社群首页的工具位置。

新增的用户个人档案分享系统使用户能够根据姓名、技术、关键字进行用户搜索，它不仅能提供该用户的联系信息和详细信息，还会列出与该用户有关的博客、社区、行为、书签等。在正式推出之前，IBM 内部员工一直在使用 Profile 功能的一个原型，已经存储了 450 000 份 IBM 员工的档案和他们分享的资料。

新增的对 Twitter 式微博客功能的支持,供使用者随时张贴正执行任务的状态更新。此外，使用者的档案页面上也会有一个信息布告栏，让同事可以张贴信息或评论使用者的信息。

新增的 Wiki 系统，让使用者有权去建立、审核或编辑已经上传到企业协作网站上的内容，其他的使用者则能浏览特定内容所经历的变更。

面向企业社交网络的新兴创业公司也在不断涌现。赢得 Tech Crunch 2008 技术奥斯卡的最佳自主创业大奖的 Social Cast，是一家提供面向中小企业和组织提供内部非公开的在线交流社区服务的 SAAS 网站，企业用户可以在上面分享自己的创意想法和疑问，寻找所需的信息和资源，进行在线实时协作等。10 人以上企业的最终用户，每月的服务价格是 1 美元。

2009 年 5 月上线的 CubeTree 也得到了广泛关注，被美国著名科技博客 Techcrunch 称为“企业版 Facebook+FriendFeed+Twitter”。它具备 Facebook 建立个人资料和社会化的功能，FriendFeed 的 RSS Feeds 聚合功能，以及 Twitter 的微博客功能，能在企业内部、团队或团体组织中建立小型的社会化网络、群组，便于管理、交流和信息分享。

未来企业社交网络将起到什么样的作用?

除了建立网上的个人身份互通和联系之外，LinkedIn 已经展现了其商务应用的发展方向。企业按照社交网络的形式，对内部信息沟通系统进行改造，必然将进一步体现社交网络的价值。

业界对于企业社交网络的安全性也不无担忧。企业内部的社交网络在与外部社交网络对接，或与商业合作伙伴和个人社交网络对接时，不得不面对企业机密信息泄露的危险。相比于个人社交网络，企业的社交网络必须要有更高的安全性和隐私保护机制，才能真正进入全面化、全球化的社交商务互联网时代。

第9章

明天的信息网络

社交网站引领了社会化互联网发展的潮流，并将这种趋势向更多的方向延伸。这个网络日益庞大，用新的形式传递着信息，时刻影响和改变着我们的生活节奏和工作方式。这个网络又通过终端的设备继续渗透到更多的细节，衍生出新的信息服务模式。

今后社会化的网络，还有着更丰富的想象空间。

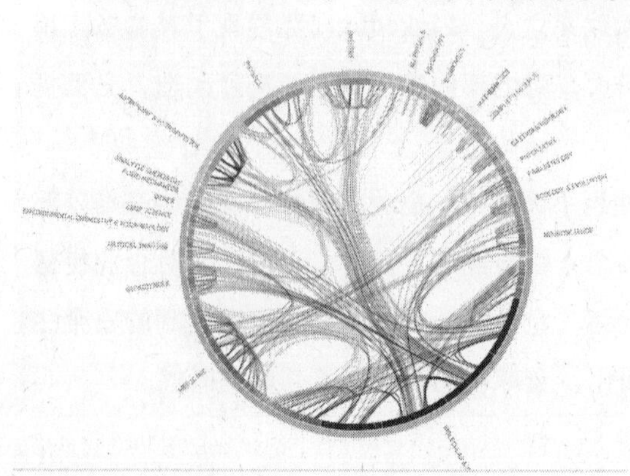

数字化生活

尼葛洛庞帝在他 1995 年出版的《数字化生存》中，就揭示了信息技术发展将为人类生活带来的改变。

当初他所描绘的新技术，早就被应用到我们的生活之中。尽管广播、电视还是以传统的模拟信息进行传输和发送，但是其他的媒体或信息存储的方式基本都已经实现了数字化。

原来用纸张、书籍承载的文字、图片，全部开始利用计算机硬盘进行数字化的存储。原有的出版行业，对文章的排版、印刷等工作，也都已经利用计算机及相关的数字设备来完成。

数码照相机、数码摄像机、数码随身听等，完完全全超越了原有的技术设备，并伴随着摩尔定律，日益廉价地普及到社会民众当中。

于是，计算机作为这些信息的存储和处理中心，变得更为重要。多媒体技术的发展，让计算机又成为了一个丰富的娱乐中心，电影、音乐等也开始以数字化的形式存在于计算机的硬盘之中。

互联网让我们可以对这些数字化的信息内容进行无障碍的分享，围绕着互联网，各类网站和所有用户参与构建的信息平台，不断汇聚着与我们社会生活息息相关的内容。消费、分享这些内容，也开始慢慢成为我们生活的一部分。

对于社会新闻，我们更多的是从网站、博客了解，而不再是通个电视、报纸。我们可以从网上下载音乐，而不用去唱片店。视频网站上的丰富内容，也总是可以让我们捧腹大笑。

我们自身的真实信息也越来越多地被包含进了计算机网络之中。企业和各类组织机构用信息系统管理着与我们工作、生活密切相关的信息，并且也开始并入互联网之中。

学生要知道考试成绩不再用看老师发下的成绩单，而是可以从网站上查询了。我们的财富，也成为银行或证券交易所的信息系统里的数字。当我们需要外出公干或旅行时，也不得不利用真实身份通过网络预订酒店、机票等。网络购物的收货人、地址、联系方式等也无法假造。

社交网站，帮助我们利用互联网来维护人际关系，进行社交活动和相关娱乐。

它的兴起也是顺应着这种民众生活的数字化、社会信息的网络化的趋势。

Facebook 引领的开放平台，将社交网站带入一个更广阔的网络社会化的空间。

由社交网站引发的变革，其实只是刚刚开始。

网络身份证

新型的 Web 2.0 站点，为用户提供了更丰富和个性化的服务；而要享受这样、那样的网站服务，都需要登录相应的账号（ID）。网站对用户的信息富有保密责任，在行业之中，用户账户信息也代表着网站的商业财富。

每一个网站都需要使用账号登录，不同的网站还需要使用不同的账号，多个网站的登录、注册操作于是成为了一件重复、繁琐的事情。

Facebook 拥有数亿用户的身份信息，已然是绝大多数用户的身份信息中心。Facebook Connect 更是将账号信息系统开放给更多的网站，让用户可以用 Facebook 的账号登录使用其他的网站，而不需要注册新的账号。这正是利用社交网站用户的真实信息，建立了一个强大的身份信息认证库，以帮助其他网站获取用户资料，从而具备一定的社交功能基础。对 Facebook 而言，即使把以往被认为是最宝贵的用户资料分享出去,也同样难以撼动它作为最基础的社交平台的地位。依赖这种方式，它能将自己延伸到更多的网站，为自身潜在的盈利方法，找到了最广泛的推广渠道。

早在 Facebook 之前，为了让不同的账号信息有更好的通用性，并唯一标识用户身份，博客社区 LiveJournal 的创始人就创造了“Open ID”的概念，并最先在他的博客社区应用。

Open ID 是一个以用户为中心的数字身份识别体系，用来在互联网上识别用户的身份。不同于 Facebook Connect 的由单一系统向外扩散的系统，Open ID 是一个具有开放、分散、自由等特性的技术框架。

任何一个网站以及网站上的内容资源，包括博客文章、图片、视频等，都有一个唯一的、形如“http://www.***.com/.../***.***”的 URL[1]地址链接来进行定位，通过这个链接地址，我们就能在互联网上找到这些内容。

我们既然可以通过 URL 来定位一个网络资源，那么通过这种方式自然也能

1 URL 是 Uniform Resource Locator（统一资源定位符）的缩写，通常被称为网页地址，是互联网上资源的标准的地址。

够识别用户的身份信息。Open ID 就是利用这样的模式创建的。由于 URL 是整个网络世界的核心，它为基于 URL 的用户身份认证提供了广泛的、坚实的基础。

Open ID 系统的主要功能是身份验证，即如何通过 URL 来认证用户身份。目前的网站都是依靠用户名和密码来登录认证，这就意味着大家在每个网站都需要注册用户名和密码，即便你使用的是同样的用户名和密码。如果使用 Open ID，你的网站地址（URL）就是你的用户名，而你的密码被安全地存储在一个 Open ID 的服务网站上。用户可以选择一个可信任的 Open ID 服务网站来完成注册，并让它提供相应的认证服务。MyOpen ID、GetOpen ID、LiveJournal 以及中国的 Open ID.cn 都提供了相应的服务。用户甚至可以根据 Open ID 的技术规范，自己建立一个 Open ID 服务网站。

登录一个支持 Open ID 的网站非常简单，即便你是第一次访问这个网站也是一样，只需要输入你注册好的 Open ID 用户名，然后你登录的网站会跳转到你的 Open ID 服务网站，在你的 Open ID 服务网站输入密码或者其他需要填写的信息验证通过后，你会回到登录的网站并且显示已经登录成功。Open ID 系统可以应用于所有需要身份验证的地方，既可以用于单点登录系统，也可以用于共享敏感数据时的身份认证。

除了一处注册到处通行以外，Open ID 也给所有支持 Open ID 的网站带来了价值——共享用户资源。用户可以自己控制哪些信息可以被共享。

在利用 Open ID 的识别方法获得用户的身份信息以后，登录的网站就可以提供和自己网站账户一样的个性化服务了。

用统一的账号在不同的网站之间登录，并非是起源于 Open ID，在雅虎、Google 和微软的 MSN，用户只需要有一个账户，就可以登录它们各自旗下的不同网站，使用不同的服务。

Open ID 的概念，让用户的身份认证和账户的概念，可以获得更广泛的统一，成为一张网络身份证。

尽管 Facebook 推出了自己的开放账号系统 Facebook Connect，但 Facebook 还是加入了 Open ID 组织，并为它的基金会提供资金捐赠。

在 Facebook 之前，Google、微软、雅虎也都加入了 Open ID 组织，并且提供 Open ID 服务，只是它们的网站还不支持用 Open ID 登录使用。

截至 2009 年初，支持 Open ID 的网站已经达到 9 000 个左右。

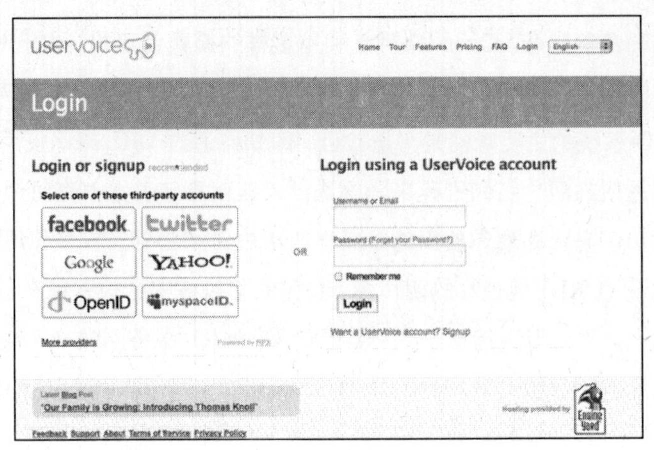

可用多个服务商提供的 Open ID 登录的网站

然而，Open ID 并非唯一的网络身份识别体系。互联网巨头 Google，基于自己庞大的服务系统和账号体系，同样推出了自己的账号系统，并且向其他网站拓展。这套技术被称为 Friend Connect，可以用来帮助其他网站具备社交功能。

Friend Connect 的核心有 3 个新兴社交标准：Open ID、oAuth 和 OpenSocial。使用 Friend Connect 的网站，用户可以拥有相应的账号档案信息以及社交功能。

Google 的 Friend Connect 概念图

其中，OpenSocial 是在 Facbook 推出开放平台之后，Google 所制订的希望用于不同社交网站之间应用开发的技术标准。Google 制订的 API 规范，需要社交网站平台和应用开发商都遵循。应用开发商按照 OpenSocial 标准所开发出来的应用，不需要做特别的设置，就可以嵌入到各个不同网站的平台当中；而符合 OpenSocial 标准开放了相应 API 接口的网站，也能获得更多网站应用。

因开放平台而落后于 Facebook 的 MySpace 以及 Hi5、Friendster、Orkut 等社交网站，都加入了 OpenSocial。

虚拟世界

电影《黑客帝国》为我们描述了一幅奇特的世界景象。在电影里，机器人或者说计算机统治了世界，把人当成了电池种植起来；为了保持机体正常运作，以获得持续不断的生物电力，它们把人的神经系统和计算机信号链接起来，构建了一个庞大的人类生活的虚拟世界（电影中称之为"Matrix"），人类就睡在种植场里，全部活在虚拟世界之中。

美国一个大型的在线程序系统 Second Life（第二人生，以下简称 SL），就为互联网用户创造了庞大的虚拟世界。

SL 由 RealNetworks 公司前 CTO 菲利普•罗斯戴尔（Philip Rosedale）通过 Linden 实验室开发，测试的 beta 版本于 2003 年向公众开放。用户需要安装客户端以后，才能注册登录进 Second Life 所构建的虚拟世界。

用户注册的时候可以随意给自己在虚拟世界里的角色取名，并且可以通过对性别、发型、面容、身材、服饰等的各种组合选择，来设定自己虚拟化身的形象。

SL 构建了一个 3D 的虚拟世界，用户的虚拟化身可以在这个世界之中走动，或者乘坐交通工具。一些高级的交通工具，如直升机、潜水艇、热气球等，需要用户付费购买。为了节省用户在虚拟世界中穿行的时间，用户可以像超人一样飞行，但距离比较有限。如果需要即时转移，用户可以直接瞬间转移到一个特定的地点。SL 的虚拟世界有自己的坐标系统，这样用户就可以保存自己到过的地点，或是把地点信息发送给好友。

在 SL 中，提供了一个虚拟场景的社交方式。用户可以通过文本进行交流，在虚拟场景中距离 25 米内的用户可以听到相互之间说话；用户也可以喊（最多 100 米内的人可以听到）或者低语（最多 10 米以内的人可以听到）。SL 还提供了一种 IM 的方式，让好友之间可以进行交流。这种 IM 的方式不受虚拟场景中用户距离的限制。在 2007 年 8 月推出的版本中，SL 甚至还推出了语音聊天功能。

SL 有自己的经济体系和一种叫做 Linden 币的货币。尽管会有所波动，但截至 2007 年 2 月，美元对 Linden 币的汇率基本维持在 1 美元兑换 270 Linden 币。

用户可以在 SL 制造新的商品或服务，然后在这个虚拟世界里进行交易。用户还可以在货币交易所把美元等现实世界中的货币兑换成 Linden 币。总体上这个兑换市场是开放的，精心设计的虚拟货币体系和现实世界中的货币意义非常贴近，SL 稳定的运营也提供了有力支持。有时 Linden 实验室也会调整虚拟世界里的 Linden 币的流通量或者销售 Linden 币以维持汇率在一个相对稳定的水平，这与现实世界当中的政府金融手段非常类似。部分用户甚至可以在这种经济体系下每月

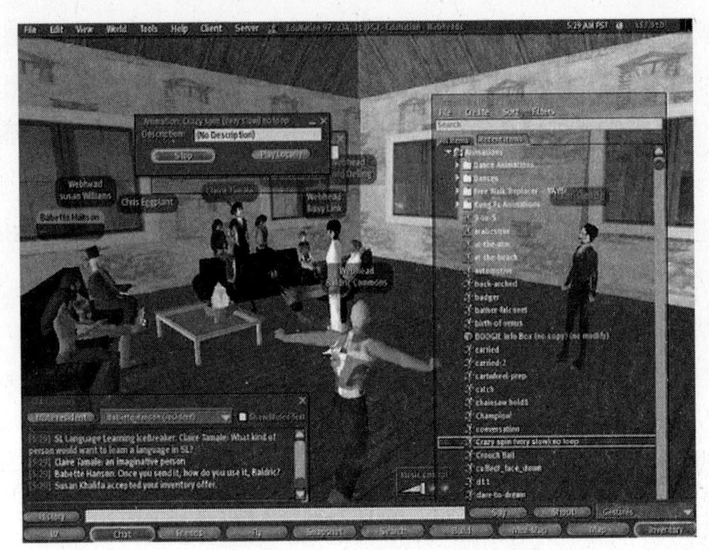

“第二人生”里的用户交流模式

获得几百至几千美元不等的净收入，但大部分用户都只能维持收支基本平衡。毫无疑问，SL 扮演了政府的角色，通过税收和销售各类资源，为自己开拓了营收来源。

收费用户可以拥有自己的土地，512 平方米以内不收取额外的费用；如果要拥有更多的土地则需要收取额外的费用，Linden 实验室称之为“tier”，一块独立的土地每月收费在 5～295 美元不等。SL 中也出售不超过 65 536 平方米的土地。一旦某个居民买了某块土地，他就可以再自由地把它卖出或用于其他任何目的。唯一的例外是私人领地，因为这些土地是归居民而不是 Linden 实验室管理的。这些私人领地一般都有一个契约限制这块地的使用，比如，不能在上面进行商业活动，甚至这块地本身也不允许被转售。

不得不惊奇的是，SL 以虚拟货币的形式，创造了一个甚至可与现实世界接轨的经济体系。

SL 的一大特色是，世界里的绝大部分东西都是居民而不是 Linden 实验室创造的。居民的虚拟化身就是这些用户创造的内容的一个典型例子。

SL 里有一套 3D 建模工具，任何居民都可以利用它配以适当的技艺，建造虚拟建筑、风景、交通工具、家具、机器等，这些东西可以使用，可以交换，可以出售。这也是各种经济活动的主要来源。利用标准库里的动画和声音，任何居民都可以作出各种动作。在 SL 之外，居民也可以利用各种图像、动画和声音工具制造一些更精细的物品，然后上传到虚拟世界里去。一旦物品到了 SL 里，系统就会尽力保护该物品的创造者对该物品的独家拥有权。

SL 还有一种叫做 Linden 脚本语言，或者 LSL，利用 LSL 可以为第二人生里的许多物品添加自主行为。比如，你可以让门在有人靠近它时自动打开。人类的发明创造，所遵循的各种技术原理，在 SL 中都转变为对 LSL 的运用。

那些熟悉计算机应用的用户，利用这样的语言，可以更轻易地成为产品设计师或工程师，创造他们在 SL 这个虚拟世界当中所期望的一切。

现实世界的法律保护物产权和知识产权，在 SL 的虚拟世界中， 对于物品的创造，用户拥有同样的权利。创造者可以标记某个物品为“No copy”，意思是其他人不许复制这个物品；也可以标记“No mod”，意思是别人不许更改这个物品的一些特性；“No trans”的意思是当前所有者不许把它给别人。

SL 提供现场直播演奏音乐的功能，这样居民可以在家里或者工作室演奏有声音乐和乐器。居民可以用耳机听这些音乐，也可以把它上传到音频流里，也可以在到内部世界里播放以供其他人娱乐。例如，2006 年中期，英伦乐队 Passenger 就在 Menorca 岛演奏过一次。Linden 实验室在 2006 年 3 月添加了一个 Live Music 的事件分类，以应对日程上增加的演奏事件。

这些方法，又是经典的互联网模式，让用户参与到内容的贡献中来，在给予用户创造的成就感和满足感的乐趣之外，也丰富了自身的内容。

Facebook 建立的社交网络空间，成为了品牌宣传的重要场所。在 SL 中，许多企业也开始在虚拟世界中的品牌营销和推广。

IBM、因特尔、微软等相当一批世界 500 强企业在 SL 中安了家。甚至一些政府也设置了虚拟大使馆，像马尔代夫、瑞典、爱沙尼亚等。而美国的总统竞选也在 SL 中安营扎寨。

在发展机构用户的过程中，也出现了机构用户从 SL 中撤离的现象。比如喜达屋酒店集团、路透社等，都因为在 SL 中的流量无法带来实际业务的增长而宣布撤离。

SL 也推出了一些有现实意义的虚拟场景服务，比如在线教育、虚拟演练等；一些大学在 SL 中设置了虚拟课堂，IBM 在其中召开虚拟会议，英美军方在其中进行联合军演等。

包括哈佛大学、俄亥俄大学、纽约大学、斯坦福大学等在内的许多大学，在

SL 中开设了前沿的虚拟课堂。SL 也乐于提供相应的服务，Linden 实验室已经出售了 100 块用于教育目的的土地。哈佛大学的一位老师丽贝卡•尼森（Rebecca Nesson），在 2006 年下半年把她的合法研究课程带到了 SL 里，她说，“不论一个远程教育系统多么好，你和你的学生之间还是会存在一些内在的隔阂。第二人生确实缩小了那个隔阂，现在我和我的学生可以在固定的课堂之外拥有更多的非官方时间在一起了。”对于把 SL 应用于教育中的做法，德州大学奥斯丁分校的一位研究员乔伊•桑彻斯（Joe Sanchez），对一个交互式的定性分析进行了评估，他发现，一旦学生们克服 SL 中技术上和使用上的困难之后，他们就会表现出一种对社交式学习活动的偏爱，并因在学习过程中和其他人互相交流而感受到更多乐趣。

SL 里的虚拟教室

从 2007 年开始，SL 被使用于外语教学。不论是 SL 还是现实的语言教育者都开始利用这个虚拟世界来进行外语教学。西班牙的语言文化学院 Instituto Cervantes 在 SL 中就有一个岛。在 SL 里，一系列的教育项目，包括许多语言学校，都集中在 SimTeach 区域。为研究虚拟世界的网上教育，甚至有组织召开了年度研讨会（SLanguages.net）。

在中国，网络游戏非常火热，有着众多忠实的青少年用户。那些大型多人在线角色扮演类游戏 MMORPG（Massive Multiplayer Online Role-Playing Game）和 SL 有着很多类似的地方，就是给用户创造了一个虚拟的世界。网络游戏有任务性的虚拟故事场景，通常还有各类魔幻、战争主题的世界环境；用户代表的虚拟角色，要在这些场景之中完成各种任务的挑战，方能不断获得奖励。

在线的游戏加强了用户之间的沟通、协作，甚至是争斗，来提供比单机游戏更丰富内涵。也使得网络游戏充满了虚拟社交的味道。

几乎所有的网络游戏都给游戏用户提供了游戏内的 IM 系统，方便玩家进行交流沟通，构成了一个虚拟背景的社交网络。因为游戏而结识成为好友的用户大有人在，一些网恋甚至也由此而起。

在带给用户游戏的娱乐性之外，虚拟社会中的等级评价体系，造成相互之间地位的提升和改变，使用户能得到更多在现实世界无法得到的成就感。

SL 这样的虚拟世界，虽然没有明确的任务主题，却相对贴近真实世界，成为另外一个可以发挥想象力去创造不同生活形态和应用模式的社交空间，因而受到众多用户的青睐。

在 2008 年 7 月，Google 也曾推出了名叫 Lively 的三维互动空间，用户同样以虚拟化身的形式，在虚拟房间中与其他的用户进行交流，其空间应用的场景模式与 SL 非常相似。Google Lively 不需要安装客户端程序，是一个更典型的 Web 应用系统，甚至可以嵌入博客或者 Facebook 的页面当中。

遗憾的是，Google Lively 未能像 SL 一样持续的发展，上线半年后就因为资源耗费过多，而在美国金融危机的背景下被关闭。

社交网站把人们的社会关系搬到了互联网上，构建了用户交流的网络社区，创造了一个社会信息空间。SL 构建的虚拟世界，用 3D 场景的视角，给了用户完全不同于 Web 页面的另一种生动的信息展示和用户感受的方式。

在飞行员的训练当中，早就利用虚拟现实的技术，借助机械的设备和显示设备发明了虚拟的培训驾驶舱。

SL 提供的是一个更全面的世界感知的效果，并且可以与原有的互联网的信息分享和传播结合起来，可以容纳更多的行为，包括用户的交流、学习、购物等。

一些外围数字设备的发明，甚至可以将虚拟世界的行为控制延伸到真实的物理世界。除了早已出现的麦克风、摄像头可用作语音和画面的录入外，日本电子游戏公司任天堂出品的游戏机 wii，用户手握着一个电子手柄，可以用同真实运动项目一样的击打、挥舞的方式，在电子游戏里进行交互。

无论怎样，这些虚拟场景的应用技术，都给予了用户更多的想象空间。

移动社交网络

现有互联网的网络基础是建立在原有的固定电话通信网络之上，但互联网的信息交流作用似乎日益盖过了固定电话。与之相对的，固定电话在语音通话上，也渐渐退让于移动电话。

在移动通信网络上构建的移动互联网，似乎成了互联网的另外一个空间。

IM 通过联系人列表掌握了大量用户的人际关系，也是最为初级的社交网络服务。手机作为现代社会最重要的通信工具，也是最重要的社交工具。因而，移动的通信网络所提供的维持人们沟通的服务，同样包含着 SNS。不同的是，这里的网络是移动通信网络而非计算机网络。手机号码早已成为用户个人的标识信息，手机设备上所存有的电话簿，拥有了用户关系的基础数据，因此，通过手机接入的移动互联网，具备构建用户移动社交网络的优势条件。

在信息的交流沟通上，用户使用计算机的时间，远远小于随身携带手机的时间。

实际上，电信运营商们也一直觊觎互联网的庞大市场，希望将自身运营的网络接入服务的流量和带宽转化为更多的增值业务。

在未来的 20 多年内，全球移动电话用户将超过 50 亿，当每一个人都可以打电话时，语音业务将变成类似自来水和电力基础设施一样的薄利行业，还要受到来自如 Skype 一样的网络服务的挑战。因此，全球电信运营商的基础网络设施建设已经接近尾声，急切地希望进入更广泛的信息服务领域。

社交网络的迅速兴起，则让电信业运营商蠢蠢欲动。电信业运营商在社交网络方面的发展有两种思路：一种是为 Facebook、Twitter 等网站提供基于移动终端的无缝接入，利用电信网络固有的能确定用户位置信息的优势，为用户带来更好的业务体验；另一种是将手机号码簿或在线地址簿通过移动平台扩展成为社交网络，中国移动就推出了飞信好友服务，将手机客户端与 IM 结合在一起，形成社交网络。

有趣的是，在日本，手机平台在社交网站中也有着举足轻重的地位。

Mixi 是日本最大的社交网站，但通过 PC 访问 Mixi 的用户只占 28%，而手机用户则占到 72%。

日本用户规模第二的DeNA，则是一个纯粹的手机网站。

Gree在日本股市上市之后，市值就超过了Mixi，而它有98.5%的用户都是通过手机访问。

日本手机SNS的繁荣归功于其独特的环境。日本的移动通信网络建设比中国更早进入3G（第三代移动通信技术的简称）时代，移动互联网的发展也较早进入成熟阶段。

在总人口约1.2亿的日本，手机用户数超过1亿，其中使用3G业务的手机用户达9 000万，渗透率超过90%。

3G有更好的通信带宽和速度，相应地，能为手机用户提供更好的移动互联网应用。尤其在等候交通工具的过程中，用户拥有大量的零碎时间，手机上的娱乐或其他应用，正好可以占用用户的这些时间。

利用手机进行娱乐，成为日本用户的习惯，手机也成为了日本用户访问互联网的重要设备，甚至占据了他们更多的使用时间。因此，日本的SNS网站偏重于音乐、游戏类的娱乐应用。

中国的互联网市场和日本具有很大的相似性。校内网在2008年初推出了手机访问的WAP版本，一年之后，使用WAP版校内网的用户超过了1 000万。在WAP版校内网上也可以访问开心农场等应用程序，数据内容也没有区别。在北京的地铁里，时常可以听到有人对着手机发出惊叹："呀，我的菜又被偷了！"

中国移动通信公司还推出了自己的社交网站，139社区（139.com）。这个网站利用移动通信运营商的优势，把已有的用户账号和他们的手机号码绑定起来。139社区的手机客户端软件，也为用户通过手机访问网站提供了更好的体验。

根据中国互联网信息中心（CNNIC）2009年发布的报告，中国手机用户已经超过6.4亿。2009年，中国也开始全面建设和普及3G网络，催生的移动互联网发展，为手机SNS提供了更大的空间。

新型的信息终端

GSM协会主办的世界移动通信大会，是全球最具影响力的移动通信领域的展览会，汇集了著名的电信业领导人和知名人士，以及全球领先的移动运营商、设备供应商、互联网和娱乐专业人员。大会每年会在移动设备厂商推出的新款手机当中，评选出最能代表行业技术水准和潮流发展趋势的产品。

在 2009 年巴塞罗那举办的世界移动通信大会当中，获得最佳移动终端大奖的，是名不见经传的香港和记黄埔旗下的运营商公司推出的名为 INQ1 的手机。

候选的手机当中包括 T-Mobile（德国电信）推出的 Google G1、黑莓 Storm 9500、诺基亚的 E71 以及 LG 的 KS360，为何 INQ1 却能独得大奖呢？

这款手机深度集成了 Facebook 等社交网站服务。利用这款手机的应用，就能轻松访问 Facebook 的站点信息，使用各种功能，因而被称为“Facebook 手机”。

除了 Facebook 外，INQ1 还集成了 Skype、Windows Live Messenger 等程序。对于用户来说，PC 上的社交网络服务和程序都能通个这款手机轻松使用。INQ1 作为移动终端，表现了手机向社交网络应用发展的重大突破。

在此后上市的手机产品中，有大量的手机默认集成了可以直接访问 Facebook、Myspace 网站的应用程序。著名的手机厂商索尼爱立信 2009 在国内推出的新型号手机，就捆绑了访问开心网的程序。

社交网站让用户进行更轻松、随意的交流，告诉朋友们自己在哪儿、心情如何，谈论最喜欢的电影音乐，上传视频等。但在很多场合，用户并无法坐在计算机前发送这些消息，这个时候手机正好可以派上用场。

不仅是日本，在很多其他国家，使用手机访问社交网站也成为了趋势。

MySpace 的高管曾在移动通信世界大会上表示，在 1.35 亿多的独立访客总量中，2008 年通过手机登录 MySpace 社交网站的人数已经增加了 3 倍，达近 2 000 万人。Facebook 也出现了类似的情况。

英国 Facebook 用户，如果使用手机访问该网站，他们平均每天在 Facebook 的停留时间为 24 分钟；如果使用 PC 机访问该网站，停留时间则为 27 分钟。此外，这些手机用户平均每天登录 Facebook 的次数为 3.3 次，PC 机用户平均每天的登录次数为 2.3 次。具体到英国手机用户，18～24 岁的男性使用手机访问 Facebook 的时间最长，每日平均停留时间为 27 分钟。

不单单是新推出的 INQ1 集成了大量的社交网站应用，Apple 的 iPhone 和 iTouch 也默认安装了 Facebook、YouTube、Skype 等社交网络应用。App Store 上提供的与 Flickr、Digg、Twitter 等相关的应用更是层出不穷。

尤其对于 Twitter 而言，其本身的功能设计就是基于跨平台的考虑，让用户可以更好地利用手机设备使用。在手机上，基于 Twitter，iPhone、Android、黑莓、Windows Mobile 等智能手机，又结合了 GPS、照相功能的应用程序，使得 Twitter 的功能在 140 字的微博客之外，获得了更丰富的扩充，吸引到更多用户使用。Twitter 就是借助手机才得以获得用户即时捕捉到的新闻信息，然后在第一时间进行传播。

正是手机平台上的应用和互联网的结合，让社交网络可以充斥到生活的各个细节。

手机的网络应用化，一方面依赖于移动互联网的发展，另一方面也归功于移动设备硬件平台的迅速提高。当手机从模拟信号转向数字信号时代之后，手机从单一的通信设备，也走向了个人的信息处理平台，将曾风行一时的掌上电脑（PDA，个人数字助理）的功能和概念也包含了进去。因掌上电脑产品而兴起的 IT 厂商 Palm，就全面转向了智能手机产品市场。不论是 HP、华硕、多普达，还是同样使用中国台湾宏达（HTC）的欧美市场的贴牌产品 T-Mobile、O2、Orange，都拥有众多基于 Windows Mobile 平台的智能手机。

风靡全球的 iPhone 不仅可以通过 Wifi 或 GPRS 接入互联网，智能的手机平台还有数万种应用程序。在 iPhone 默认集成的应用程序上，就有 Facebook 和 YouTube 的客户端。

Google 在 2007 年 11 月，推出了基于 Linux 平台的开源手机操作系统 Android，使得手机有了和 PC 系统一样的多元化应用拓展方向。第一款基于 Android 的 Google 手机 T-Mobile G1，拥有 528Mhz 的处理器、192MB RAM 和 256MB ROM，这样的硬件配置甚至超过了 10 年前的 PC。

不仅手机在变得强大，向计算机平台方向靠拢，计算机也在朝着小型化、移动化的方向发展。在移动计算机之后，中国台湾的计算机厂商华硕，更是在 2007 年推出了上网本概念的便携式计算机产品 eePC。

借助于云计算的概念，今后的软件都会以 Web 应用的形式通过网络来访问、使用，并且由计算云来完成主要的信息处理的工作；文件、数据也能更便捷地存储在众多服务器组成的云上。由此对于计算机终端的性能要求便越来越弱，只需要它来完成信息传送和显示的任务。

因此，eePC 的硬件配置不高，只拥有差不多 1Ghz 的 CPU 和 512MB ROM。使用固态硬盘虽然只有不到 4GB 的存储空间，但是却获得了更好的便携性，只有

9 寸屏幕的大小和几百克的重量，电池使用时间也长于笔记本电脑。携带外出时，使用 WiFi 联入无线热点或者通过 GPRS 上网卡也能接入互联网，使用各种网络应用，因而被称作上网本。

华硕的 eePC 推出后，受到了市场的追捧，众多 PC 厂商也纷纷推出了自己的上网本产品。在现在的计算机市场上，上网本也成为了最流行的概念和热销的产品，在 2009 年占到了笔记本电脑销售量的 20%。

未来的信息终端设备会是日益强大的手机还是更加便携的计算机呢？也许会是完全新型的移动设备。

在 2009 年的 TED 大会[1]上，美国麻省理工学院媒体实验室流体界面小组，向参会者展示了他们研究发明的一套可以穿在身上的计算机系统。这套系统由一个摄像头、一个由电池供电的投影仪、电话以及多个颜色的指套构成，它可以让用户在任何物体表面，包括人的身体上，显示内容，并且可以接入互联网，通过手指的操控来获取信息，显示内容。

使用这套系统，用户在书店里看到一本书后，动动指头，就可以查到这本书在亚马逊网上书店的评论，并在实体书的封面上投影显示出来。在刚认识一位新朋友的时候，就可以从社交网站获取他的相关信息，在对方的 T 恤上显示出来。

在 IT 和通信融合逐渐成为普遍趋势的背景下，传统计算机的冯•诺依曼架构（CPU、内存、外存、输入和输出）正在被以云计算为方向的、通过 IP 网络和全球数据中心结合的开放网络信息平台所取代。而过去支持电信网的电路交换架构，在经历了全 IP 的软交换架构之后，正在走向以云计算为核心的综合计算控制架构。

借助日益强大的移动设备，移动网络、通信网络、信息网络将实现“三网合一”，无疑将为用户构建一个以个人为中心的强大的网络服务平台。这样的网络，能让用户随时随地访问各类信息服务。电信运营商和互联网运营商将会相互渗透，不断分化，衍生出新的商业模式和运营形态，促使更多社会化应用的诞生和发展。

未来 SNS 下的生活

让我们设想一下未来我们在 SNS 中的一天吧。

1 TED（科技 Technology、娱乐 Entertainment、设计 Design）大会诞生于 1984 年，每年 3 月在美国有众多科学家、设计师、文学家、音乐家等杰出人物参与，分享他们关于科技、社会、人的思考和探索的交流会议。

清晨，李林被闹钟叫醒，之后开始洗漱，准备出门上班。吃早饭的时候，他打开自己的信息阅读器，开始查看今天的新闻。这个阅读器就像一本杂志那么大，大大的屏幕采用了新型的电子墨水技术，视觉效果和纸张一样，甚至还能播放视频。这里面所有的信息都是数字化的，是从无线网络接入的互联网里传送过来。这样的设备已经代替报纸和杂志成为了民众看新闻或娱乐的媒介，用户只是需要选择不同的信息服务商而已。李林读的内容都是根据他的偏好生成的，即便用户选择的是相同的信息服务商，他们看到的新闻内容也会有所区别。这其中大部分内容，例如一些事件的深入报道和奇闻趣事，都是来自李林朋友的推荐。

这些信息之中还有一些广告。李林打算下周去青海旅游，他打算骑自行车绕青海湖一圈，但他还差一件装备，自行车旅行用的驮包，于是他主动订阅了一些产品信息，以便更好地做出购买选择。没过多久，他就挑中了一款，很快用网络付了款，就等着商家送上门来了。

吃过早饭，李林乘地铁去上班。在地铁上，他登录社交网站，玩了玩社交游戏，还给在国外不同时区的朋友发了些消息。

来到办公室后，李林打开公司电脑，登录公司的信息网络，浏览他们正在进行的项目工作的信息。李林在一家跨国公司的北京总部工作，公司的项目往往涉及不同地域、不同部门的成员和一些聘请的顾问、专家，所以公司花费上千万元，建立起了一个工作交流的社交网络，让这些公司职员、各项目组的成员之间可以更好地沟通和交流工作的资源和信息，也可以在网络上共享存储。当然，这套系统是利用云计算技术所搭建起来的，对于每个员工来说，只要有相应的入口，使用自己的员工账号登录，即便是在不同的计算机上也能获得同样的信息。实际上，他们的计算机已经没有硬盘了，各类办公的应用软件都是安装在服务器上的Web程序。

李林查看了项目组关于一些问题的讨论，并提出了自己的建议。实际上，公司的这个项目，最开始只是公司员工在讨论另外一个产品的开发问题时，天南海北的胡侃中产生的一个主意，后来被精炼成一个提案，放到公司内部网络上，又经讨论后才成为了新的项目。

开完会，李林开始进行自己的那部分工作。在进行的过程中，李林发现有一些专业问题自己并不是很熟悉，于是他登录公司的网络，查找到一些在这部分业务上的权威顾问，向他请教自己遇到的问题。没过多久，这个顾问就提供了一些公司内部材料的链接给李林，李林在公司的网络里找到了这些资料，很快明白了这些问题。

到下午的时候，李林上午提的建议被老板看到，于是老板临时召集李林和几个员工开会。他们并没有走进同一间会议室，而是利用网络在 3D 的虚拟会议室进行讨论，因为李林的老板正在爱尔兰出差，其他几个员工也分散在不同城市。李林坐在计算机前，摄像头和麦克风把他的信息传到 3D 的虚拟会议室，让他坐在其中一个位子上；其他的成员也是如此；就这样开始了他们的讨论。

等到会议讨论完，已经过了下班时间。李林的女朋友出差去了上海，所以李林只得独自吃晚饭。由于懒得做，李林直接从网上订了个餐。

吃过晚饭，李林开始上网娱乐。此时的互联网，已经有全面的个人信息服务了。原来的社交网站和其他一些互联网企业，甚至原来的通信运营商，都成为了 SNSP，即社会化网络服务提供商（Social Networking Service Provider）。这些 SNSP 和个人签有合同，并受到政府监管，他们拥有个人的详细身份信息，用户可付费或免费获得相应的信息服务、应用程序和拓展的生活服务，而这些都是 SNSP 的开放平台上面由第三方应用开发商或服务商提供的服务。李林早上从信息阅读器上看到的内容，也是 SNSP 的服务之一。

SNSP 已与个人的银行账户挂钩，达成了与网络信息服务相关的实际业务支付、消费协议，可以完成网上购物、餐馆订座、订宾馆、买机票等服务。李林早上买的耿包，晚上订的晚饭，就是 SNSP 和相关公司合作提供的服务。

李林在网上联系到了女友，和她视频语音聊了一会儿——他们最开始就是在社交网站上这么认识的；之后又利用无线连接电子球拍（遥控的感应设备），带上 3D 的头盔眼镜，和女友在虚拟的 3D 球场打了半个小时网球。

打完球，又和女友一起在网上看了一集电视剧后，他们便断开连接各自做各自的事情。李林喜欢读书，所以他又打开了自己的信息阅读器开始看书。其实这个信息阅读器是和计算机连接的另一个终端，因此李林能够获得几乎所有的新闻信息和书籍的内容，只要通过自己的 SNSP 付费就可以了。在开始看一本书之前，李林还可以参考看过这些书的用户的评价，以便自己选择。

直到开始犯困，李林便洗澡睡觉，进入了梦乡……

这样的生活，也许在几十年后，不再只是梦而已。

未来的社会化网络，将向用户提供更加便捷的个人信息服务，整个地球被连接成一个更小的世界，所有人都可以分享、获取人类创造的一切信息文明。

让我们期待 SNS 浪潮带来更多的精彩……

结　　语

各种新型的网络服务，带来 Web 2.0 的时代，让每个用户都能参与其中，可以通过互联网分享自己的一切，并成为网络的一部分。在信息爆炸的情况下，基于用户关系上的内容分享和推荐，成为继搜索引擎、评价引擎之后，对个人用户服务的又一种筛选机制。

社交网站本来是作为单一的交友功能推出的站点，借助六度分隔迅速壮大，并获取了用户最为真实的社会关系，开始了 SNS 的浪潮。在开放信息、分享内容的互联网环境之中，把大量的外部信息通过链接引入其中，成为丰富的资源平台，同时利用用户真实的社会关系，打造了一个全新的信息空间。

在这个空间之内，用户可以在内部生产内容，同时又可以消费好友从网站内外分享的内容，因此社交网站渐渐变成用户的首选平台。Facebook 甚至超过 Google、美国雅虎等网站巨头，成为占据美国用户时间最多的站点。

在拥有大量用户的前提下，借助这样一种通过用户关系进行分享的信息传播趋势，博客、视频网站、社交网站等，开始了信息传播的 SNS 浪潮；SNS 也不再只是简单的社交网站，而是和 Web 2.0 网络紧紧联系在一起的趋势形态。

开放和分享是互联网的精神。对于互联网产业的发展来说，通过以维基百科、开源社区为代表的开放、协作的生产模式，不仅为其他产业提供了借鉴和信息化工具的支持，其本身也由此而发展壮大。

Facebook 就是通过开放平台超过 MySpace 而成为头号社交网站。开放平台未来广阔的发展前景，也让 Facebook 具有和 Google 相抗衡的能力，在未来为个人提供更完善的云计算式的信息服务。这种开放的产业模式，让 Facebook 这样的社交网站，具有在传统互联网盈利模式之上，更大的商业价值和发展空间，也引领着 SNS 的浪潮。

对于企业而言，学习、借鉴、利用社交网络，对自身未来的发展至关重要。身处于社交网络的舆论平台之上，企业要更加小心地制定符合社交网络特点的公关、营销策略，才能避免遭受损失。在企业内部，利用社会化网络的工具，是强化企业组织内部的沟通机制，更好地动员外部资源为之所用的重要手段。企业只有把握好社会化网络的趋势，才能在这股SNS浪潮中迎风破浪，取得先机。

我们可以期待，日新月异的网络技术和信息终端，会让以后的互联网为我们的社会生活提供更全面的服务。

致谢

在 2009 年暑期以前，我从来没有想过自己会机会写一本关于互联网行业，关于 SNS 的书。可以说，得以完成这本书是一个幸运的意外。不记得哪个作者曾说过，写书总是一件孤独的事情。所幸有了很多人的支持和帮助，才让我不那么无助，最终能够让大家见到这本书。首先要感谢便是 AppLeap 的创始人及 CEO 任自力，以及初创的合作伙伴张月。正是在和他们参与 AppLeap 的工作期间，让我对互联网行业发展及 SNS 有了相对全面而深刻的了解，也有了机会撰写此书。书稿中许多素材、信息，都是由自力、张月提供，整个书稿的结构和一些观点，也是我和他们一起讨论分析的结果。

感谢千橡集团副总裁、校内网负责人许朝军先生为本书作序。许多业内同行，梁冬、洪波、胡泳、高翔、郑志昊、沈佳、卢汉森都抽出时间审阅了本书的草稿，提出了很多宝贵的建议，并还为此书撰写了荐言。尤其是胡泳老师，我与他本不相识，到现在也素未谋面，只是慕名以书稿向他讨教，却得到他的热情指导。我的很多朋友，周思慎、王盛颐、刘津伊、马京、杨远骋、许晓晖、赖华夏，作为早期的读者都给我提了很多很好的建议。

撰写此书期间，我还在北航软件学院工作。幸而软件学院院长孙伟老师和党委副书记宋友老师一直很支持，才让我在工作之余完成此书。我实验室里的学生李宇杰、刘其帅、邹璟云、宋恒、张昀恺以及其他很多同学，同样给了我不少帮助，与他们在一起的日子总是快乐的。

感谢张璋，作为我的写作助理，在素材的整理和文稿的编排上，做了大量细致认真的工作。

感谢刘洋，他为本书设计的封面别具一格，我相信这也大大增强了本书的吸引力，足以成为你拿起此书，或带回家收藏在书架上的理由之一。

感谢购买此书的读者。能够让你们看过此书有所收获的愿望，也是我在编写此书的漫长时间里，忍受枯燥单调的动力来源。

感谢我的父母。

李翔昊

2010 年 2 月于北京

参考信息

（1）刘威麟 阿拉斯加小记者如何利用 Facebook 在 3 周内号召 5 万人买报纸. 博客“Mr.6”，2009. http://mr6.cc/?p=2785

（2）埃伦麦吉特（Ellen McGirt），How Chris Hughes Helped Launch Facebook and the Barack Obama Campaign， Fastcompany.com，http://www.fastcompany.com/magazine/134/boy-wonder.html

（3）林斌 虚拟剧本：奥巴马女孩的宿命，南都周刊新闻，2008，263 期，http://nbweekly.oeeee.com/Print/Article/6183_0.shtml

（4）孙坚华 “德拉吉”旋风的背后，人民网转载文章，1998，http://www.people.com.cn/GB/channel5/28/19980829/5547.html

（5）Clive Thompson,Brave New World of Digital Intimacy,纽约时报，2008，MM42http://www.nytimes.com/2008/09/07/magazine/07awareness-t.html?_r=4&sq=ambient%20intimacy&st=cse&scp=1&pagewanted=all

（6）Jessi Hempel，经济衰退助力社交网站 Linkedln，财富网络版，2009，http://www.fortunechina.com/first/content/2009-03/26/content_16955.htm

（7）韩笑 “校内”种“豆”，数字商业时代，2009（02-03），http://www.digitimes.com. cn/digitimes/rgs/423872.shtml

（8）WebLeOn，案例分析：宝洁的 Social Media Marketing 实验，博客“Web Leon’s Blog”，2009，http://webleon.org/2009/03/p-media-marketing.html

（9）周应 《在 Facebook 上做营销》，经理世界网，2009，http://www.ceocio.com.cn/12/93/522/565/44465.html

（10）程可 《正在走红的企业社交网络》，经理世界网，2009，http://www.ceocio.com.cn/12/93/522/556/43390.html